KB009770

김병기 교수의 한문 속 지혜 찾기②

찾는 이 없다고 피어나는 향기를 거두리!

김병기 저

어문학사

머리말

방안에 들어온 저 파리,
밝은 빛을 찾고 싶어 문종이를 뚫고 있으나
안 뚫리는 걸 뚫으려니 얼마나 힘들겠는가?
이곳저곳 뚫어보다
홀연히 처음에 들어오던 길을 찾아내고선
그제야 깨달아 바로 볼 수 있었다네.
지금까지 눈이 멀었던 자신의 모습을.
(爲愛尋光紙上鑽, 不能透處幾多難. 忽然撞着來時路, 始覺從前被眼瞞)

중국 송나라 때의 백운수단白雲守端(1025~1071) 선사禪師가 지은 것으로 전하는 「승자투창蠅子透窓(창호지 문을 뚫으려는 파리)」이라는 게송偈頌이다.

자동차 운전을 하다보면 더러 이 시와 비슷한 상황을 맞곤 한다. 열어놓은 창문으로 파리가 들어오기도 하고 벌이나 풍뎅이 같은 벌레가 날아들어 오기도 한다. 엉겁결에 들어온 이놈들은 나가려고 애를 쓰며 온 차 안을 휘젓고 날아다니기 때문에 운전에 적잖이 방해가 된다. 차를 세우고서 '탁' 때려잡을 수도 있겠지만 죽이고 싶지 않은 마음에 창문을 다 열어놓고서 나가라고 유도를 해도 이 녀석들은 대부분 열린 문은 놓아둔 채 꽉 막힌 앞쪽이나 뒤쪽 유리창에 머리를 박으며 그쪽으로만 나가려고 애를 쓴다. 이럴 때면 나도 모르게 이런 말이 나오곤 하였다. "쯧쯧, 미련한 것들!"

그런데 어느 날 나를 들여다보았더니 나도 차안에 들어온 벌이나 풍뎅이와 별로 다르지 않았다. 내 앞에 활짝 열려있는 그 많은 행복의 문들은 다 놓아두고서 꽉 막힌 다른 문만 행복의 문이라고 고집하며 그 문만 애써 두드리고 있는 게 바로 나의 모습이었다. 건강하신 부모님이 계시고, 마음씨 고운 아내가 있고, 착한 자식들이 있으며, 그런 가족들이 함께 살 수 있는 따뜻한 집이 있는 나는 알고 보니 누구보다도 행복한 사람이었다. 그런데 그런 행복을 곁에 두고서도 다른 곳에 가면 더 좋은 것이 있으리라는 생각에 늘 고개를 치켜들고서 두리번거리며 숨도 제대로 쉴 겨를이 없이 허겁지겁 뭔가를 찾아 허덕이며 사는 게 나의 모습이었다. 물론 진취적이고 적극적으로 사는 것은 좋은 일이다. 그러나 열린 문을 제쳐두고서 끝내 열리지 않을 닫힌 문을 죽어라고 두드리면서 허덕이며 살 필요는 없지 않은가?

『삼국사기』에는 다음과 같은 사실史實이 실려 있다. 고구려를 세운 동명성왕은 제국을 건국할 큰 뜻을 품고 고향을 떠나면서 부인에게 말하였다. "장차 내 아들이 자라거든 일곱 모서리 진 바위 위에 서있는 소나무 아래에서 내가 숨겨놓은 신표信標를 찾아 들고 나를 찾아오게 하라"고. 아들 유리類利가 장성하자 부인은 유리에게 아버지의 말을 전했고 이 말을 들은 유리는 '일곱 모서리 진 바위 위에 서있는 소나무'를 찾기 위해 온 산을 헤집고 돌아다녔다. 그러나 끝내 그러한 바위도 소나무도 찾을 수가 없었다. 낙심한 유리는 마루에 앉아 한숨을 쉬고 있다가 우연히 발아래의 주춧돌과 그 위에 서있는 기둥을 보게 되었다. 주춧돌이 바로 일곱 모서리가 진 바위였으며 그 위에 선 기둥이 곧 소나무였다. 유리는 드디어 그 곳에서 아버지 동명성왕이 남겨 놓은 신표인 칼 반 토막을 찾을 수 있었다.

나는 이 동명성왕 사실史實에 우리 민족의 행복관幸福觀이 담겨 있다고 생각한다. 우리 민족은 진작부터 '내가 찾고자 하는 소중한 행복은 결코 멀리 있지 않다'고 생각했다. 동명성왕은 그러한 행복관을 유리명왕으로 하여금 「일곱 모서리 진 바위 위에 서있는 소나무」를 찾게 하는 과정을 통하여 터득하게 한 것이다. 서양 사람들은 18세기 후반에 이르러서야 시인 칼 붓세Karl Busse (1872~1928)의 "저 산 너머에 행복이 있다 하기에/ 나도야 남을 따라 행복 찾아갔다가/ 눈물만 흘리고 되돌아 왔네"라는 시를 통하여 비로소 행복이 멀리 있지 않다는 사실을 노래했다. 하지만 우리 민족은 2000여 년 전 동명성왕 때부터 이미 행복은 결코 멀리 있지 않다는 사실을 확연하게 깨닫고 있었던 것이다.

그렇다. 우리가 중히 여기는 보석은 우리의 주변에 널려 있고 보석보다도 값진 행복 또한 아주 가까이에 있다. 다만 우리가 그 사실을 느끼지 못하고 있거나 심지어는 그렇게 느끼기를 거부하고 있을 뿐이다. 보석이 어디에 있는 줄을 몰라서 줍지 못하는 게 아니고 행복이 어디에 있는 줄 몰라서 행복을 찾지 못하고 있는 게 아니다. 주위에 널려 있는 게 보석이며 발아래 준비되어 있는 게 행복이다. 아이들의 천진한 웃음이 보석이고, 자식만 생각하다가 백발이 된 부모님의 주름진 얼굴이 보석이며, 내 이웃의 따뜻한 마음이 보석이다. 밝은 달과 청량한 바람이 보석이고, 골짜기를 옥같이 부서지며 흐르는 맑은 물이 보석이며, 봄이면 지천으로 피어나는 아름다운 꽃들이 다 보석이고, 그런 꽃보다 몇 배나 더 아름다운 사람, 사람들이 다 보석이다. 그리고 주변에 널려 있는 책에 실린 말씀들을 잘 주워서 살펴보면 거기에 바로 행복으로 가는 길이 안내되어 있다. 그럼에도 불구하고 우리는 늘 보물섬을 꿈꾸며 산다. 부질없는 짓이다. 있지도 않은 보물섬을 찾아 헤맬 게 아니라 이제는 책 속의 말씀들을 읽고 그 말씀들을 실천함으로써 스스로 보물을 만들어 나가야 한다. 애써 보석을 찾고 또 캐려 들지 말고 책 속에서 열심히 '보석 줍기'와 '행복 느끼기'를 해야 하는 것이다.

중국 문학을 공부하는 나는 평소에 중국이나 우리나라의 고전 문학 작품을 많이 접하곤 한다. 그 과정에서 정말 외워두고 싶은 한 구절을 만날 때가 더러 있다. 그 때마다 나는 그런 구절들을 보석을 줍듯이 따로 모았다. 그리곤 그 말들을 외우기도 하고 가끔 흥이 일 때면 붓을 들어 서예 작품으로 써보기도 하였다. 행복한 시간들이었다. 그러던 차에 전북일보로부터 그런 구절들을 칼럼을 곁들여 연재하자는 제의가 있었다. 몇 차례 사양하다가 결국은 연재를 하게 되었는데 그 연재가 3년 동안 지속되며 572회에 달하게 되었다. 그중 200회분을 책으로 묶어 2002년에 『拾珠－구슬줍기』라는 이름으로 출간한 적이 있다. 그리고 이번에 전체를 수정·보완하고 재편집하여 4권의 책으로 출간하게 되었다. 제1권에는 『배고프면 먹고 졸리면 자고』라는 이름을 붙였고, 제2권에는 『찾는 이 없다고 피어나는 향기를 거두랴』라는 이름을, 제3권에는 『나 말고 누가 나를 괴롭히겠는가』라는 이름을 붙였으며, 제4권에는 『눈물어린 눈으로 꽃에게 물어도』라는 이름을 붙였다.

세상이 아무리 변해도 변하지 않는 것들이 있다. 그중 하나가 바로 '배고프면 먹고 졸리면 잔다'는 사실이다. 배고프면 먹고 졸리면 잘 수 있는 삶이 가장 행복한 삶이다. 그러나 대부분의 사람들은 그렇게 쉬운 '배고프면 먹고 졸리면 자는 일'을 제 맘대로 하지 못한다. 마음 안에 엉뚱한 욕심들을 가득 넣고 있기 때문에 그런 욕심들로 인하여 삶을 허덕이며 살다가 먹어야 할 때를 놓치기도 하고 때로는 잠을 이루지 못하기도 한다. 그러면서도 여전히 욕심껏 튀려는 생각을 한다. 자신을 위해서 사는 게 아니라 자신을 보아 주는 남들의 눈을 의식하여 내면의 향기는 없이 겉모양만 꾸미며 산다. 깊은 산골에 자라는 난초가 찾아주는 이 없다고 피어나던 향기를 거둬들이던가? 아니다. 보아주는 이가 있든 없든 제 향기를 제가 풍기며 진실하고 아름답게 산다. 이런 난초에 비해 사람은 남의 눈에 '잘' 보이기 위해 허덕이며 괴롭게 사는 경우가 많다. 괴롭히는 사람이 따로 있는 게 아니라 스스로가 스스로를 괴롭히며 산다. 나 말고 누가 나를 괴롭히겠는가? 나를 괴롭히는 것은 결국 나 자신이라는 점을 깨달아 자신을 괴롭히는 괴로움에서 벗어나고 나면 세상이 달리 보인다. 어느 것 하나 사랑 아닌 것이 없다. 다 사랑으로 안고 싶고 눈물로 안부를 묻고 싶은 존재들뿐이다. 누구를 위하여 눈물을 흘린다는 것이 우리를 얼마나 성숙하게 하고 아름답게 하며 기쁘게 하는가? 가난하고 초라한 존재들을 향해서도 눈물을 흘리는 마음으로 안부를 물어야 하지만 너무 아름다워서 더 없이 행복해 보이는 꽃에게도 눈물로 안부를 물을 수 있다면 우리는 꽃보다도 더 아름다워질 수 있을 것이다. 나 아닌 다른 존재들에게 물을 일이다. 관심을 가질 일이다. 눈물 어린 눈으로 꽃에게도 물을 일이다.

남에게 행복하게 보이려 들지 말고 나 자신이 진실로 행복해야 한다. 삶에서 향기가 나야 한다. 본성이 향기로운 난초는 찾아주고 보아주는 이가 없다고 해서 피어나던 향기를 거두어들이지 않는다. 사람도 마찬가지이다. 보는 이, 찾는 이가 없어도 내 향기를 내가 풍기며 사는 삶이라야 행복한 삶이다.

옛 사람들이 남긴 한문 속에 들어 있는 지혜를 모아놓은 이 책이 세상을 아름답게 하는 데에 조금이라도 도움이 되었으면 좋겠다. 열린 문을 놓아둔 채 뚫리지 않는 창호지를 뚫고 나가려고 애쓰는 파리만 미련한 게 아닐 것이다. 사람 또한 이와 비슷한 존재가 아닐까? 이 책을 통해서 좀 더 많은 사람들이 열린 문을 찾을 수 있기를 기대해 본다. 아니, 들어왔던 그 문이라도 찾을 수 있기를 기대해 본다. 흔쾌히 출판을 맡아주신 어문학사에 깊은 감사를 드린다.

2009년 2월 15일

전북대학교 연구실 持敬攬古齋에서

김병기 謹識

김병기 교수의 한문 속 지혜 찾기②

찾는 이 없다고 피어나는 향기를 거두랴

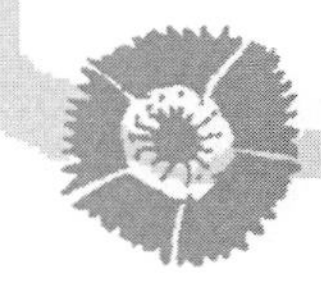

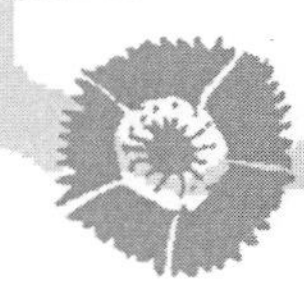

1. 인 화人和

天時不如地利하고 地利不如人和라.
천 시 불 여 지 리 　　　 지 리 불 여 인 화

하늘이 주는 시절의 혜택이 땅이 주는 지리적 혜택만 못하고 땅이 주는 지리적 혜택이 사람 사이의 화합에서 오는 혜택만 못하다.

『맹자孟子』「공손축公孫丑」 하下편에 나오는 말인데 맹자는 전쟁을 두고서 이 말을 하였다. 하늘이 준 때를 얻고서도 성을 함락시킬 수 없는 까닭은 성곽을 굳게 쌓아 요새화함으로써 지리적 조건을 그렇게 굳게 하였기 때문이다. 그래서 맹자는 천시天時의 혜택은 땅을 이용해서 얻은 이로움만 못하다고 하였다. 그런데 성이 그리 높지도 않고 방어하기 위한 해자垓字(성을 둘러싼 물)도 깊지 않으며 특별히 강한 무기를 가지고 있는 것도 아닌데 쉽게 공격하여 무너뜨릴 수 없는 성도 있다. 그것은 바로 그 성을 지키고 있는 사람들이 화합하여 한 마음으로 그 성을 지키고 있기 때문이다. 그래서 맹자는 땅을 이용해서 얻은 이익보다도 사람들 사이의 화합된 마음으로부터 얻은 이익이 훨씬 크다고 하였다. 결국 사람들에게 가장 안정된 평화와 큰 힘을 주는 것은 사람들 자신의 화합이다. 아무리 부자 나라가 되어도 인화가 없이는 행복한 나라가 될 수 없다. 국민 개개인이 서로 돕지 못하고 처참하게 소외당하는 계층이 있는 한 불특정 다수를 향한 분노와 원망의 폭발 위험성은 항시 존재하고 있는 것이다. 이 세상은 결코 혼자서만 잘 살면 되는 세상이 아니다. 내가 잘 살기 위해서라도 남에게 관심을 갖고 남을 돌봐야 함이다.

時 : 때 시	如 : 같을 여
利 : 이로울 리	和 : 화할 화, 화합할 화

2. 가슴 속의 대나무

畵竹必先得成竹於胸中이라.
화 죽 필 선 득 성 죽 어 흉 중

대나무를 그리려면 반드시 가슴 속에 먼저 대나무가 이루어져 있어야 한다.

송나라 때의 문장가인 소동파蘇東坡가 쓴 「문여가화운당곡언죽기文與可畵篔簹谷偃竹記(문여가가 그린 운당곡의 굽은 대나무에 대한 글)」에 나오는 말이다. 송나라 때에는 서예와 문인화가 특히 발달하였는데 소동파는 그림과 글씨를 모두 다 잘했을 뿐만 아니라 매우 차원 높은 감식안을 가지고 있었고 또 서화에 관한 이론적 저술도 많이 하였다. 그는 그림이란 근본적으로 그 사람의 정신을 그리는 것이지 피사체의 모양을 그대로 그리는 게 아니라는 생각을 가지고 있었다. 그래서 그는 작가의 정신이 표현되지 않은 채 피사체의 외양만 그린 그림은 어린 아이의 수준에도 못 미치는 매우 유치한 그림이라고 하였다. 그러한 까닭에 그는 화가가 만약 대나무를 그리고자 한다면 화가의 심미안과 격조 높은 정신으로 빚어낸 대나무가 먼저 가슴 속에 자리하고 있어야 한다고 한 것이다. 이것이 바로 그 유명한 '흉중성죽胸中成竹'의 화론이다. 소동파의 이 화론에 의하면 화가의 마음이 어떠하냐에 따라 맑은 기상의 대나무 그림이 나올 수도 있고, 탁하고 속스런 그림이 나올 수도 있다는 것이다.

요즈음 일부 미술관에는 미술을 빙자한 잡스런 그림이 넘쳐나고 있다. 화가의 정신이 건강하지 않기 때문에 그런 그림이 양산되고 있는 것이다. 화가나 서예가는 붓을 들기 전에 먼저 지금 내 가슴이 어떤 상태인지를 항상 가늠해 보아야 할 것이다.

畵 : 그림 화　　竹 : 대 죽
先 : 먼저 선　　胸 : 가슴 흉

3. 누가 누구를 비웃으랴

棄甲曳兵而走할 새 或百步而後止하고
기 갑 예 병 이 주 혹 백 보 이 후 지

或五十步而後止라 以五十步로
혹 오 십 보 이 후 지 이 오 십 보

笑百步면 則如何오?
소 백 보 즉 여 하

갑옷을 버리고 병기를 끌며 달아날 제, 어떤 군사는 백 걸음을 달아난 후에 멈추고 어떤 군사는 오십 걸음을 달아난 후에 멈추었는데 오십 걸음을 달아나다가 멈춘 군사가 백 걸음을 달아나다가 멈춘 군사를 비웃는다면 어떠합니까?

『맹자孟子』「양혜왕梁惠王」 상上편에 나오는 말로서 유명한 '오십 보, 백 보'라는 고사성어의 원문이다. 오십 걸음을 달아난 것이나 백 걸음을 달아난 것이나 달아난 것은 매 한가지인데 몇 걸음 적게 달아났다고 해서 오십 걸음을 달아난 군사가 백 걸음을 달아난 군사를 비웃는다면 그거야말로 꼴불견이 아닐 수 없다. 그런데 아직도 세상에는 그런 사람이 많이 있다. 차이 아닌 차이를 들어 자신이 남보다 깨끗하고 정의로운 사람이라는 인식을 심어주려고 애를 쓰는 사람들이 우리 주변에 너무 많이 있는 것이다. 날마다 싸움으로 일관하다시피 하는 야당과 여당의 발언들이 그 대표적인 예이다. 아무리 애를 쓰며 자신이 남보다 낫다는 점을 들어내고자 하여도 실체가 낫지 않으면 사람들은 믿지 않는다. 그러나 실체가 남보다 나은 점이 있으면 스스로 나서서 그렇게 기를 쓰며 설명하지 않아도 남이 먼저 알고 신뢰와 존경의 마음을 보낸다. 겨가 묻은 개나 똥이 묻은 개나 칠칠맞기는 마찬가지이다. 누가 누구를 비웃을 수 있으랴? 그저 자신을 돌아볼 일이다.

棄 : 버릴 기　　甲 : 갑옷 갑　　曳 : 끌 예
走 : 달아날 주　　步 : 걸음 보　　止 : 그칠 지
笑 : 웃을 소

4. 작은 지혜로 튀는 세상

群居終日에 言不及義하고 好行小慧는 難矣哉라.
군거종일　언불급의　호행소혜　난의재

여러 사람과 하루 종일 어울리면서도 의義에 관한 이야기는 하지 않고 하찮은 지혜로 튀는 행위 하기를 좋아하는 사람은 (큰 일을 이루기가) 어렵다.

『논어論語』「위령공편衛靈公篇」에 나오는 공자의 말이다. 이 말은 2000여 년 전에 나온 말임에도 불구하고 마치 요즈음 세태를 두고서 한 말인 것 같다. 요즈음 사람들이 모여 앉으면 의義를 논하는 일은 거의 없다. 국가와 민족, 혹은 인류를 위해 유익한 일을 해보겠다는 뜻을 밝히고 포부를 털어놓는 사람도 찾기가 쉽지 않다. 그저 모여 앉으면 돈을 버는 이야기와 로또복권 이야기와 주워들은 말을 옮기는 정치계의 뒷이야기와 연예인들의 사생활 이야기와 인터넷 음란 사이트에 올라와 있는 그림에 관한 이야기 등만 깔깔대고 너털대는 웃음과 함께 오갈 뿐이다. 어른들도 사람과의 만남을 대개 이런 식의 이야기로 때우고, 아이들도 거의 이런 식의 이야기로 친구들과 어울린다. 못 배운 사람도 이런 식의 이야기를 하고, 많이 배운 사람도 이런 식의 이야기로 시간을 보낸다. 그러다가 누군가가 의義에 대해서 이야기하거나 뜻이 있는 삶에 대해서 이야기할라치면 "그래, 너 잘 났다"는 식의 냉소를 보내거나 "어유! 재 참 피곤하게 사는구나"라고 하면서 아예 따돌려 놓으려고 한다. 사회에서 참되고 진지한 이야기가 사라지고 있다. 다만, 작은 총명으로 남을 웃기는 이야기를 하거나 튀어 보이는 일을 하는 것만이 능력으로 비쳐지고 있는 세상이다. 세상에 큰 뜻이 깔릴 자리가 없어지고 있는 것이다. 그러니 무슨 큰 일이 이루어지겠는가?

群 : 무리 군	居 : 살 거	終 : 마침 종
及 : 미칠 급	慧 : 지혜 혜	矣 : 집의 의
哉 : 어조사 재		

5. 말과 행동의 사이

君子恥其言而過其行이라.
군 자 치 기 언 이 과 기 행

군자는 말이 행동보다 지나치는 것을 부끄러워한다.

『논어論語』 「헌문편憲問篇」에 실려 있는 공자의 말이다. 공자는 줄곧 행동보다 말이 앞서는 것을 경계하였다. 그러한 까닭에, 말 잘하는 것을 결코 장점으로 치지 않았다. 차라리 말이 어눌할지라도 행동이 민첩하여 마땅히 해야 할 일을 성실하게 행하는 사람을 훌륭한 사람으로 보았다.

요즈음은 말없이 실천하는 사람은 바보로 보고, 말로 잘 응대하는 사람을 똑똑한 사람으로 본다. 심지어는 홍보라는 이름 아래 실지로 한 것보다는 적절하게 잘 부풀리고 포장해서 사람들로 하여금 귀가 솔깃하게 하는 선전을 미덕으로 보고, 자신에 대해서도 잘 포장해서 적절하게 선전할 수 있는 사람을 능력가로 보고 있다. 이렇게 되다 보니 세상에 말들이 너무 많다. 정치가들이 한 말대로라면 우리나라는 진즉에 영국이나 미국을 능가하는 민주정치가 이루어지는 나라가 되었어야 하고, 각종 선거에 입후보했던 사람의 말대로라면 우리나라는 진즉에 부정부패가 뿌리 뽑혀 있어야 하며, '필사투쟁'과 '결사항쟁'을 외치던 사람들의 말대로라면 그들은 이미 저 세상 사람이 되어있어야 한다. 그러나 세상은 예전에 비해 나아진 게 거의 없다. 오히려 갈수록 살기 힘든 세상이 되어가고 있다. 말이 앞서는 한, 상대적으로 실천은 미약할 수밖에 없다.

恥 : 부끄러울 치　　過 : 지나칠 과　　其 : 그 기

6. 멈추어야 할 곳

知止면 可以不殆라.
지지　가이불태

마땅히 멈추어야 곳을 알면 위태롭지 않을 수 있다.

『노자老子』 32장에 나오는 말이다. 영원히 날아오를 수 있는 공간이 있는데 우리가 만약 그 공간에 빠져들어서 영원히 날아오르기만 하는 풍선에 탔다고 가정해 보자. 아니면 영원히 떨어지기만 하는 절벽이 있는데 그 절벽에서 떨어졌다는 상상을 해보자. 얼마나 끔찍한 일인가? 평생을 위로 날아오르거나 떨어지기만 하다가 그 과정에서 죽고 죽은 시체도 시체인 상태로 영원히 날아오르거나 떨어

지는 일을 계속한다면 우리는 그 고통을 어떻게 견딜 수 있을까? 지옥이 다른 게 아니라, 그런 게 바로 지옥일 것이다. 다소 과장된 비유이기는 하지만 이처럼 멈추지 않는다는 것은 엄청나게 고통스러운 일이다. 그런데 사람들은 권력과 돈 앞에 좀처럼 멈추려 들지를 않는다. 권력의 맛을 본 사람은 끝까지 권력을 지키려는 싸움을 멈추려 들지 않고, 돈에 맛을 들인 사람은 돈을 찾아 헤매는 것이 결국은 죽음을 자초하는 길인 줄 알면서도 돈의 유혹을 뿌리치지 못한다. 멈춰 서지를 못하고 한번 올라탄 호랑이 등에 매달려 그저 달리고만 있는 것이다. 브레이크가 고장난 차를 타고서 언덕길을 내려가고 있는 것이다. 얼마나 위험한 일인가? 멈춰 서지 않는 삶이란 결국 죽음을 의미한다. 돈과 권력, 다 멈춰 설 때를 알아야 한다.

知 : 알 지	止 : 그칠 지	可 : 가능할 가
以 : 써 이	殆 : 위태로울 태	

7. 을지문덕 장군의 기개

神策究天文하고 妙算窮地理라
신 책 구 천 문 　 묘 산 궁 지 리

戰勝功已高한댄 知足願云止라.
전 승 공 이 고 　 지 족 원 운 지

귀신과도 통할만한 책략은 이미 하늘의 이치를 헤아린 경지에 이르렀고 오묘한 술수는 땅의 이치에 통달한 경지에 이르렀구려. 전쟁에 이겨서 이미 공도 높이 쌓았으니 족한 줄 알았으면 이제 그만 두시는 게 어떻겠는가?

고구려시대의 명장 을지문덕乙支文德 장군이 수隋나라의 장수인 우중문의 간담을 서늘하게 한 「여수장우중문시與隋將于仲文詩(수나라의 장수 우중문에게 주는 시)」이다. 혹자는 반문을 할는지 모른다. “이 시는 온통 우중문을 칭찬한 내용으로 되어 있는데 이 시가 어떻게 우중문의 간담을 서늘하게 했겠느냐?”고. 충분히 그런 생각을 할 수 있다. 필자도 고등학교 때 이 시를 배우면서 그런 의심을 했었으니 말이다. 이 시는 표면적으로 보았을 때는 마치 우중문의 높은 책략과 오묘한 병법을 칭찬한 시인 것처럼 보이지만 속 내용은 전혀 다르다. ‘신책神策’, ‘묘산妙算’을 들어 우중문을 칭찬한 것이 모두 “그래, 너 참 잘났다. 녀석, 꼴값하고 있네”라는 표현일 따름이다.

칭찬인 것 같지만 결코 칭찬이 아니라 조롱인 것이다. 그렇게 조롱하다가 을지문덕 장군은 시의 마지막 구절에 이르러 준엄한 목소리로 "자, 이제 네 꼴을 알았으면 장난 그만 치고 썩 물러가라"고 호통을 치는데 그 호통마저도 마치 어린 아이 달래듯이 "그래, 족한 줄 알았으면 이제 그만 둬야지"라는 식으로 표현한 것이다. 이 얼마나 높은 기개이며 당당한 자신감인가? 우리의 조상들은 이런 자존심과 자신감과 당당한 기개로 세상을 살았고 국난을 극복하였다. 우리는 이 시대에 조상들의 그런 기개를 되살려야 한다. 그리하여 우리를 넘보는 주변국가에 대해 단호하면서도 당당한 자세를 보여야 할 것이다.

策 : 꾀 책	究 : 연구할 구	妙 : 오묘할 묘
算 : 셈할 산	窮 : 다할 궁	勝 : 이길 승
願 : 원할 원		

8. 시작은 신중하게

君子愼始니 差若毫釐면 繆之千里니라.
군 자 신 시　　차 약 호 리　　무 지 천 리

군자는 시작을 신중하게 하나니 시작할 때 만약 털끝만큼의 차질이 있으면 그것이 결과에 이르러서는 천리千里의 차이로 나타나게 된다.

『대대례기大戴禮記』「예찰편禮察篇」에 『역위易緯』라는 책을 인용한 형태로 나오는 말이다. 영원히 평행을 유지해야 할 두 선이 만약 출발점에서 털끝만큼이라도 평행을 이루지 못한 채 출발하면 갈수록 두 선 사이의 간격은 벌어져서 종국엔 천리도 더 벌어질 수가 있다. 그러니 처음 시작할 때 얼마나 신중해야 하겠는가? 출발할 때 어떤 마음가짐으로 출발하느냐에 따라서 성패가 완전히 달라진다. 마찬가지로 시작할 때 어떤 다짐을 하느냐에 따라서 생활과 인생이 달라진다. 따라서 모든 시작은 신중한 의식 속에서 이루어져야 한다. 입학식을 치르고, 결혼식을 올리고, 개업식을 하는 이유가 다 새로운 다짐을 하기 위해서이다. 그런데 언제부터인가 우리나라의 대학가에서는 '신입생 환영회'라는 이름으로 술잔치가 벌어지고 있다. 어느 해에는 술을 못 마시는 신입생에게 강제로 술을 먹게 하여 학생이 숨지는 일까지 발생하였다. 학문의 전당인 대학의 신입생

환영회가 술 파티로 치러지고 그런 수라장 속에서 술을 먹다가 죽는 일까지 벌어지다니 이런 어처구니없는 일이 또 어디 있겠는가? 뿐만 아니라 결혼식장에서도 장난을 치는 일이 심심치 않게 벌어진다고 한다. 잘못된 것은 바꾸어야 한다. 신중하고 신성하며 건실한 시작만이 보람찬 장래를 보장할 수 있다는 것을 알고 또 느껴야 한다.

愼 : 삼갈 신	差 : 어긋날 차
若 : 만일 약	毫 : 털 호
釐 : (할, 푼, 리의)리 리	繆 : 얽힐 무, 틀릴 무

9. 자신을 안다는 것

蚍蜉撼大樹하니 可笑不自量이라.
비 부 감 대 수　　가 소 부 자 량

(비록 왕개미이기는 하지만) 개미가 큰 나무를 흔들고 있으니 그 스스로의 역량을 헤아리지 못함이 가소롭구나.

당나라 때의 문장가인 한유韓愈가 쓴 「조장적調張籍」이라는 글에 나오는 말이다. 비부蚍蜉가 비록 개미 중에서 제일 큰 몸집을 하고 있기는 하지만, 그렇다고 해서 큰 나무를 흔들 수 있을 만큼 힘이 센 것은 아니다. 그럼에도 불구하고 자신의 분수를 잊고 큰 나무를 흔들려고 드니 참으로 우스운 일이다. 세상에는 이러한 개미와 같은 사람들이 많이 있다. 시쳇말로 표현하자면 삽을 들고서 포클레인에게 덤벼드는 사람들이다. 인터넷을 통해 주워들은 예술에 대한 몇 가지 상식을 가지고서 평생을 예술에 바친 사람 앞에서 아는 체 하려 드는 사람도 있고, 시사 주간지에서 본 몇 마디 시사평론을 가지고서 평생 외길을 걸어온 노 교수의 이론과 지혜에 대해 반박을 하려 드는 사람도 있다. 뿐만 아니다. 요즈음 불고 있는 외국어 열풍을 타고 미국이든 중국이든 1년쯤 어학연수를 다녀와서는 영어나 중국어를 능통하게 구사하는 것처럼 행세하는 철부지 학생들도 있다. 말공부는 결코 말공부로 끝나는 게 아니다. 말은 바로 문화이다. 그 나라의 문화에 대한 깊은 이해가 없이 그럴듯한 발음으로 몇 마디 하는 것은 아무 짝에도 쓸 데가 없는 말이다. 겸손하고 항상 진지하게 배우려는 자세를 가져야 한다. 함부로 나서다가는 나무를 흔들려고 하는 꼴불견 개미의 모습이 되기 십상이니 말이다.

蚍 : 왕개미 비	蜉 : 왕개미 부	撼 : 흔들 감
樹 : 나무 수	笑 : 웃을 소	量 : 헤아릴 량

10. 행 락

山外青山樓外樓하니 西湖歌舞幾時休리오.
산 외 청 산 루 외 루　　　서 호 가 무 기 시 휴

산밖엔 다시 청산, 누대밖엔 다시 누대가 있으니 서호西湖에서 노래를 부르고 춤을 추는 행락은 언제나 그치려나?

송나라 사람 임승林升이 쓴 「제임안저題臨安邸(임안의 저택에 제하여)」 시의 처음 두 구절이다. 서호西湖는 중국의 절강성 항주에 있는 호수로서 풍광이 빼어나게 아름다운 곳이다. 산밖엔 다시 청산이 있고, 누대밖엔 다시 누대가 있어서 놀기 좋은 곳이 많다보니 서호西湖에 행락이 그칠 날이 없는 것은 어쩌면 당연한 일이다.

우리 주변에도 놀기 좋은 곳이 참 많이 있다. 관광을 산업화하고자 하는 정부의 정책에 부응하여 많은 관광지가 개발되었다. 관광지뿐이 아니다. 문화와 예술을 산업화한다는 이유로 각종 축제와 축제성 놀이도 많이 행해지고 있다. 봄이 되면 매화 축제, 벚꽃 축제에다 산놀이, 들놀이, 꽃놀이 등 각종 놀이가 경쟁적으로 벌어지고, 가을이면 가을대로 많은 축제와 문화 행사가 앞을 다투어 벌어져, 산에는 온통 행락객이 넘쳐난다. 물론 휴식을 위한 놀이와 행락은 매우 필요한 것이다. 그러나 이렇게 노는 사람들을 보면 왠지 불안한 생각이 든다. 외국인 근로자까지 고용하면서도 내국인 실업자는 날로 증가하는 가운데 일하자는 목소리보다는 놀자는 목소리가 더 높은 것 같아 불안한 것이다. 지난 60~70년대, 우리는 어느 핸가를 '일하는 해'로 선포하고서 전 국민이 "올해는 일하는 해 모두 나서라. 새 살림 일깨우는 태양이 떴다……. 일하는 즐거움을 어디다 비기랴……"라는 가사의 노래를 부르며 정말 열심히 일을 했던 때가 있다. 왠지 그 시절이 그리운 건 나만의 향수일까?

外 : 밖 외	樓 : 다락 루	湖 : 물(호수)호
歌 : 노래 가	舞 : 춤출 무	幾 : 몇 기
休 : 쉴 휴		

11. 놀다보면 아무 생각도 없게 되지

暖風熏得遊人醉하니 直把杭州作汴州라.
난 풍 훈 득 유 인 취 직 파 항 주 작 변 주

따뜻한 바람에 감싸인 채 놀이꾼들 술 취해 놀다보니 금세 항주가 변주로 변하였네.

송나라 사람 임승林升이 쓴 「제임안저題臨安邸(임안의 저택에 제하여)」 시의 3, 4구이다. 항주는 남송시대의 수도이고, 변주는 북송시대의 수도이다. 송나라는 개국 초기에는 부강한 나라였으나, 잇단 경제 정책의 실패로 인하여 국력이 기울어 결국은 북쪽의 금金나라에게 장강長江 이북의 땅을 내주고 남쪽으로 내려와 반쪽만의 나라를 세우게 되었다. 이게 바로 남송이다. 그리고 전 중국을 통일하여 세워졌던 본래의 송나라를 북송이라고 한다. 북쪽 땅을 빼앗기고 막 남쪽으로 내려왔을 때는 끝까지 싸워서 잃어버린 국토를 회복해야 한다는 목소리도 높았고, 국민들의 애국심도 강했었다. 그러나 남쪽의 따뜻한 날씨와 풍부한 농산물을 바탕으로 경제가 활성화되면서 살기가 편해지자 금세 사람들은 잃어버린 북쪽의 땅을 되찾아야 한다는 생각은 잊은 채 안일에 빠져 태평세월을 즐기기에 바빴다. 항주가 임시 수도라는 생각을 깡그리 잊고 오히려 중원에 있던 본래 수도인 변주인 것으로 생각하며 중원의 수복은 아예 염두에도 두지 않게 된 것이다. 국민들의 이러한 정신적 해이를 풍자하여 임승은 "강남의 따뜻한 바람에 감싸인 채 놀이꾼들 술 취해 놀다보니 금세 항주가 변주로 변하였네"라고 한 것이다. 취해서 놀다보면 이렇게 아무런 생각이 없게 된다. 국민들이 의식이 없이 그저 즐겁게만 사는 나라는 결코 태평한 나라가 아니다.

暖 : 따뜻할 난	熏 : 연기 낄 훈
遊 : 놀 유	醉 : 취할 취
直 : 곧바로 직	把 : 잡을 파

12. 용과 지렁이

神龍失勢면 卽還與蚯蚓同이라.
신 룡 실 세　　즉 환 여 구 인 동

신령스런 용이라 할지라도 그 세력을 잃고 나면 지렁이와 같게 된다.

『후한서後漢書』「외효전隗囂傳」에 나오는 말이다. 정승 댁의 강아지가 죽으면 문상객이 많아도, 정승 자신이 죽으면 문상객이 많지 않다는 속언이 있다. 권력의 무상함을 극명하게 표현한 말이다. 아무리 신령스런 용이라 하더라도 일단 용의 위세를 잃고 나면 그것은 지렁이나 다를 바 없듯이 사람도 아무리 큰 권세를 쥐었던 사람이라 하더라도 일단 권좌에서 물러나고 나면 그걸로 끝이다. 더 이상 위세를 부릴 수가 없다. 그래서 세상에는 권불십년權不十年이라는 말이 있다. 그럼에도 불구하고 대개의 사람들은 권좌에 앉고 나면 그 권세를 영원히 부릴 듯이 거드름을 피운다. 새 정부가 들어설 때마다 새로이 높은 자리에 앉은 사람들이 많다. 세를 믿고 세에 의지하여 방자하게 산 사람은 세를 잃고 나면 하루아침에 용에서 지렁이 신세로 전락하고 만다는 사실을 깊이 깨달아야 할 것이다. 반대로 세상에는 권력이 없이도 높은 권위를 가지며 무한한 존경을 받는 사람이 있다. 권좌에 있으면서도 항상 겸손한 사람만이 바로 그런 존경을 받는다.

失 : 잃을 실	勢 : 권세 세
卽 : 곧 즉	還 : 도리어 환
蚯 : 지렁이 구	蚓 : 지렁이 인

13. 가뭄 든 땅에서 풍년을 바라랴

是猶不識一漑之益하여 而望嘉穀於旱田者也라.
시 유 불 식 일 개 지 익 이 망 가 곡 어 한 전 자 야

이는 한번이라도 물을 대주면, 대준 만큼의 이익이 있다는 점을 모르는 채 가뭄이 든 땅에서 곡식이 훌륭히 무르익기를 바라는 것과 같다.

위진남북조시대 진晉나라 때의 인물인 혜강嵇康이 쓴 「양생론養生論」이라는 문장에 나오는 말이다. 혜강은 다음과 같이 말하였다. "상나라 탕왕 때 연속 7년씩이나 가뭄이 들자, 논밭에 물을 대서 농사를 짓는 사람이 있었다. 물론 그의 농작물도 끝내 가뭄을 극복하지 못하고 말라죽기는 하였지만 다른 논밭의 작물보다 늦게 죽은 것은 사실이다. 그러니 물을 대준 노력의 효과가 없었다고는 할 수 없다. 한번이라도 물을 대주었으면 작물의 생명을 그만큼 연장시키는 데에 도움을 준 것이다. 사람들은 흔히 '한번 화를 내는 것이 생명

에 얼마나 큰 해를 끼치겠으며 한번의 애절한 일을 당하는 것이 건강에 얼마나 큰 영향을 끼치랴?'라는 생각으로 일노一怒, 일애一哀를 가벼이 여겨 함부로 사는 사람이 있다. 이는 마치 가뭄이 든 논밭에 한번이라도 물을 대주면 그만큼의 이익이 있다는 점을 모르는 채 가뭄이 든 땅에서 곡식이 훌륭히 무르익기를 바라는 것과 같다"

참으로 절실한 비유로 양생의 도를 말했다. 한번 화를 내고, 한번 비탄에 빠지면 그만큼 우리의 생명은 줄어드는 것이다. 장수의 비결은 다른 게 아니다. 희노애락에 초연하여 항상 담담하게 사는 것이 곧 장수의 비결이다. 하지만 담담하기가 어디 그리 쉽겠는가? 그래서 수양이 필요하다. 결국 장수의 비결은 끊임없는 수양에 있다고 해야 할 것이다.

猶 : 같을 유	識 : 알 식
漑 : 물댈 개	嘉 : 아름다울 가
穀 : 곡식 곡	旱 : 가물 한

14. 손가락에 감겨버린 강철

何意百鍊鋼이 化爲繞指柔리요?
하 의 백 련 강　　화 위 요 지 유

어디 짐작이나 했겠는가? 백 번을 달구어 만든 강철이 손가락에 감기고 마는 유약한 신세가 되고 말 줄을.

위진남북조시대의 진晋나라 사람 유곤劉琨이 쓴 「중증노심重贈盧諶(다시 노심에게 주는 시)」이라는 시에 나오는 말이다. 세상을 살다보면 자신도 모르는 사이에 그 옛날의 팔팔하던 기는 꺾이고, 유약하게 변해있는 자신의 모습을 볼 때가 있다. '그래, 두고 보자. 언젠가는 나도 상사가 되어 호통을 한번 쳐보리라'고 이를 악물었었는데 어느새 젊은 후배에게 밀려 오히려 후배의 눈치를 보는 신세가 되어 있는 자신의 모습을 보며 한숨을 지을 때가 있다. '언젠가는 내 손으로 휘어잡으리라'고 벼르기만 하다가 이제는 아내의 말이라면 뭐든지 고분고분 듣기만 하는, 아니 듣지 않아서는 안 되는 공처가가 되어 있는 자신의 모습을 볼 때도 있다. 또 '내 자식만은 엄하게 키워 남 앞에 버젓하게 내놓으리라'고 하루에도 열 번씩 마음을 먹었음에도 불구하고 세태를 이기지 못하여 결국은 자식의 응석을 다 받아주고 있는 약한 아버지가 되어 있는 자신의 모습을 발견하고서 씁쓸하고 허전한 미소를 지을 때도 있다. 그리고 이런 자신에 대해 술

자리에서 만난 옛 친구들이 "야, 너 성질 많이 죽었다"고 비아냥거릴 때면 왠지 슬퍼지기까지 하는 자신을 볼 때가 있다. 그러나 새삼 슬퍼할 필요가 무에 있으랴! 그게 바로 인생인 것을. 백련강百鍊鋼임을 내세워 부러지는 것보다는 부드러운 금金이 되어 손가락에 감기는 반지로 남는 게 보다 나은 인생이 아닐까?

何 : 어찌 하	意 : 생각할 의
鍊 : 담금질 할 연	繞 : 감길 요
指 : 손가락 지	柔 : 부드러울 유

15. 군 자君子

君子防未然하고 不處嫌疑間이라.
군 자 방 미 연　　불 처 혐 의 간

군자는 미연에 방지하고 의심을 받을 만한 곳에 처하지 아니한다.

중국 삼국시대 조조의 아들인 조식曹植의 시 「군자행君子行」에 나오는 말이다. '아니 땐 굴뚝에 연기 날까?'라는 속담이 있다. 불을 때지 않은 굴뚝에서 연기가 날 리가 없다. 모든 일에는 그 원인이 있는 것이다. 그런데 세상에는 더러 전혀 불을 때지 않았는데도 불구하고 그럴듯한 연기를 만들어 불을 땠다고 주장하는 경우가 있다. 이른바 모함이 바로 그것이다. 그러나 생각해보면 그런 모함을 받는 것 역시 자신의 탓인 경우가 많다. 모함을 받을 자리에 있었기 때문에 모함을 받게 된 것이다. 꾸며진 연기를 증거로 불을 땠다고 대들기 전에 아예 처음부터 연기를 꾸미지 못하게 해야 하는 것이다. 그런 사람이 바로 밝은 사람이며 군자가 바로 그런 사람이다. 인터넷이 일반화되면서 사이버 공간을 이용해 일방적인 재판이 진행되는 경우가 있다. 무서운 일이다. 여러 사람의 입은 쇠도 녹인다고 했는데 여러 사람이 한꺼번에 나서서 여론을 형성해 나가면 개인은 변명도 제대로 못하고서 일방적으로 매도를 당하고 만다. 컴퓨터를 이용하여 쌍방이 모두 투명하게 들여다보고, 투명하게 교감해야 할 '윈도우(Window : 창)'시대의 무서운 부작용이다. 이런 부작용을 막기 위해 제도와 장치를 보완하는 것도 중요하지만, 스스로가 의심받을 곳에 있지 않도록 하는 자세가 더 필요하지 않을까?

防 : 막을 방	然 : 그러할 연
處 : 처할 처	嫌 : 꺼릴 혐
疑 : 의심 의	

---

16. 근본과 말단, 시작과 끝

物有本末하고 事有終始라.
물 유 본 말 사 유 종 시

사물에는 근본과 말단(몸통과 가지)이 있고 일에는 시작과 끝(원인과 결과)이 있다.

『예기禮記』「대학편大學篇」에 나오는 말이다. 가지라고 해서 하찮게 여길 바는 아니지만 가지가 뿌리보다 중하지 않은 것은 사실이다. 가지는 다소 꺾여도 살지만, 뿌리가 상하면 죽기 때문이다. 손발이 중하지 않은 것은 아니나 심장보다 중하게 여기지 않는 것은 사실이다. 손발은 꺾이고서도 생명을 유지할 수 있지만, 심장은 다치면 바로 생명을 잃기 때문이다. 따라서 생명을 유지하기 위해서는 뿌리와 가지, 심장과 손발의 차이를 잘 구분할 수 있어야 한다. 바로 근본과 말단에 대한 구분을 잘 해야 하는 것이다. 그런데 세상의 많은 일 중에서 근본과 말단을 구분하기란 쉽지 않다. 돈이 좋다고 해서 돈을 근본으로 삼으면 돈에 치어 사람은 설 곳이 없다. 그래서 사람들은 "돈보다는 사람이 우선"이라는 말을 한다. 그러나 실지로 사람보다는 돈을 우선시 하는 쪽을 택하는 경우가 많다. 돈 앞에서 부모를 버리고, 형제와 등을 돌리는 것이 미혹에 빠져 근본과 말단을 잘 구분하지 못하는 대표적인 예이다. 가지보다는 뿌리를 북돋우고 결과만 챙기기보다는 원인을 밝히는 일을 중시하는 사회라야 장기적인 발전을 기약할 수 있다. 가지 몇 개 쳐내고 우선 달콤한 열매 몇 개 챙기는 일은 결코 개혁이라고 할 수 없다. 인문학과 철학에 기초하여 뿌리와 원인을 찾는 개혁이 바로 진정한 개혁이다.

物 : 물건 물　　本 : 근본 본
末 : 끝 말　　終 : 끝 종
始 : 처음 시

17. 끝맺음의 어려움

非知之難이라 行之惟難이요 終之斯難이라.
비 지 지 난　　행 지 유 난　　종 지 사 난

알기가 어려운 것이 아니라, 행하기가 어려운 것이요, 끝맺음을 보기는 더 어려운 것이다.

당나라 사람 오긍吳兢이 쓴 『정관정요貞觀政要』「신종愼終」조에 나오는 말이다. 알고 깨닫게 된 것을 다 실천할 수 있다면 얼마나 좋겠는가? 그러나 세상에는 알면서도 실천하지 못하는 일이 수없이 많이 있다. 초지일관하여 끝까지 실천하기는 더욱 어렵다. 그래서 세상에는 평생을 하루같이 산 사람이 그렇게 적은 것이다. 새해와 더불어 시작한 일들을 끝까지 해낼 수 있다면 담배 때문에 고심하는 사람도 없을 것이고, 술로 인해 부부싸움이 잦을 일도 없을 것이다. 그리고 새 학기의 시작과 더불어 새롭게 다짐한 일들을 끝까지 실천한다면 우등생이 되지 않을 학생이 없을 것이다.

반복되는 '계획 취소'로 인해 자신에 대해 실망하는 사람이 있다면 그렇게 실망할 필요까진 없다는 말을 하고 싶다. 초지를 일관한다는 것이 오죽 어려운 일이었으면 옛 사람들도 그 어려움을 그처럼 강조했을까? 사실상 초지일관은 불가능한 일인지도 모른다. 따라서 성공의 비결은 거듭하는 도전에 있다고 생각한다. 끊기로 다짐했던 담배를 어느 날 술자리에서부터 다시 피우게 되었다면 하룻밤 피운 것을 구실로 금연 그 자체를 포기할 것이 아니라, 하룻밤의 실수를 빨리 잊고 다음날 다시 금연으로 돌아가면 반드시 금연에 성공할 수 있을 것이다. 반복하는 도전만이 실천의 어려움을 극복하는 길인 것이다.

非 : 아닐 비	難 : 어려울 난
惟 : 어조사 유	終 : 끝 종
斯 : 이 사, 어조사 사	

---

18. 지금 아는 것을 그 때도 알았더라면

早知今日이었다면 悔不當初일 것을.
조 지 금 일　　　　　회 불 당 초

일찍 오늘의 상황이 올 것을 알았다면 처음 일을 시작한 것을 후회하지는 않았을 것을.

소설『수호지』41회에 나오는 말이다. 수년 전에 출간된 책 가운데『지금 아는 것을 그 때도 알았더라면』이라는 책이 있다. 지금 알게 된 것을 얼마 전의 그 때도 알았더라면 얼마나 좋았을까? 그랬었더라면 이런 후회를 하지 않아도 될 것을. 그러나 세상에 후회 없는 삶은 없다. 누구에게도 지나간 일에 대한 아쉬움과 후회는 있다. 다만 후회의 정도가 다를 뿐이다. 어떤 사람은 정말 발등을 찍어가며 후회를 하는가 하면 어떤 사람은 그저 씽긋 웃는 웃음 속에 가볍게 아쉬움을 날려 보내는 정도의 후회를 한다. 어차피 후회를 하면서 사는 게 인생이라면 우리는 후회의 강도를 낮추는 삶을 살아야 한다. 그렇지 않아도 짧은 인생, 발등을 찍을 만한 후회를 두어 번만 하고 나면 그 짧은 인생이 다 가고 만다. 후회로 보낸 인생을 어디에 가서 보상을 받겠는가? 날마다 사는 인생, 어제 무사히 잘 살았다고 해서 그렇게 산 어제를 믿고서 오늘 방심하면 그 짧은 방심의 순간에 후회할 일이 찾아온다. 항상 조심스럽게, 신중하게, 진지하게 살

일이다. 덜렁대며 살다가 "왜 그랬을까?"하고 후회한들 이미 물은 엎질러져 있다. 어떻게 다시 쓸어 담으랴. 걷기도 조심하고, 운전도 조심해야 한다. 밥 한 그릇도 조심해서 먹고, 술 한 잔도 조심해서 마셔야 한다. 조심은 결코 구속이 아니다. 그것은 바로 부단한 인격 수양의 길이다.

早 : 일찍 조	知 : 알 지
今 : 이제 금	悔 : 후회할 회
當 : 당할 당	初 : 처음 초

19. 누워서 침 뱉기

家醜는 不可外揚이라.
가 추 불 가 외 양

집안의 부끄러운 일은 밖으로 드러낼 일이 아니다.

명나라 사람 풍몽룡馮夢龍이 편찬한 단편 소설집인 『삼언三言』의 하나인 『경세통언警世通言』에 실린 「유중거제시우상황兪仲擧題詩遇上

皇」이라는 소설에 나오는 말이다. '집안에서 하는 말이나 일이 담을 넘지 않도록 하라'는 속담이 있다. 집안일은 집안에서 끝내야지 다른 사람에게까지 알려지게 해서는 안 된다는 뜻이다. 그래서 옛 어른들은 집안에서 큰 소리가 나는 것을 매우 경계하였다. 지금도 마찬가지일 것이다. 집안에서 일어난 나쁜 일이 밖에까지 떠들썩하게 소문이 나는 것은 결코 좋은 일이 아니다. 참으로 부끄러운 일이다. 왜 부끄러울까? 그것은 서로 사랑하고 화합하며 살아야 할 가장 작은 단위가 가정인데, 그러한 가정의 화합조차도 이루지 못하고 있다는 것이 드러나기 때문이다. 가정의 화합을 이루지 못하는 사람이 밖에 나가서 무슨 일인들 제대로 할 수 있겠는가? 그런데 요즈음엔 집안 이야기가 공공연하게 밖으로 퍼져 나오는 경우가 종종 있다. 일부 연예인의 가정사로 세상이 떠들썩할 때가 많다. 어디 연예인뿐이랴. 일반 가정에서도 낮에는 물론, 심야에도 부부간에 다투는 소리가 들리는 집이 있다. 그리고 찜질방에 앉아서 하루 종일 남편 흉을 보는 아내도 있고, 호프집에 앉아서 아내를 성토하는 못난 남편도 있다. 다 누워서 침 뱉기이다. 이해와 화합은 선택 사항이 아니라, 가족 구성원의 의무임을 알아야 할 것이다.

醜 : 추할 추　　外 : 밖 외　　揚 : 떨칠 양

20. 새 며느리

三日入廚下하여 洗手作羹湯이나
삼 일 입 주 하 세 수 작 갱 탕

未暗姑食性하여 先遣小姑嘗이라.
미 암 고 식 성 선 견 소 고 상

시집온 지 3일 만에 주방에 들어갔어요. 손을 씻고서 국도 끓이고 탕도 끓였어요. 그러나 시어머님의 식성을 아직 잘 모르는 까닭에 시누이에게 먼저 맛보게 하였어요.

당나라 사람 왕건王建이 쓴 「新嫁娘(신가낭 : 새 며느리)」이라는 시이다. 갓 시집온 새댁의 두려운 마음을 너무나도 잘 표현한 시이다. 무슨 일이든지 처음 시작은 이렇게 어렵고 두려운 것이다. 신입 사원의 심정도 이와 별로 다르지 않을 것이며, 초보 운전자의 심정도 이와 비슷할 것이다. 누구에게나 '초보'였던 시절이 있다. 자신이 초보였던 그 시절을 생각하여 뒤에 오는 후배 초보자들을 따뜻하게 감싸주고 친절하게 안내해 주면 오죽 좋으랴마는 사람은 결코 그렇게 너그러운 존재가 되지 못하는 것 같다. '개구리 올챙이 적 생각 못한다'는 말이 있듯이 대부분의 사람들은 마치 자신에게는 초보 시절이 없었던 듯이 행동한다. 심지어는 마치 복수라도 하듯 자신이 초보 시절에 당했던 어려움을 후배에게 고스란히 당하게 하고 오히려 없는 어려움까지 만들어서 후배를 골탕 먹이는 사람이 있다. 속이 좁은 못난 사람이다. 새롭게 시작하는 일로 인하여 두려움을 느끼고 있는 초보자들에게 우리 모두 따뜻한 격려를 아끼지 말아야 할 것이다.

廚 : 부엌 주
湯 : 끓을 탕
姑 : 시어머니 고
嘗 : 맛볼 상
羹 : 국 갱
暗 : 어둘 암
遣 : 보낼 견

---

21. 진정한 탑 쌓기

救人一命이 勝造七級浮屠라.
구 인 일 명　　승 조 칠 급 부 도

사람의 한 목숨을 구해주는 것이 7층의 불탑佛塔을 쌓는 것보다 낫다.

명나라 사람 풍몽룡이 편찬한 『고금소설』에 실려 있는 「월명화상도유취月明和尙度柳翠」라는 소설에 나오는 말이다. 부도浮屠란 불탑

이라는 뜻이고, 칠급七級은 7층이라는 뜻이다. 일반적으로 불탑은 7층으로 되어있기 때문에 '칠급부도七級浮屠'라는 표현을 한 것이다. 불탑을 쌓는 것은 부처님의 나라에 가기 위해 공덕을 쌓는 한 방편이다. 그러나 탑을 쌓는 일보다 더 중요한 일은 바로 사람을 살게 해주는 일이다. 세상에 사람에게 자비를 베푸는 일보다 더 큰 공은 없다. 내가 한 작은 행동이 다른 사람을 살릴 수도 있고, 죽일 수도 있다. 아무 생각 없이 길바닥에 내다 버린 한 바가지의 물이 밤이 되자 얼어붙었는데 그 얼어붙은 길에 노인이 미끄러져 세상을 떠나게 되었다면 나는 과연 '물 한 바가지 내다 버린 일' 밖에 없는 사람일까? 반대로 내가 친절히 길을 안내한 것이 원인이 되어 사람의 목숨을 살렸다면 나는 과연 '길을 안내한 일' 밖에 없는 사람일까? 평소에 착한 마음이 있어야 우연히 한 일이 남을 살리는 일이 되고, 그 일이 공으로 쌓여 부처님 나라에 갈 수 있다. 요즈음 절마다 신축도 많고 중건도 많은 것 같다. 불탑을 쌓거나 큰 절집을 짓기 전에 우리 주변에는 고아원도 많고 양로원도 많다는 점을 생각해 볼 필요가 있을 것이다.

救 : 구원할 구
命 : 목숨 명
勝 : 이길 승
造 : 지을 조
級 : 등급 급
浮 : 뜰 부
屠 : 죽일 도

22. 꿈은 이루어진다

有志者事竟成이라.
유 지 자 사 경 성

뜻이 있는 사람은 마침내 일을 이룬다.

『후한서後漢書』「경엄전耿弇傳」에 나오는 말이다. '뜻이 있는 곳에 길이 있다'는 말이 있다. 우리는 지난 2002년 월드컵을 통하여 '꿈은 이루어진다'는 것을 눈으로 직접 확인하였다. 꿈은 이루어진다! 그러므로 어떤 꿈을 꾸느냐가 매우 중요하다. 나쁜 꿈을 꾸면 나쁜 일이 이루어질 것이고, 좋은 꿈을 꾸면 좋은 일이 이루어질 것이기 때문이다. 부자가 되겠다는 꿈을 꾸는 것은 좋지만 국민이 모두 어떻게 해서든 나만 부자가 되면 된다는 꿈을 꾸면 그 나라는 잘 살게 되기는커녕 이기주의에 빠져 망하게 될 것이고, 나라의 기둥인 젊은 이들이 나라나 민족에 대해서는 전혀 생각하는 바가 없이 눈앞에 닥친 개인적인 이익만 꿈꾼다면 그 나라의 장래는 암담할 수밖에 없을 것이다. 뜻이 바르게 서야 일이 바르게 이루어진다. 그런데 요즈음엔 뜻을 바르고 크게 세우는 사람이 많지 않은 것 같다. 그저 편하고 쉽게 사는 것만 취하는 것 같아 안타깝다. 민족을 생각하기도 귀찮고, 정의를 생각하는 것도 귀찮으며, 인류의 평화를 생각하는 것은 더더욱 나와는 관계가 없는 일로 여기는 것 같다. 뜻이 크고 건전해야 그 뜻이 이루어지는 날 나라가 온통 건실해진다. 부강한 나라는 국민의 건실한 뜻에 달려있는 것이지 물질적 풍요를 누리는 안일함에 있지 않음을 알아야 할 것이다.

志 : 뜻 지　　者 : 놈(사람) 자　　竟 : 마침내 경

23. 니들이 내 뜻을 알아?

燕雀이 安知鴻鵠之志哉오?
연 작　안 지 홍 곡 지 지 재

제비나 참새 따위가 어찌 고니(백조)의 큰 뜻을 알리오?

이 말은 우리 주변에서 흔히 들을 수 있는 말로서 『사기史記』「진섭세가陳涉世家」에 나온다. 어떤 경우에 이 말을 사용하는가? 물론 홍곡의 뜻을 가진 사람이 그 뜻을 알아주지 못하는 연작과 같은 무리들을 향해 사용하기도 한다. 그러나 우리 사회에서는 연작과 같은 사람들이 홍곡을 자처하는 사람들을 향해 비아냥거리는 투로 더 많이 사용한다. 그만큼 우리 사회에는 홍곡이 아닌 사람이 홍곡의

행세를 하고 있는 경우가 많다는 뜻이다. 단지 상사라는 이유만으로 되지도 않는 이유를 들어가며 아랫사람에게 무리한 일을 시키는 경우도 있고, 높은 자리에 있는 사람이라고 해서 아예 다른 사람의 말을 듣지 않고 자신의 말만 앞세우는 사람도 있다. 위와 아래 사이에 의사소통이 잘 되지 않는 경우인 것이다. 이럴 때 아랫사람은 한숨 섞인 목소리로 "연작이 어찌 홍곡의 뜻을 알겠소?"라는 말을 하게 된다. 불행한 일이다. 연작과 홍곡 사이에 의사소통이 되는 사회는 좋은 사회이다. 홍곡이 진정한 홍곡이 되어 홍곡은 연작을 가르치려 들고, 연작은 홍곡의 큰 뜻을 헤아리려고 노력하는 사회가 되어야 하는 것이다. 그게 바로 신뢰와 권위와 존경이 있는 사회다. 법과 제도보다는 권위와 존경으로 움직이는 세상이 정말 좋은 세상이다. 하지만 모든 것을 법과 제도로만 규정하려 하니 이제 그런 세상을 보기는 쉽지 않을 것 같다.

燕 : 제비 연	雀 : 참새 작
安 : 어찌 안	鴻 : 기러기 홍
鵠 : 고니 곡	哉 : 어조사 재

24. 바른 뜻, 바른 성공

立志欲堅不欲銳하라 成功在久不在速이니라.
입 지 욕 견 불 욕 예 성 공 재 구 부 재 속

뜻을 세움은 견고하게 할 생각만 할 뿐 날카롭게 하려 하지 말라. 성공은 꾸준한 지구력에 달려 있지 빠름에 있지 않느니라.

송나라 사람 장효상張孝祥이 쓴 『논치체찰자(論治體札子)』 갑신년 2월 9일 조에 나오는 말이다. '엉덩이가 무겁다'는 속어가 있다. 오래 앉아 있지 않아야 할 자리에 눈치도 없이 오래 앉아 있을 경우에도 쓰는 말이지만 또 한편으로는 한번 일을 시작하면 끝장을 볼 때까지 끈질기게 앉아 있는 경우에도 사용하는 말이다. 큰 성공을 거두는 사람은 대개 엉덩이가 무거운 사람이다. 비록 남다른 재주가 있다고 하더라도 엉덩이가 가벼워서 책상머리에 오래 앉아 있지 못하는 사람은 큰 공부를 하지 못한다. 예리한 작은 칼로 덤비는 사람은 상대에게 약간의 상처는 줄 수 있을지 몰라도 치명타는 입히지 못한다. 반면에 무거운 철퇴를 휘두르는 사람은 한번 휘두르기가 쉽지 않아서 그렇지, 일단 휘둘렀다 하면 모두 치명타를 입힐 수 있다. 작은 칼은 아무리 예리하다고 하더라도 큰 철퇴를 당할 길이 없는 것이다.

요즈음 우리 사회에는 작은 칼을 들고 눈앞의 짧은 이익을 따먹고서 그 다음엔 모든 것을 팽개치고 또 다른 짧은 일을 찾아 나서는 사람이 많이 있다. 약삭빠른 한탕주의가 팽배해 있는 것이다. 얼마 전 TV에 국내 여행사에게 당한 외국 관광객들이 치를 떨며 다시는 한국에 오지 않겠다고 하는 모습이 보도되었다. 한탕주의 폐해의 대표적인 예다. 정말 큰 성공은 한탕주의에 있지 않음을 전 국민이 함께 느끼고 깨닫기를 바란다.

欲 : 하고자 할 욕	堅 : 굳을 견	銳 : 날카로울 예
久 : 오랠 구	在 : 있을 재	速 : 빠를 속

25. 신동은 반드시 크게 성공하는가?

小時了了라도 大未必佳니라.
소 시 료 료 대 미 필 가

어릴 적에 똑똑하고 총명하다고 해서 자라서도 반드시 훌륭한 사람이 되는 것은 아니다.

중국 위진남북조시대 남조의 송나라 사람 유의경劉義慶이 쓴 『세설신어世說新語』 「언어편言語篇」에 나오는 말이다. 여기서 사용된

'료료了了'라는 말은 '똑똑한 모양'을 나타내는 말이다. 어린아이들, 특히 요즈음 어린아이들이 놀고 있는 모습을 보고 있노라면 '다들 어쩌면 저리도 영리하고 똑똑할까?'하는 생각이 절로 든다. 아직 때 묻지 않은 순수함 때문에 그렇게 영롱하고 맑게 보인다. 이런 아이들 앞에서 어른들은 자칫 착각을 한다. 자기 자식을 더 똑똑하게 여기는 착각, 심지어는 자기 자식을 신동이라고 확신하는 착각 말이다. 이런 착각이 얼마나 아이를 병들게 하는지는 이미 다 병들게 한 후에야 깨닫게 된다. 물론 신동이 없는 건 아니다. 그러나 그 신동이 자라서까지 신동의 역할을 하게 하기 위해서는 부모가 교육을 더 잘 해야 한다. 그렇지 않으면 신동은 오히려 보통아이에도 못 미치는 바보가 되고 만다. 신동에겐 영재 교육도 필요하지만 신동이기 때문에 부족할 수밖에 없는 평범함에 대한 교육이 더 필요할는지도 모른다. 평범함을 모르는 신동은 부적응아다. 대개의 천재 교육이 실패하는 까닭은 바로 평범함에 대한 홀시에 있지 않을까? 가끔 TV에 등장하는 음악 신동, 수학 신동들의 이야기를 들을 때면 안타까울 때가 있다. 너무 호들갑을 떨지 말고 때가 되기를 기다렸으면 하는 생각에서 그런 안타까운 마음이 드는 것 같다.

了 : 똑똑할 료	未 : 못할 미
必 : 반드시 필	佳 : 아름다울 가, 좋을 가

26. 왜 그리 시끄러우신가?

草於默中長하고 花在靜裏開한댄 君何囂囂乎오?
초 어 묵 중 장　　　화 재 정 리 개　　　군 하 효 효 호

풀은 말이 없는 가운데 자라고, 꽃은 고요함 속에서 피는데 그대는 왜 그리도 시끄러우신가?

4~5년 전의 어느 날 아침, 우연히 지어본 필자의 자작구自作句이다. 어느 집이나 아침 시간은 대개 부산하고 떠들썩하다. 출근 준비를 하는 남편도 부산하고, 학교에 가는 아이들도 떠들썩하며, 이들의 하루를 준비해 주는 아내는 더욱 정신이 없다. 요즈음 사람들의 삶이라는 게 대개 이렇게 부산하고 떠들썩하게 시작하여 거의 하루 종일 시끄럽다. 내 것을 챙기느라고 시끄럽고, 남을 탓하느라고 떠들썩하며, 내가 이처럼 많은 일을 했노라고 공치사를 하느라 시끄럽다.

어느 날 아침, 베란다의 화분에 물을 주고 있는데 아들 녀석이 어제와 마찬가지로 부산하고 떠들썩하게 가방을 메고 집을 나선다. 그런 아이를 보며 이런 저런 생각을 하다가 문득 물을 주던 화분을 바라보았더니 수년 전 여름 오랜만에 찾아온 제자가 놓고 간 느티나무 분재에 싹이 돋고 있었다. 지난 겨울, 베란다에 그냥 놓아둔 채 물도 제대로 주지 않았기에 내심 죽었을지도 모른다는 생각을 했었

는데 그 작은 느티나무가 싹을 틔우고 있지 않은가? 너무도 반가웠다. 그런데 이건 또 웬일인가? 옆에 있는 제라늄이 빨간 꽃 한 송이를 피우고 있었다. 아름다웠다. 풀은 이렇게 말이 없는 가운데 때가 되면 싹을 틔우고 자라며, 꽃 또한 고요한 가운데 저 홀로 저리 아름답게 피는데 사람은 뭘 그리 대단한 일을 한다고 날마다 그렇게 시끄러운지 모르겠다.

於 : 어조사 어
長 : 자랄 장
裏 : 속 리
囂 : 떠들썩할 효
默 : 잠잠할 묵
靜 : 고요할 정
開 : 필 개

27. 장작 쌓기 – 뒤에 쌓이는 것이 위에 놓인다

用群臣如積薪耳니 後來者居上하옵소서.
용군신여적신이 후래자거상

뭇 신하들을 등용하는 것은 마치 땔나무를 쌓는 것과 같을 따름이니 뒤에 오는 자를 위에 놓으십시오.

『사기史記』의 「급암열전汲黯列傳」에 나오는 말이다. 급암汲黯은 한나라 때의 명신名臣이다. 그는 황제에게 참신한 인물을 골라 등용할 것을 권하면서 인재의 등용을 땔나무 쌓기에 비유하여 장작도 나중에 쌓이는 장작이 높은 자리에 놓이게 되듯이 관직도 연륜만 따질 게 아니라 젊은 사람이라고 하더라도 능력이 있는 젊은 인재라면 당연히 윗자리에 앉혀야 한다고 한 것이다. 예나 지금이나 인재를 골라 쓰는 일이 쉽지 않기는 마찬가지인 것 같다. 참신한 인물을 골라 쓰자면 당연히 근무 년 수나 나이를 무시하고 젊은 인재를 발탁해야 하는데 그러자면 기존 세력의 반발에 부딪힐 수밖에 없다. 이러한 어려움이 있을 줄을 알면서도 한나라 때의 급암은 황제에게 젊은 인재를 적극 발탁해서 중용할 것을 권하였다. 진정으로 황제를 바르게 보필하고자 한 충신이다. 한 때 우리 사회에 '서열 파괴'라는 말이 유행어처럼 나돈 적이 있다. 참여정부의 노무현 대통령이 파격적인 인사를 단행하면서 나왔던 말이다. 개혁은 파격을 수반할 수밖에 없다. 그러나 파격이 파격으로 그쳐서는 개혁이 될 수 없다. 파격이 다시 힘을 가져야 한다. 어떻게 해야 힘이 생기는가? 끝까지 정당해야 힘이 생긴다. 최고의 권위와 힘은 정당한 데에서 나오는 것이다. 앞사람을 제치고 윗자리에 오른 사람들, 그만한 책임을 느껴야 힘을 가질 수 있을 것이다.

群 : 무리 군	積 : 쌓을 적
薪 : 땔나무 신	耳 : 따름 이
居 : 거할 거	

---

28. 씨가 따로 있나?

王侯將相이 寧有種乎아.
왕 후 장 상　영 유 종 호

왕이나 제후, 장군이나 재상이 어찌 씨가 따로 있겠는가?

『사기史記』「진섭세가陳涉世家」에 나오는 말이다. '씨가 따로 없다'는 말은 태생적으로 정해진 바가 없다는 뜻이다. 인간은 태생적으로 평등하여 누구라도 능력에 따라서 왕이나, 제후나, 장군이나, 승상이 될 수 있다. 따라서 세상은 그러한 각자의 능력을 보장해 줄 수 있는 세상이어야 한다. 타고난 능력이 있음에도 불구하고 신분의 제약을 받는다거나 기득권을 가진 사람들의 횡포에 밀려 능력을 펴지 못한다면 그러한 세상은 잘못된 세상이다. 과거에 우리 사회에는 기득권을 가진 사람들에 의해 새로운 능력자가 피해를 보는 사례가 많이 있었다. 이른바 학연의 횡포가 바로 그것이요, 지연의 독식이 바로 그것이며, 학벌의 우선권이 바로 그것이었다. 그리고 그러한 횡포와 폐해는 아직도 사라지지 않은 부분이 있다. 지금도 취업시험에서 실력보다는 어느 대학을 다녔느냐가 중요하게 작용하는 경우가 있고, 지방대학 출신이라고 하면 아예 제외시키는 경우도 있다. 이제 변해야 한다. 무엇보다도 개인의 능력이 중시되는 사회가 되어야 한다. 그렇게 하기 위해서는 가치를 평가하는 자尺가 바르게 형성되어야 한다. 바른 잣대를 만드는 일이 급선무인 것이다.

侯 : 제후 후	將 : 장수 장	相 : 재상 상
寧 : 어찌 녕	種 : 종자 종	

29. 나도 공경대부

何須論得喪이리오?
하 수 논 득 상

才子詞人은 自是白衣卿相인 것을.
재 자 사 인　　자 시 백 의 경 상

무엇 때문에 반드시 득실을 따지겠소? 재주 있는 사람, 글 잘 쓰는 문인은 스스로가 다 관직이 없는 공경대부요, 재상인 것을.

송나라 때의 사詞작가인 유영柳永의 사 「학충천鶴冲天」에 나오는 말이다. 작가 유영은 자기 자신을 '백의경상白衣卿相'이라고 불렀다. 관직에 나가지 않았을 뿐이지 사실상 경상卿相(공경대부나 재상)이나 다를 바 없는 능력과 신분을 가지고 있는 사람이라는 뜻에서 그렇게 부른 것이다. 대단한 자존심이다. 그런 자존심이 있는 그였기 때문에 평생을 기생들에게 좋은 노래 가사로서 '사詞'를 지어주며 기생과 더불어 살았지만 그의 이름은 지금도 중국문학사에서 찬연히 빛나고 있다.

조선시대의 우리 선비들도 스스로를 정승 판서 이상의 인물이라고 생각하며 관직에 연연하지 않고 초연한 자세로 학문에 정진하였다. 사람으로 태어나 '학자'로 불리며 끝까지 학자로 남을 수 있다면 얼마나 큰 보람이겠는가? 그런데 요즈음엔 학자나 문인 자신들부터 자신을 보는 눈이 옛날 같지 않다. 자신에 대한 자존심이 적다. 그렇다 보니 일반인들 또한 학자를 학자로 대접하려 들지 않고, 사회가 온통 돈과 권력이 있는 사람들만 높이 보려 하고 있다. 정권이 바뀔 때마다 관운(?)이 터지는 교수들이 많이 나타나고 있다. 이러한 상황에서 정권의 선택을 받은 교수와 그렇지 못한 교수 사이에서 갑자기 생긴 신분의 차이를 느낀 사람도 적지 않을 것이다. 하지만 이 땅의 학자들이 스스로에 대해 최소한 '백의경상白衣卿相'이라는 자존심을 가질 때 이 땅의 학문도 발전하고 학문과 함께 정치와 사회도 발전할 수 있을 것이다.

須 : 모름지기 수	論 : 논할 논
喪 : 잃을 상	詞 : 문체 이름 사
卿 : 벼슬 경	相 : 재상 상

30. 곧음과 고발정신

父爲子隱하고 子爲父隱이면 直在其中矣니라.
부 위 자 은 자 위 부 은 직 재 기 중 의

아버지는 자식을 위하여 숨겨주고 자식은 아버지를 위하여 숨겨주면 곧음은 그 안에 있게 될 것이다.

『논어論語』 「자로편子路篇」에 나오는 말이다. 섭공葉公이 공자에게 말하였다. "우리 마을에 아주 곧은 사람이 하나 있습니다. 아버지가 양을 훔쳤는데 아들이 그것을 고발 하였습니다." 그러자 공자가 말하였다. "우리 마을의 곧은 사람은 그렇게 하지 않습니다. 아버지는 자식을 숨겨주고 자식은 아비를 숨겨주려고 합니다. 그렇게 하면 곧음은 어느새 그 안에 자리하게 됩니다." 공자의 생각인즉 자식이 아버지를 고발하고 아버지가 아들을 고발하는 고발정신보다 더 중요한 것은, 아버지가 해를 당하지 않게 하고 아들이 벌을 받지 않게 하기 위해 그것이 잘못된 일인 줄 알면서도 서로 숨겨주고자 하는 마음, 부자 사이이기 때문에 어쩔 수 없는 마음, 곧 천륜의 정이 더 중요하다는 것이다. 바로 그런 천륜을 지키려는 마음이 있다 보면 그 안에서 정직은 자연스럽게 자라게 된다는 것이다. 진정한 정직함은 따뜻한 정을 토대로 자라는 것이지, 칼로 자른 듯이 냉혹한 고발정신을 바탕으로 자라는 것이 아니라는 게 공자의 생각인 것이다. 요즈음처럼 분별없이 '투명'이 강조되는 세상에 공자가 한 이 말의 의미를 몇 줄의 글로 표현하기가 참 쉽지는 않지만 공자의 '숨겨줌'의 철학이 섭공葉公의 '고발'의 철학보다 천 배, 만 배 깊이가 있는 철학이라는 점을 분명히 말하고 싶다.

隱 : 숨을 은　　直 : 곧을 직　　矣 : 어조사 의

---

31. 고상한 듯 비루한 말

言之極韻이나 而實粗鄙者는 賣花聲也라.
언지극운　이실조비자　매화성야

지극히 운치가 있는 듯한 말이면서도 실지로는 거칠고 천한 말은 "꽃 사세요"하고 꽃을 파는 소리이다.

청나라 사람 장조張潮가 쓴 『유몽영幽夢影』이라는 책에 나오는 말이다. 꽃을 사고팔고 또 선물하는 일이 언뜻 보기에는 매우 고상하고 아름다운 일인 것처럼 보이나 사실은 그것처럼 잔인하고 추악한 일이 없다. 그 아름다운 생명인 꽃을 꺾어 들고서 "사라"고 외치는

것, 그리고 그 꽃을 사서 병에다 꽂아 두고서 시한부 삶을 살게 하고 심지어는 '드라이 플라워'라는 이름 아래 매달아 놓고서 말려 죽이는 것, 그 아름다운 모습으로 피어난 꽃의 목을 뚝 잘라다 꽃꽂이를 하기 위해 다시 가위로 자르고 철사로 묶어서 수반에 꽂아 시한부 삶을 살게 하는 것, 따지고 보면 정말 잔인한 일이다. 인간은 만물의 영장이니 자연을 인간의 마음대로 부리기도 하고, 꺾기도 하고, 죽이기도 할 수 있다는 오만함으로 인하여 아무 생각 없이 행하고 있다. 그렇게 잔인한 일임에도 불구하고 이미 그것이 습관이 되어서 으레 그렇게 하는 것으로 알고 꽃은 꺾기 위해서 심는 것으로 여기고 있다. 꺾지 말고 그냥 놓아두고 보면 안 되는 것일까? 기어이 실내에다 들여놓으려는 욕심을 부리지 말고 사람이 들로 산으로 나가서 꽃을 보면 안 되는 것일까?

예로부터 서양엔 화병이 많았고 동양에는 화분이 많았다. 꽃을 가능한 한 꺾지 않으려는 배려가 동양에서는 화병보다는 화분을 선호하게 한 것이다. 죽이기로 하면 무엇인들 못 죽이랴. 꽃 한 송이를 함부로 꺾는 마음이 전쟁을 '일'로 삼는 사람을 만들 수도 있는 것이다.

之 : 갈 지(여기서는 '言'에 대한 주격조사로 쓰인 어조사)
韻 : 운치 있을 운　　粗 : 거칠 조　　鄙 : 천할 비
賣 : 팔 매

---

32. 난형난제難兄難弟

元方難爲兄하고 季方難爲弟라.
원 방 난 위 형　　계 방 난 위 제

원방元方을 형이라고 하기도 어렵고, 계방季方을 동생이라 하기도 어렵다.

중국 위진남북조시대 남조의 송나라 사람인 유의경劉義慶이 쓴 『세설신어世說新語』 「덕행편德行篇」에 나오는 말이다. '원방元方'과 '계방季方'은 동한시대 진식陳寔이라는 사람의 두 아들이다. 그런데 이 두 아들은 다 재주와 덕행이 훌륭하여 누가 더 낫다고 할 수 없는 상황이었다. 그래서 당시 사람들은 '원방元方을 형이라고 하기도 어렵고, 계방季方을 동생이라고 하기도 어렵다'고 평하였던 것이다. 여기에서 '난형난제難兄難弟'라는 말이 나왔다.

난형난제, 우열을 가릴 수 없을 때 쓰는 말이다. 좋은 일로 우열을 가릴 수 없는 경우라면 얼마나 좋겠는가? 하지만 세상에는 좋은 일로만 우열을 가리기가 어려운 게 아니라 나쁜 일로도 우열을 가릴 수 없는 경우가 많이 있다. 강도짓을 한 범행의 치밀한 수법이 난형난제인 경우도 있고, 범행의 잔인함이 난형난제인 경우도 있다. 세상은 지금 나쁜 짓의 강도 높이기 경쟁이라도 하듯 각종 범행의 수법이 업그레이드되고 있다. 영화는 경쟁적으로 폭력성과 음란성을 높이려고 하고, 음악이나 소설, 컴퓨터 게임도 마찬가지로 나쁜 방향으로 가기 경쟁이 붙은 것처럼 보이는 경우가 한 둘이 아니다. 정말 난형난제라고 할 만 하다. 브레이크 없는 차를 타고 달리는 것 같다. 이제 고리를 끊고 세상이 바뀌어야 한다. 좋은 일 분야에서 난형난제의 경쟁이 생기도록 세상의 분위기가 바뀌었으면 좋겠다.

元 : 으뜸 원	難 : 어려울 난
爲 : 할 위	季 : 계절 계, 막내 계
弟 : 동생 제	

33. 어 미母

腸皆寸寸斷
장 개 촌 촌 단

창자가 모두 마디마디 끊겼네.

중국 남북조시대 송나라의 유의경劉義慶이 쓴 『세설신어世說新語』 「출면黜免(내쫓음)」편에 다음과 같은 이야기와 함께 나오는 말이다. “제나라의 환공이 촉나라로 들어가는 길에 삼협三峽(장강 상류의 물길이 험한 지역)에 이르렀을 때 어떤 병사가 원숭이 새끼를 한 마리 사로잡았다. 그러자 원숭이의 어미가 슬프게 울며 배가 가는 대로 연안을 따라 백 여리를 좇아와서 마침내 배 안으로 뛰어들어 새끼 옆에 오더니 그만 죽고 말았다. 그 어미 원숭이의 배를 갈라 보았더니 창자가 다 마디마디 끊어져 있었다. 이에 환공은 원숭이 새끼를 사로잡았던 병사를 크게 벌하여 내쫓았다"

창자가 다 마디마디 끊어져 버린 어미 원숭이! 그게 어미의 마음이다. 동물도 그러할진대 하물며 사람에 있어서랴! 중동에 파병된 아들을 보내는 어미의 마음, 전쟁의 화염에 싸인 지역에 종군기자인 아들을 보내는 어미의 마음, 올림픽에서 사투를 하고 있는 레슬링 선수나 복싱 선수 아들을 TV화면을 통해 보고 있는 어미의 마음……. 얼마나 조바심이 나고 걱정이 될까? 어미의 마음은 다 이런 것이다. 세상에 범죄를 일삼고 전쟁을 불가피한 일로 몰아가 남의 귀한 아들, 딸들을 사지로 몰아넣는 사람들은 지금이라도 돌이켜 생각해야한다. 어미의 마음이 어떤 것인지를. 그리고 자신에게도 창자가 마디마디 끊길 정도로 애를 태우며 키워준 어미가 있다는 사실을 잊지 않아야 할 것이다.

腸 : 창자 장　　　　皆 : 다 개, 모두 개

寸 : 마디 촌　　　　斷 : 끊어질 단

---

34. 조자룡의 담膽(쓸 개)

子龍一身은 都是膽이라.
자 룡 일 신　　도 시 담

조자룡은 한 몸이 모두 다 담으로 되어 있다.

중국 삼국시대의 역사를 기록한 『삼국지三國志·촉서蜀書』「조운전趙雲傳」에 나오는 말이다. 소설 『삼국지』에 등장하는 영웅들은 한둘이 아니다. 관운장은 관운장대로 멋있고, 장비는 장비대로 인간적인 매력이 있다. 다소 유약하기는 하지만 유비의 명분을 중시하는 처신과 정의감도 의미가 있다. 이러한 많은 영웅들 중에서 조자룡을 빼놓을 수 없다. 용감하고 정의감이 강하기 그지없는 맹장이 바로 조자룡이다. 그런데 중국의 정식 역사서인 『삼국지·촉서』는 조자룡에 대해 '조자룡의 몸은 모두 담膽(쓸개)으로 되어 있다'고 하였다. 매우 재미있는 표현이다. 기본적으로는 담대한 그의 천성을 칭송한 말일 것이다. 그런데 한의학에 의하면 담(쓸개)은 단순히 소화액을 분비하는 기관이 아니라, 몸과 정신의 중심을 잡아 주는 역할도 한다고 한다. 그래서 세간에는 제 정신을 못 차리고 갈팡질팡하는 사람에 대해 하는 욕 중에 '저런, 쓸개 빠진 ×'이라는 욕이 있게 되었다고 한다. 삼국지에 등장하는 장수 중에 특히 유비 진영의 장수들이 대부분 영웅으로 묘사되어 있다. 유비의 전쟁 명분이 가장 뚜렷했고 도덕적으로 공감을 얻었기 때문이다. 요즈음 세간에는 매우 용감하게 일을 벌였으나 명분이 그다지 뚜렷하지 않은 사람이 적지 않다. 조자룡과 같은 담은 없는 것 같다. 요즈음 들어 한의학에서 말하는 쓸개의 구실이 왠지 새롭게 들린다.

龍 : 용 룡(용)　　都 : 모두 도
是 : 이 시('이다'라는 뜻)　　膽 : 쓸개 담

35. 수 심愁心

問君能有幾多愁오? 恰似一江春水向東流라.
문 군 능 유 기 다 수　　흡 사 일 강 춘 수 향 동 류

그대에게 묻노니 사람이 얼마나 많은 근심을 가질 수 있는가? 강에 가득한 봄물이 동쪽으로 흘러가는 것 만큼이라고나 해야 할까?

당나라가 기울고 군웅이 할거하던 오대五代 십국十國 시절, 남당南唐의 후주後主(두 번째 왕)인 이욱李煜이 지은 「우미인虞美人」이라는 사詞의 한 구절이다. 이욱은 예술적 감각이 뛰어난 왕이었다. 그는 왕이었음에도 불구하고 단지 화려한 사치만 한 게 아니라 예술적 가

치가 매우 높은 아름다운 궁궐을 짓고 정원을 가꾸며 시와 사를 지으면서 예술 속에서 세월을 보냈다. 그러다가 그처럼 아름답던 나라 남당南唐은 무력을 앞세운 조광윤趙匡胤(송 태조)에게 망하고 말았다. 그리고 이욱은 처량한 전쟁포로가 되어 조광윤의 궁궐에 유폐된다. 순식간에 왕에서 포로로 전락해 버린 것이다. 이 「우미인虞美人」사詞는 포로가 된 후에 망해버린 고국을 생각하며 달랠 길 없는 수심을 표현한 사이다. 읽는 이로 하여금 안타까운 마음을 갖게 한다.

수심이 없는 사람은 거의 없다. 그래서 세상에는 '누구나 한 가지 근심은 갖고 산다'는 말이 있다. 제왕에서 포로로 전락한 이욱의 수심 정도가 된다면 그런 수심은 어찌할 수 없는 수심이라고 할 수도 있다. 그러나 세상에는 수심 아닌 수심으로 가슴앓이를 하는 사람도 없지 않다. 만사를 수심으로 여기자면 세상에 수심 아닌 일이 어디 있으랴! 매사를 수심으로 여기는 사람에게 있어서 수심은 정말 얼음이 풀린 봄 강물보다도 더 길게 이어질 수 있다. 결국은 마음의 문제다. 우리의 마음 안에서 수심을 털어 내도록 스스로 노력하도록 하자.

君 : 그대 군	能 : 능히 능	幾 : 몇 기
愁 : 근심 수	恰 : 꼭 흡	似 : 같을 사
向 : 향할 향		

36. 독 서

少年讀書는 如隙中窺月하고 中年讀書는
소 년 독 서 여 극 중 규 월 중 년 독 서

如庭中望月하며 老年讀書는 如臺上玩月이라.
여 정 중 망 월 노 년 독 서 여 대 상 완 월

소년 시절의 독서는 문틈으로 달을 들여다보는 것과 같고 중년 시절의 독서는 뜰에서 달을 바라보는 것과 같으며 노년의 독서는 누대 위에서 달을 구경하는 것과 같다.

청나라 사람 장조張潮가 쓴 『유몽영幽夢影』이라는 책에 나오는 말이다. 같은 책을 읽더라도 나이에 따라서 책의 내용을 이해하여 받아들이는 정도는 다 다르다. 경험과 지혜가 다르기 때문이다. 소년 시절의 독서는 마치 틈 사이로 달을 보듯이 극히 한정적인 면만 보기 쉽고, 중년의 독서는 자신의 뜰 안에서 달을 보듯 자신의 입장에서서 책을 재단하여 이해하려 드는 독서가 될 가능성이 많다. 그러나 노년의 독서는 누대에서 달을 구경하듯이 완전히 개방된 마음으로 책을 수용하게 된다. 그만큼 경험이 많이 쌓였고, 경험이 많이 쌓인 만큼 생에 대해 달관하였기 때문에 그렇게 할 수 있는 것이다. 사고思考는 머릿속에 든 것이 많을수록 깊어지고 경험이 몸에 쌓인 만큼 충실해진다. 독서도 마찬가지다. 머릿속에 든 게 있을 때 새로운 책을 더 폭넓게 이해할 수 있고, 경험이 쌓여 있는 만큼 책의 내용을 절실하게 느낄 수 있다. 책을 책으로만 읽고 외운대서 공부를 잘하게 되는 게 아니다. 일상의 사고와 생활이 성숙해 있어야 공부도 잘할 수 있다. 언젠가 본 어느 신문의 보도에 의하면 성적이 상위 10% 안에 있는 고등학생들에게 공부 잘하는 비결을 물었더니 '교과서 외의 책을 많이 읽고 매일 꼼꼼하게 신문을 본다'는 것이 답이었다고 한다. 영어, 수학을 공부하기 위해 명작소설은 읽지 말라고 하는 것은 바른 진학 지도가 아님을 알아야 할 것이다. 공부는 다름이 아니라 '인간 성장'인 것이다.

隙 : 틈 극	窺 : 살필 규	庭 : 뜰 정
望 : 바라볼 망	臺 : 누대 대	玩 : 구경할 완

37. 한 글자의 힘

一字之褒는 榮于華袞하고
일 자 지 포　영 우 화 곤

一字之貶은 苛于斧鉞이라.
일 자 지 폄　가 우 부 월

한 글자의 칭찬이 화려한 곤룡포보다도 더 영광되고 한 글자의 폄하가 도끼질보다도 더 가혹하다.

진晉나라 사람 범녕范寧이 쓴 『춘추春秋·곡량전서穀梁傳序』에 나오는 말이다. 1980년대 초, 우리나라는 폭력 시위와 과격한 진압이 끊이지 않았다. 1980년 9월에 대만으로 유학을 떠났던 필자는 2년 만인 1982년 여름 방학에 잠시 귀국하였다. 귀국 첫날, 거리에서 본 풍경과 주위에서 들은 말들이 어찌나 사납고 거칠던지 온몸이 섬뜩함을 느꼈다. 거리마다 걸린 대자보와 현수막에는 '결사 항쟁', '박살내자', '쳐부수자', '물러가라', '자폭하라'는 등의 구호가 쓰여 있었고, 사람들은 거의 습관적으로 그런 과격한 말을 쏟아내고 있었다. 필자가 보지 못한 2년 사이에 세상의 인심은 그렇게 거칠게 변해 있었다.

말은 사회를 반영한다. 그리고 말이 사회를 만들기도 한다. 말의 힘은 이처럼 강하다. 이 힘센 말이 만약 어느 한 사람에게 집중적으로 화살을 날린다면 그 말의 화살에 의해 그 사람은 영웅이 될 수도 있겠지만 반대로 죽을 수도 있다. 말 한마디, 글자 한 글자가 순식간에 사람의 영榮과 욕辱을 판가름 내버리는 것이다.

얼마 전 유명 배우가 인터넷을 타고 쏟아진 말의 화살을 받다가 그 화살을 견디지 못하고 자살의 길을 택한 사건이 있었다. 안타까운 현실이다. 시비를 가리지 않고 상대가 감당 못할 만큼의 사나운 말을 한 사람이 있다면 그런 사람은 무조건 반성해야 한다. 그리고 우리 사회가 그런 나쁜 풍조를 용납해서는 안 된다. 한 글자, 한 마디의 칭찬이 사람을 살리기도 하고, 한 글자, 한 마디의 폄하가 죄 없는 사람을 죽게도 할 수 있다. 다른 사람에게 상처를 주는 말일랑은 이제 거두어들이고 우리의 이웃들에게 힘과 용기와 꿈을 주는 칭찬의 말을 많이 하도록 하자.

褒 : 상줄 포
袞 : 곤룡포 곤
苛 : 가혹할 가
鉞 : 도끼 월
于 : 어조사 우
貶 : 깎을 폄
斧 : 도끼 부

38. 달콤한 비극

少年不識愁滋味하여 愛上層樓하고
소년불식수자미 애상층루

愛上層樓하여서는 爲賦新詩強說愁하였더라.
애상층루 위부신시강설수

소년 시절엔 근심의 맛을 알지 못하는 까닭에 층계 높은 누대에 오르기를 좋아했었지. 즐겨 층계 높은 누대에 올라서는 새로운 시를 지어 억지로 수심에 대해 말하곤 하였었지.

송나라 때의 유명한 사詞작가로서 신기질辛棄疾이라는 사람이 있다. 이것은 「서박산도중벽書博山道中壁(박산으로 가는 도중에 암벽에 쓰다)」이라는 부제가 붙은 신기질辛棄疾의 사 「추노아醜奴兒」의 한 구절이다.

아마 정도는 조금씩 달라도 누구에게나 그런 시절이 있었을 것이다. 피는 꽃, 부는 바람에도 가슴이 설레고 어느 시인의 시 한 구절에도 가슴 찡한 감명을 받아 밤새 잠을 못 이루던 그런 시절 말이다. 때로는 알퐁스 도오데의 「별」이나 오 헨리의 「마지막 잎새」 같은 소설을 읽다가 내가 마치 소설 속의 주인공이 된 양 슬픔에 잠겨서 그 슬픔을 즐기기도 하던 그런 시절, 이름하여 '달콤한 비극'을 머릿속에 그리며 스스로 괴로워하기도 하고, 아무도 위로해 줄 수 없는 진한 슬픔을 혼자만이 맛보고 있는 양 심각해져 있기도 했던 경험이 있을 것이다. 그게 바로 소년 소녀 시절의 특징이자 특권이다. 일부러 근심과 슬픔을 만들어서 그것에 취해보려고 하는 것은 사춘기 소년 소녀이기 때문에 가능한 것이며 그 순수함은 영원히 보호되어야 할 아름다움인 것이다. 요즈음 소년 소녀들도 그런 꿈을 꾸며 달콤한 비극을 즐길까? 꿈꿀 겨를도 없이 사는 건 아닐까? 우리의 아이들에게 꿈을 꿀 수 있는 시간을 주어야 할 것이다.

識 : 알 식　　愁 : 근심 수　　滋 : 맛있을 자
層 : 층계 층　　樓 : 다락 루　　賦 : 펼 부
强 : 억지로 강

39. 부귀와 빈천

富貴而勞悴는 不若安閒之貧賤이라.
부 귀 이 로 췌 　 불 약 안 한 지 빈 천

부귀를 누리지만 수고롭고 초췌하다면 그것은 편안하고 한가한 빈천함만 같지 못하다.

청나라 사람 장조張潮가 쓴 『유몽영幽夢影』이라는 책에 나오는 말이다. 돈도 많고 지위도 높지만 늘 수고롭고 불안하여 초췌한 사람이 있다. 반면에 가난하고 지위도 없지만 늘 얼굴이 환하게 피어 있는 편안한 사람이 있다. 과연 누가 더 행복한 사람일까? 당연히 후자가 더 행복한 사람이다. 천만 금을 쌓아두고서도 병마에 시달린다거나 지은 죄가 있어서 숨어살며 늘 불안에 떨고 있다면 그게 어디 행복한 삶이겠는가? 이솝우화에도 이와 비슷한 이야기가 있다. 시골 쥐와 서울 쥐의 이야기가 바로 그것이다. 맛있는 음식을 훔쳐 먹고 살지만 늘 불안 속에서 사는 서울 쥐를 보고서 시골 쥐는 "그렇게 사는 것도 사는 거냐"며 당장 시골로 내려가 버린다. 사람의 경우는 또 다르다. 쥐는 그렇게 시골로 내려가 버렸는데 사람은 이론적으로는 시골 쥐가 행복하다는 것을 잘 알면서도 시골 쥐처럼 단호하게 시골로 내려가지 못하고 여전히 잡히지 않는 그 무엇인가를 기대하며 서울 쥐의 삶을 지향하고 있다. 아니, 서울 쥐가 되지 못하여 안달을 하고 있다는 표현이 보다 더 정확한 표현일 것이다. 진짜를 버리고 가짜의 황홀한 포장을 좇아가는 게 오늘날 우리네 삶이 아닐까? 심지어 어떤 사람은 V.I.P 증후군이라는 병 아닌 병을 앓고 있다고 한다. 짧은 인생, 허세에 낭비할 시간이 어디에 있겠는가? 진정한 행복이 어디에 있는지를 빨리 깨달아야 할 것이다.

富 : 부자 부　　貴 : 귀할 귀　　悴 : 파리할 췌
若 : 같을 약　　閒 : 한가할 한　　貧 : 가난할 빈
賤 : 천할 천

40. 전 공

文人講武事는 大都紙上談兵이요
문 인 강 무 사　대 도 지 상 담 병
武將論文章은 半屬道聽塗說이라.
무 장 논 문 장　반 속 도 청 도 설

문인이 무인의 일을 논하는 것은 대부분 '지상담병紙上談兵'이고, 무인 장수가 문장에 대해 논하는 것은 반은 '도청도설道聽塗說'에 속한다.

청나라 사람 장조張潮가 쓴 『유몽영幽夢影』이라는 책에 나오는 말이다. '지상담병紙上談兵'이란 실전은 도외시한 채, 탁상 위에서 이론적으로만 작전을 논하는 것을 말한다. '탁상공론'이라는 말과 비슷한 말이다. '도청도설道聽塗說'이란 길에서 듣고 길에서 말한다는 뜻으로 아무런 근거도 없이 무책임하게 이야기하는 것을 말한다.

어느 분야건 전공이라는 게 있다. 그런데 세상이 어지러워지면 전공이 아닌 사람들이 전공인 척하며 세상 일을 좌지우지하려 들면서 전공이 희미해지고 무의미해진다. 이런 세상은 망할 수밖에 없다. 수십 년간 한 분야에 몰두하여 연구한 전공자를 제쳐두고 TV에서 들은 상식이나 인터넷에서 모은 잡다한 자료에 의지하여 전공자로 행세하려 하면 세상은 어지러워지고 수준이 낮아질 수밖에 없는 것이다. 그런데 요즈음 사회의 일각을 보면 분명히 전공자의 조언이 필요한 분야임에도 전공자를 찾기는커녕 오히려 기피하는 현상이 있음을 발견할 수 있다. 전공자의 조언을 듣다보면 너무 따지는 바람에 일을 진척시킬 수 없다는 것이 전공자를 배제하는 이유라고 한다. '지상담병'이라도 좋고 '도청도설'이라도 좋으니 일을 빨리만 하면 된다는 심사가 아닌가? 어떠한 이유로든 비전공이 전공을 누르는 힘을 가진 세상은 언젠간 망하는 세상임을 알아야 한다. 허울뿐인 껍데기는 가라!

講 : 말씀 강	都 : 모두 도	紙 : 종이 지
談 : 말씀 담	屬 : 속할 속	聽 : 들을 청
塗 : 길 도		

41. 백성은 나라의 근본

民爲邦本이니 未有本搖而枝葉不動者라.
민 위 방 본 미 유 본 요 이 지 엽 부 동 자

백성은 나라의 근본이니, 근본(뿌리)이 흔들리는데도 가지나 잎사귀가 흔들리지 않는 경우는 있지 않다.

송나라 사람 소순흠蘇舜欽이 쓴 「예궤소詣匭疏」에 나오는 말이다. 백성이 나라의 근본이라는 말은 나라의 모든 일은 '백성을 위해서' 이루어져야 한다는 뜻이다. 그리고 '백성에 의해서' 이루어져야 한다는 뜻도 어느 정도는 포함되어 있겠다. 그러나 백성이 근본이라고 해서 나라의 모든 일이 민중에 의해서 이루어지고 민중의 의사에 따라 결정되어야 한다는 뜻은 아니다. 민중도 중요하지만 그 보다 더 중요한 것은 선각자적인 안목을 가진 지도층 사람들이다. 민중은 대부분 용감하고 정의롭고 올바르지만 때로는 무지한 경우도 있고 여러 형태의 이기주의에 빠질 수도 있다. 그러므로 민중은 위대하지만 때로는 어리석다. 민중은 민주주의의 파수꾼일 수도 있지만 때로는 중우衆愚의 대명사일 수도 있다. 따라서 나라의 일이 민중에 의해서 결정되어야 할 경우도 있지만 민중에 의해서 결정되어서는 안 될 경우도 있다. 나라가 나아가야 할 방향이 어디인 줄을 진정으로 아는 사람은 바로 전문가요, 지식인이다. 그러므로 지식인이 제대로 되어야 나라가 산다. 그런데 요즈음 정치판은 '중우衆愚'이어도 좋으니 긁어 민심을 거스르지 않아야겠다는 생각이 너무 팽배해 있고, 지식인들은 점차 자본의 시녀로 전락해가는 경향이 있다. 위험한 현상이다. 그래도 진정한 나라의 지식인은 끝까지 깨어 있을 것이다.

邦 : 나라 방	搖 : 흔들 요
枝 : 가지 지	葉 : 잎사귀 엽
動 : 움직일 동	

---

42. 덕德이 이웃을 만든다

唯德自成隣이라.
유 덕 자 성 린

오직 덕만이 스스로 이웃을 만든다.

당나라 사람 조영祖咏이 쓴 「청명연유랑중별업淸明宴劉郎中別業(청명일에 유랑중의 별장에서 열린 잔치에 부쳐)」이라는 시에 나오는 말이다. 대개 '덕德'을 '득得'이라고 푼다. 덕이란 다름이 아니라, 외부로

부터 얻어서 내 안에 쌓여 있는 것을 말하기 때문에 그렇게 풀이하는 것이다. 내 안에 많이 쌓여 있으면 그 쌓인 것은 자연스럽게 밖으로 퍼져 나가게 되고, 밖으로 퍼져나간 그것이 다른 사람에게 좋은 영향을 미칠 때 그 사람은 자신도 모르는 사이에 덕을 베풀게 된다. 그런 사람을 일러 우리는 덕인德人이라고 한다. 이러한 덕인德人은 베푸는 것이 있기 때문에 주변에 사람이 모여든다. 덕德이 이웃을 만드는 것이다. 따라서 덕을 베푼다는 것은 근본적으로 내 안에 쌓여 있는 것이 있을 때 가능하다. 마치 꽃이 많은 향기와 꿀을 가지고 있을 때 비로소 벌이나 나비들이 모여들듯이 말이다. 우리 주변에는 유난히 사람을 많이 끌고 다니는 사람이 있다. 그만큼 세勢가 있다는 뜻이다. 그런데 세는 덕을 바탕으로 한 세가 있는가 하면, 힘을 바탕으로 한 세도 있다. 덕을 바탕으로 한 세는 힘을 잃어도 존경이 남지만 힘을 바탕으로 한 세는 힘을 잃으면 그 날로 끝이다. 존경 대신 원망과 분노가 폭발한다. 특히 지도자는 덕이 이웃을 만든다는 점을 잊지 말아야 할 것이다.

唯 : 오직 유	德 : 큰 덕	隣 : 이웃 린

43. 술 빚

酒債尋常行處有한데 人生七十古來稀라.
주 채 심 상 행 처 유 　　　인 생 칠 십 고 래 희

술빚이야 항상 가는 곳마다 있고, 인생은 70살 넘기가 옛날부터 드문 일이었네.

중국의 시성 두보杜甫의 시 「곡강曲江」 2수 중 제2수의 승련承聯(제3, 4구)이다. 10여 년 전만 하여도 술은 전에 마신 술값을 오늘 갚으면서 오늘은 가능한 한 외상으로 마시는 게 상식(?)이었다. 그만큼 인심도 후했고 나름대로 낭만도 있었다. 취하고 싶어서 술을 찾는 사람이 너무 정직하게 그날그날 착실하게 술값을 내는 것은 오히려 이상한 일이었다. 두보의 시절에도 그랬었나 보다. 돈 없는 선비가 술은 필요한데 돈이 없으면 외상으로 마실 수밖에. 그래서 가는 곳마다 어디에라도 있을 수 있는 것이 술빚이었다.

인생칠십고래희人生七十古來稀! 가는 곳마다 술빚을 남기며 사는 인생, 그 인생이 예로부터 70을 넘기기가 쉽지 않았단다. 술빚과 70인생, 아주 절묘한 대구이다. 그런데 '인생칠십고래희人生七十古來稀'는 이제 옛 말이 되고 말았다. 평균 연령이 늘어나면서 인생 70은 이제 '보통'인 정도를 넘어서 '기본'이 되어버린 것이다. 언제부터인가 '외상 술'이란 말도 우리의 주변에서 멀어졌다. 외상술은커녕,

술값을 갚지 않는다고 살인까지 벌어지기도 하고 취객을 상대로 한 각종 범행이 심심찮게 일어나고 있다. 사람의 평균 수명이 늘어난 데 반해 술 인심은 훨씬 더 고약해진 것이다. 외상술로 몸을 망치고, 술값으로 돈을 낭비하는 일이 결코 좋은 일은 아니다. 외상으로 술을 마시던 우리네 인심은 어디로 간 것인가?

債 : 빚 채	尋 : 찾을 심	常 : 항상 상
尋常 : 늘	處 : 곳 처	稀 : 드물 희

44. 강물 소리

水性自云靜하고 石中本無聲인데
수 성 자 운 정 석 중 본 무 성

如何兩相激이면 雷轉空山驚이오?
여 하 양 상 격 뢰 전 공 산 경

물은 본시 고요한 성격이고, 돌 안에 소리가 들어 있는 것도 아닌데 어찌하여 둘이 서로 부딪치기만 하면 우레가 구르는 소리를 내어 텅 빈 산을 놀라게 한단 말이오?

당나라 때의 시인인 위응물韋應物의 시 「청가릉강수성기심상인聽嘉陵江水聲寄深上人(가릉강의 물소리를 들으며 심상인에게 부침)」이다. 호수에 고여 있는 물을 보라, 얼마나 고요한 모습인가? 산기슭이나 물가에 서 있는 돌을 보라, 천 년 세월이 흘러도 아무 말이 없는 벙어리이다. 이처럼 고요한 게 물이요, 말이 없는 게 돌인데 어찌하여 이 둘이 부딪치기만 하면 크든 작든 간에 소리를 내게 되는가? 물은 가려하고 돌은 멈추라고 하기에 그렇게 소리가 난다. 가는 물을 막아서니 물도 기분이 나쁠 것이고, 가만히 서 있고자 하는 돌을 자꾸 밀어내니 돌도 기분이 나쁠 수밖에 없다. 그래서 물과 돌은 부딪히면 소리를 낸다. 물의 기세가 크고 돌의 무게가 무거울수록 소리는 더 크다.

어디 물과 돌 사이에서만 그런 소리가 나랴. 세상의 모든 것은 부딪치면 소리가 나게 되어 있다. 그렇다고 해서 안 부딪칠 수도 없다. 부딪침이 없는 세상은 정지된 세상이요, 죽은 세상이다. 따라서 살아있는 세상을 만들기 위해서는 부단한 부딪침이 필요할 수밖에 없다. 문제는 바로 사람에게 있다. 물과 돌이 부딪치는 소리를 텅 빈 산을 놀라게 하는 소리로 들을 게 아니라, 텅 빈 산에게 들려주는 노래 소리로 들을 일이다. 저 사람이 나에게 부딪쳐 오는 소리도 기쁨의 소리, 희망의 소리로 들을 일이다. 부딪침은 살아있는 자가 내는 생명의 소리이기에.

云 : 이를 운, 말할 운	靜 : 고요할 정	激 : 칠 격
雷 : 우레 뢰	轉 : 구를 전	驚 : 놀랄 경

45. 어린이

兒孫自有兒孫計하니 莫與兒孫作牛馬라.
아 손 자 유 아 손 계　　막 여 아 손 작 우 마

어린 아이들은 어린 아이 나름대로 생각이 있으니 어린 아이를 소나 말처럼 다루지 말라.

송나라 때 지어진 시와 관계가 있는 이야기를 모아 엮은 『송시기사宋詩紀事』라는 책에 인용되어 있는 시이다. 여기에 나오는 '소나 말처럼 다루지 말라'는 말은 힘든 일을 시키지 말라는 뜻이 아니라, 어린이라고 해서 일방적인 명령으로 다루지 말라는 뜻이다. 아이들도 다 나름대로 생각이 있다. 오히려 어른보다도 더 깊고 기발한 생각을 하는 경우가 있다. 어른들은 그런 어린이의 생각을 인내심을 가지고 들어 주어야 한다. 그런 생각의 싹을 잘 보살펴서 자신의 생각을 조리 있게 말하고 그 생각을 실천할 수 있는 방법을 스스로 찾게 하는 것이 바로 교육이다. 따라서 어린이를 교육하기 위해서는 어린이의 생각을 먼저 충분히 이해해야 한다. 이해하지 못한 채 어른의 생각으로 어린이의 생각을 재단해 버리면 그 어린이는 더 이상 자신의 모습으로 성장할 수가 없다. 그렇다고 해서 무턱대고 어린이의 응석을 받아 주라는 뜻이 아니다. 어린이를 이해하는 것과 응석을 받아 주는 것은 근본적으로 다르다. 이해는 가르치기 위한 것이고, 응석은 부모가 잘못된 애정의 포로가 되어 어린이에게 끌려 다니는 것이다. 응석을 받아 주는 것을 사랑과 교육으로 착각하는 것은 어른들의 잘못된 행동이다. 어린 아이들은 어린 아이 나름대로 생각이 있으니 그 생각을 읽고 어린이가 그 생각을 표현하고 또 실천할 수 있도록 잘 도와주어야 할 것이다.

兒 : 아이 아　　孫 : 손자 손　　計 : 꾀 계
莫 : 말 막　　與 : 줄 여　　牛 : 소 우
馬 : 말 마

---

46. 정해진 방향과 정해지지 않은 방향

東西南北은 一定之位也요
동 서 남 북　　일 정 지 위 야

前後左右는 無定之位也라.
전 후 좌 우　　무 정 지 위 야

동서남북은 정해져 있는 방향이고 전후좌우는 정해져 있지 않은 방향이다.

청나라 사람 장조張潮가 쓴 『유몽영幽夢影』이라는 책에 나오는 말이다. 동서남북은 내 마음대로 바꿀 수 없는 정해진 방향이다. 따라서 어쩔 수 없이 따라야 한다. 그러나 전후좌우는 일정하게 정해져 있지 않다. 내가 어디를 향하고 서느냐에 따라 얼마든지 바꿀 수 있는 방향이다. 몸만 한 바퀴 돌리면 지금까지 앞이었던 것이 금세 뒤가 되고, 방금 전까지 뒤였던 것이 앞이 된다. 앞뒤뿐 아니라 좌우도 따라서 바뀐다. 그러므로 내가 지금 어디를 향하고 있느냐가 얼마나 중요한지를 알아야 한다. 방향의 전환은 곧 인생의 전환을 의미한다. 얼마든지 바꿀 수 있는 전·후·좌·우의 방향을 영원히 바꿀 수 없는 방향으로 착각하고서 새로운 모색을 해보지 못하는 나약함도 답답한 일이지만, 제 마음대로 바꿀 수 있는 방향이라고 해서 아무 때나 자기 편리에 따라 방향을 바꿔 버리는 일도 잘하는 일은 아니다. 방향을 바꾸어야 할 것인지 아닌지에 대해서 항상 현명한 판단을 해야 한다. 돌아서지 않음으로 인하여 잡을 수 있는 기회를 영원히 놓치는 경우도 있지만 한번 돌아서고 나면 영원히 잃게 되는 것도 있다. 이러한 까닭에 변신은 쉽지 않은 것이다. 방향을 전환할 때는 무엇이 더 중요한지를 잘 생각해야 한다. 돈을 따라 방향을 전환했다가 오히려 피눈물을 흘리는 경우가 많이 있다. 돈 앞에서 진짜 중요한 것이 무엇인지를 잠시 잊었기 때문에 그런 피눈물을 흘리는 상황을 맞게 되는 것이다. 인생의 방향! 정말 잘 잡아 서야 한다.

定 : 정할 정　　位 : 자리 위, 위치 위

47. 어버이 날

天保九如하소서.
천 보 구 여

하늘이시여! 우리 부모님, 아홉 가지 '여如' 자字대로 되시게 보호해 주소서.

『시경詩經』「소아小雅」〈천보편天保篇〉에 나오는 아홉 가지 '여如' 자字의 의미를 취하여 만들어진 말로서 그 '如'자의 의미대로 되게 해 달라고 기원할 때 사용한다. 아홉 가지 '如'란 여산如山(산과 같이), 여부如阜(언덕과 같이), 여강如岡(높은 산등성이와 같이), 여릉如陵(산모롱이와 같이), 여월지긍如月之恆(차오르는 상현달과 같이), 여일지승如日之升(솟아오르는 태양과 같이), 여남산지수如南山之壽(오래 사시기로는 남산과 같이), 여송백지무如松柏之茂(건강하시기로는 소나무, 잣나무의 무성함 같이) 등이다. 나의 부모님이 영원한 나의 지원자로서 산처럼 항상 버티고 서 계시기를 바라지 않는 사람이 어디 있으랴! 부모님이 소나무, 잣나무처럼 늘 푸른 모습으로, 항상 변하지 않는 남산만큼이나 오래오래 사시기를 바라지 않는 자식이 어디에 있으랴! 그런데 그게 인력으로 되지 않는 일이라서 안타까울 뿐이다. 하루가 다르게 늙어 가시는 부모님, 가는 세월 속에 늙는 모습을 어이 막으랴? '내일은 정말 잘 모시리라'고 다짐하며 오늘 잠시 미루는 사이에 부모님은 한 걸음 더 우리의 곁으로부터 멀어져 가고 계시다는 것을 깨달아야 한다. 부모님 곁에 가까이 있을 수 없는 현대 사회의 구조를 탓하기 전에 나 자신이 최선을 다하고 있는지를 생각하도록 하자.

保 : 보호할 보	如 : 같을 여
阜 : 언덕 부	岡 : 뫼 강
恆 : 상현달 긍	茂 : 무성할 무

48. 숨어서 흐르는 물의 소리

洋洋爾水性인데 何事石中鳴고?
양 양 이 수 성 하 사 석 중 명

恐濯塵人足하여 藏源但有聲이라오.
공 탁 진 인 족 장 원 단 유 성

양양하게 흘러가는 게 너 물의 본성이건만 어인 일로 양양하게 흘러가지 못하고 돌 틈에서 흐느끼는가? 티끌 세상의 사람들이 발을 씻으려 들까봐, 근원은 감춰둔 채 그렇게 흐느끼고만 있다오.

우암尤庵 송시열宋時烈 선생의 「은폭동隱暴洞(폭포를 숨기고 있는 골짜기)」 시이다. 양양하게 흐르지를 못하고 돌 틈 사이에 숨어서 졸졸 흐르는 물의 모습을 숨어 사는 은자隱者에 비유한 표현이 무척 돋보이는 시이다. 옛 사람들은 세상이 어지러우면 산간에 묻혀 살며 자신의 몸 하나라도 깨끗이 가지려고 노력하였다. 그리하여 세상이 아무리 혼탁하여도 자신만은 학처럼 고고한 모습을 간직하려고 하였다. 그처럼 맑은 정신을 가지려고 하였기 때문에 자신이 혼탁한 시정의 잡배들과 뒤섞이는 것을 무엇보다도 큰 수치로 생각하였다. 그런 고고한 모습을 송시열 선생은 깨끗한 물에 비유하여 세상 사람들이 더러운 발을 씻을까봐 물마저도 근원을 감춘 채 단지 소리만 내고 있다고 표현하였다. 그런데 요즈음 세상은 전혀 달라졌다. 고고하다는 말 자체가 우습게 들리는 세상이다. 고고한 사람을 오히려 잘난 체하는 사람으로 매도하며 비웃고 있다. 고고해 본들 자기만 손해라는 생각, 고고함이 결코 밥을 먹여 주지 못한다는 생각이 너무 깊게 뿌리박혀 있다. 그러한 까닭에 맑고 고결한 문화가 자리할 틈이 없다. 학자, 예술가, 정치인, 행정가 모두가 현실적인 편리함과 육신의 안락과 물질적인 풍요에 너무 집착하고 있다. 맑은 정신 문화가 의미를 잃어가고 있는 것이다. 정말 숨어서 살며 씨앗이라도 잘 챙겨 두어야 할 모양이다.

洋 : 물 양	爾 : 너 이	鳴 : 울 명
恐 : 두려울 공	濯 : 씻을 탁	塵 : 티끌 진
藏 : 감출 장	源 : 근원 원	

49. 밥이나 든든히 먹고……

世事浮雲何足問이리오? 不如高臥且加飯이리니.
세 사 부 운 하 족 문　　　　불 여 고 와 차 가 반

뜬구름 같은 세상일 물어서 무엇하겠소? 높이 누워(뜻을 높이 갖고서) 밥이나 든든히 먹는 게 낫지.

당나라 때의 시인인 왕유王維의 「작주여배적酌酒與裵迪(술을 따라 배적에게 주다)」 시의 마지막 두 구절이다. '고와高臥'란 실지로 높은 누대에 누워 있다는 뜻이라기보다는 속세의 일에 관여하지 않으려 하는 높은 정신 세계에 편안히 누워 있다는 뜻으로 보아야 한다.

모두가 나서서 살기 좋은 세상이라고 할 때 어느 구석에 말없이 앉아 그게 아니라며 고개를 흔드는 사람이 있다. 사람들은 그를 부적응아 정도로 취급하며 '이상론자'라고 비웃지만, 사실 세상은 그런 사람들이 감추어 두는 이상理想의 씨앗으로 인하여 망하려 하다가도 다시 살아나곤 한다. 그러나 세상 사람들은 그런 사람들의 힘을 모르고 난세일수록 그런 사람들의 말이 무시되며 그런 사람들이 힘을 가지지 못한다. 소위 '인문학'이라는 학문에 종사하는 사람들이 바로 그런 사람들이다. 모두가 나서서 경제를 살려 돈을 벌게 해야 잘 사는 나라를 건설할 수 있다고 주장할 때 '무작정 벌어대는 돈이 더 큰 재앙'이라고 주장하는, 정말 세상과 동떨어져 보이는 사람

들이 바로 그런 사람들이다. 그러나 한 걸음만 물러서서 생각해 보면 이들의 말이 맞는 말임을 발견할 수 있다. 그러나 문제는 아예 그런 발견을 해 볼 생각조차 않는 인심에 있다. 말이 전해지지를 않으니 별 수 있는가? 뜬구름 같은 세상일을 물을 필요 없이 그저 높이 누워 밥이나 든든히 먹는 게 낫지…….

浮 : 뜰 부	足 : 족할 족
臥 : 누울 와	且 : 또 차
加 : 더할 가	飯 : 밥 반

50. 맑은 물

源淸流潔하고 本盛末榮이라.
원청유결 본성말영

근원이 맑으면 지류도 깨끗하고 근본이 성하면 말단도 풍성하다.

『한서漢書』의 저자로 유명한 한漢나라 사람 반고班固가 쓴 「사수정비명泗水亭碑銘」에 나오는 말이다. 우리 속담에도 '윗물이 맑아야 아랫물이 맑다'는 말이 있다. 그리고 '뿌리가 튼튼해야 가지가 무성하다'는 말도 있다. 다 근본이 제대로 되어 있어야 지엽적인 일들이 제대로 된다는 뜻이다. 아비와 어미가 매일 싸움만 하는 집안의 자식이 잘 될 리가 없고, 나랏일은 뒷전에 두고 자신들의 권력 기반을 다지기에 여념이 없는 정치가들이 횡행하는 나라가 잘 될 리가 없다. 물론 윗물이 맑다고 해서 반드시 아랫물이 다 맑은 것은 아니다. 윗물은 맑아도 아랫물 스스로가 소용돌이를 쳐서 흐려질 수도 있다. 그러나 이렇게 잠시 흐려진 물은 위쪽으로부터 지속적으로 맑은 물이 유입되면 언젠가는 다시 맑아지게 된다. 물론 윗물이 흐리더라도 아랫물이 맑을 수도 있다. 중간에 둑을 쌓거나 일시적인 거름 장치를 하면 아랫물만이라도 당분간 맑게 할 수 있다. 그러나 그렇게 맑아진 물이 얼마나 버티랴! 위에서 흐려진 물이 자꾸 불어나면 결국 아랫물은 흐려질 수밖에 없다. 그래서 윗물은 항상 맑아야 한다. 자기 돈, 자기 힘이라고 해서 제멋대로 함부로 써서는 안 된다. 제 맘대로 뿌리는 돈과 힘에 의해 하류의 세상이 온통 병들어 가고 있음을 알아야 한다. 맑은 자만이 위에 거할 자격이 있음을 깨달아야 하는 것이다.

源 : 근원 원	淸 : 맑을 청
潔 : 깨끗할 결	盛 : 성할 성
末 : 끝 말	榮 : 영화 영

51. 돌

梅邊之石은 宜古하고 松下之石은
매변지석 의고 송하지석

宜拙하며 竹傍之石은 宜瘦하고
의졸 죽방지석 의수

盆內之石은 宜巧라.
분내지석 의교

매화나무 가의 돌은 마땅히 옛스러워야 하고 소나무 아래의 돌은 졸박해야 하며 대나무 곁의 돌은 여위어야 하고 화분 안의 돌은 교묘해야 한다.

청나라 사람 장조張潮가 쓴 『유몽영幽夢影』이라는 책에 나오는 말이다. '석유삼덕石有三德하니 일왈묵一曰默이요, 이왈인二曰忍이요, 삼왈견三曰堅이라'는 말이 있다. '돌에는 세 가지 덕德이 있으니 그 첫 번째는 말이 없는 것이고, 그 두 번째는 잘 참는 것이며, 그 세 번째는 군센 것이다'는 뜻이다. 그래서 옛 사람들은 돌을 무척 아꼈다. 돌의 훌륭한 점을 배우고자 돌과 가까이 한 것이니, 조선시대 가사문학의 대가인 고산 윤선도 선생도 오우가五友歌에서 '내 벗이 몇 인고 하니 수석水石과 송죽松竹이라, 동산東山의 달 오르니 긔 더욱 반갑고야'라고 하여 가장 아끼는 다섯 벗으로서 물, 소나무, 대나무, 달과 함께 돌을 들었다. 돌은 이처럼 우리의 오랜 친구이다. 그런데 옷도 갖춰 입어야 멋이 있고, 음식도 제대로 구색을 맞춰 먹어야 제 맛을 즐길 수 있듯이, 돌도 격을 맞춰 즐겨야 그 운치를 더할 수 있다. 등걸 진 매화나무 곁에는 이끼도 끼고 때도 묻은 예스러운 돌이 어울리고, 소나무 곁에는 소나무의 껍질만큼이나 두텁고 질박한 돌이 어울리며, 대나무 곁엔 역시 깡마른 돌이 있어야 대나무의 강한 절개와 정히 부합한다. 그래서 '죽수이수竹瘦而壽, 석추이문石醜而文'이라는 말도 있다. '대나무는 여위었음에도 장수하고, 돌은 못생겼음에도 문기文氣가 있다'는 뜻이다. 돌을 함부로 발로 차고 깨부술 일이 아니다. 돌이 바로 우리의 스승임을 알아야 할 것이다.

梅 : 매화 매
宜 : 마땅 의
傍 : 곁 방
盆 : 단지 분
邊 : 갓 변
拙 : 졸할 졸
瘦 : 여윌 수

52. 스승의 날

嚴師爲難하니 師嚴然後에 道尊하고
엄 사 위 난 사 엄 연 후 도 존

道尊然後에 民知敬學이라.
도 존 연 후 민 지 경 학

엄한 스승이 되는 것이 어려운 일이다. 스승이 엄한 연후에야 도가 존중되고 도가 존중된 연후에야 백성들이 배움을 공경하게(받들게) 된다.

『예기禮記』의 「학기편學記篇」에 나오는 말이다. 엄한 스승이란 진정한 권위를 가지고서 만인으로부터 존경을 받는 스승을 말한다. 엄한 스승이 되기가 어디 쉬운 일이겠는가? 스승 자신이 엄한 스승이 되려고 노력해야 하겠지만 주변, 특히 학부모가 만들어 주어야 하는 면도 있다. 학부모가 나서서 선생님을 간섭하려 들면 선생님은 엄해질 수가 없다. 그런데 우리 사회는 학부모들의 극성으로 인해 학교가 학교의 구실을 못하게 된 지 오래고 선생님들은 선생님들대로 노동자를 자처하고 나서면서부터 교육의 '성스러운'면은 깨지게 되었다. 문제는 우리 교육 현장의 일과 이론과 정책이 미국인의 정서에는 맞을지 몰라도 우리의 정서에는 맞지 않는 면이 있다는 점이다. 이제라도 우리는 교육에 관한 한 우리가 선진국이라는 사실을 자각해야 한다. 조선시대의 '성균관'이 옥스퍼드 대학이나 하버드 대학보다 훨씬 긴 600년의 역사를 가지고 있는 대학이라는 사실을 자각하고서 미국식 교육이 아닌 우리의 정서에 맞는 교육을 실시해야 한다. 교육은 단순히 제도를 고치고, 교사들의 처우를 개선하고, 시설을 확충한다고 해서 해결될 문제가 아니다. 그것은 철학의 문제이며, 사람의 문제이다. 긴 안목으로 사람답다는 것이 무엇을 의미하는지부터 바르게 정립하는 것이 교육을 살리는 길이다. 스승의 날을 맞을 때마다 참다운 엄한 스승이란 어떤 사람일지 고심해보자.

嚴 : 엄할 엄	師 : 스승 사	難 : 어려울 난
尊 : 높일 존	敬 : 공경 경	

53. 제멋에 사는 세상

君知天地中寬窄이오? 鵰鶚鸞鳳各自飛라.
군 지 천 지 중 관 착 조 악 난 봉 각 자 비

그대는 아는가? 하늘 땅 사이가 얼마나 넓고 얼마나 좁은지를. 수리, 물수리, 난새, 봉황새가 각자 제멋에 나는데.

당나라 때의 시인 백거이白居易의 「대주對酒(술을 마주하고서)」 시 5수 중 제1수의 끝 두 구절이다. 세상에는 참 다양한 생물과 무생물이 있다. 이렇게 다양한 것들이 모여 사는 게 세상이라는 생각을 하고 보면 세상은 참 넓다. 내가 모르는 세계가 너무 많기 때문에 세상은 넓은 것이다. 그러나 눈을 돌려 다른 한편을 보면 사람이든 동물이든 다 비슷하게 살아가고 있음을 발견하게 된다. 먹고, 자고, 놀고, 일하고, 싸우고……. 이런 관점에서 보면 세상은 너무나도 좁다. 이처럼 넓고도 좁은 세상에서 사람들은 자기 취향대로 산다. 어떤 사람은 수리처럼 살고, 어떤 사람은 물수리처럼 살며, 또 어떤 사람들은 난새나 봉황새처럼 산다. 자신의 취향과 좋아하는 바를 좇아서 산다는 것은 매우 중요하고 필요하다. 그리고 그러한 개인적인 삶의 자유는 반드시 보장되어야 한다. 그러나 개인적인 취향대로 살다가도 국가 혹은 민족이라는 이름 아래서는 자신의 취향이나 자유를 일부 양보하거나 포기하고서라도 한 마음 한 뜻으로 모여야 할 필요도 있다. 그래야 나라가 살고 민족이 산다. 그런데 지금의 우리는 너무 지나치게 각자의 목소리만 내고 있는 것 같다. 심지어는 '통일이 왜 우리의 소원이냐'고 반문하는 사람도 있다. 제 뜻대로 사는 게 세상이라지만 너무 제 뜻만 내세워 '난장판' 혹은 '콩가루 집안'이 되어서는 안 된다는 것을 잊지 말아야 할 것이다.

寬 : 넓을 관	窄 : 좁을 착
鵰 : 수리 조	鶚 : 물수리 악

54. 너무 좋아 말고 뒤를 보라

一派青山景色幽하니 前人田地後人收라.
일 파 청 산 경 색 유 전 인 전 지 후 인 수

後人收得休歡喜하라 還有收人在後頭니라.
후 인 수 득 휴 환 희 환 유 수 인 재 후 두

한 물줄기처럼 뻗은 청산의 경색(풍경)이 그윽하니, (이 아름다운 땅은) 앞선 시대 조상님께서 갈던 밭(땅)을 뒷사람인 우리에게 물려주신 게지. 뒷사람인 우리는 그것을 물려받았다고 너무 좋아 말아야 한다. 다시 물려받을 사람이 뒤에 있으니.

송나라 때의 시인 범중엄范仲淹의 「서선시문인書扇示門人(부채에 써서 제자에게 보여준 시)」의 끝 두 구절이다. 수만 년을 이어온 강산! 우리의 할아버지가 사셨고, 그 할아버지의 할아버지, 그리고 또 그 할아버지의 할아버지의 할아버지가 사셨던 땅을 지금 우리가 이어받아서 살고 있는 것이다. 그리고 언젠가 우리는 우리의 자식과 손자들에게 이 강산을 다시 물려주어야 한다. 그런데 지금 우리는 조상으로부터 땅을 물려받고서 그 땅이 온통 내 것인 양 좋아 날뛰고 있는 것 같다. 나만 쓰고서 버리라는 땅이 아니라 잘 쓰고서 다시 후손들에게 물려주라는 땅인데 우리는 지금 그 땅을 완전히 우리의 욕심대로, 멋대로 사용하고 있다. 지금이라도 심각한 마음으로 돌아

보아야 하지 않을까? 하나뿐인 지구가 망가지고 나면 내 아들과 손자들은 어디에서 살아야 할 것인지를. 혹자는 달나라로 이사를 가면 된다고 한다. 과연 그럴 수 있을까? 수만 년을 살아온 땅을 함부로 사용하여 엉망으로 망쳐 놓고서 이제 그 땅을 내팽개치고 달나라로 가겠다는 것은 오만한 생각이다. 바로 그런 오만한 생각을 하는 사람들로 인하여 지금 지구는 죽어가고 있다. 자연과 우주 앞에 보다 더 겸손해지는 것이 곧 생존의 길임을 깨달아야 할 것이다.

派 : 물길 갈라질 파	幽 : 그윽할 유	收 : 거둘 수
休 : 그만둘 휴	歡 : 기쁠 환	喜 : 기쁠 희
還 : 또 환		

55. 항아리를 깰까 봐 쥐를 못 잡는 게지

鼠近於器나 尙憚不投는 恐傷其器라.
서근어기 상탄불투 공상기기

그릇 가까이에 쥐가 있어도 오히려 쥐에게 물건을 던져 잡지 않는 까닭은 그릇이 상할까 봐 염려되어서이다.

『한서漢書』「가의전賈誼傳」에 나오는 말이다. 당시 민간에 유행하던 속담에 '욕투서이기기欲投鼠而忌器(물건을 던져 쥐를 잡고자 하나 그릇이 염려되네)'라는 말이 있었는데 그 속담을 풀어서 한 말이다. 이 말에 이어 「가의전賈誼傳」에는 '조정에 자리하고 있는 권신과 간신들을 치고자 하나 황제가 다칠까 봐 차마 그렇게 하지 못한다'는 말이 나온다. 세상에는 이런 경우가 많이 있다. 무도하고 버르장머리없기 그지없는 사람이라고 해도 다른 이유로 인하여 차마 어쩌지 못하고 그냥 놓아두었는데 그러한 사정도 모르는 채 오히려 기고만장하여 더욱 행패를 부리는 사람이 있는 것이다. 꼴불견이 아닐 수 없다. 이런 꼴불견들이 많이 있는 사회, 또 이런 꼴불견들을 차마 어쩌지 못하여 그냥 두고 보는 사회는 결코 건강한 사회가 아니다. 무엇보다도 중요한 것은 각자가 꼴불견이 되지 않도록 분수를 알아야 할 것이며, 그 다음으로 중요한 것은 만약 이런 꼴불견이 준동한다면 모두가 나서서 그러한 준동을 막는 일이다. 교육 현장에서 부모의 힘(?) 때문에 문제 학생을 제대로 다스리지 못한 채 그냥 놓아두는 일이 없어야 하고, 파업에 관한 협상에서도 쌍방간에 '어쩔 수 없이 수용하는' 현상은 없어져야 한다. 그릇은 깨지 않아야 하겠지만 그렇다고 해서 쥐를 방치해 두어서도 안 되기 때문이다.

鼠 : 쥐 서　　近 : 가까울 근　　尙 : 오히려 상
憚 : 꺼릴 탄　　投 : 던질 투　　恐 : 두려울 공
傷 : 상할 상

56. 뱃속에 시와 글이 있으면

腹有詩書면 氣自華라.
복 유 시 서 기 자 화

뱃속에 시와 글이 들어 있으면 그 사람의 기氣는 저절로 아름다워진다.

소동파蘇東坡가 쓴 「화유별동전和留別董傳」 시의 두 번째 구절이다. '옥재산이초목윤玉在山而草木潤'이라는 말이 있다. '산에 옥이 있으면 초목에 윤기가 돈다'는 뜻이다. 산에 있는 옥이 기운을 발휘하여 초목을 윤기있게 할진대 하물며 시와 글이 사람을 빛나게 함에 있어서야!

아무리 외모를 비싼 옷, 비싼 장신구로 꾸며도 무식함과 속스러움을 가릴 수는 없다. 학벌이 좋다고 해서 유식한 것도 아니고, 학벌이 낮다고 해서 무식한 것도 아니다. 명문 대학을 나오고서도 공부다운 공부, 즉 자신을 수양하는 공부를 하지 못한 사람은 비록 약간의 지식은 있을지 모르나 몸에서 향기가 나기는커녕 세속적인 추태가 절어 있어서 근처에만 가도 냄새가 난다. 반면에 학벌이라곤 내세울 게 없는데도 평소에 자신을 닦는 공부를 하여 몸에서도 향기가 나고 말에서도 향기가 나는 사람이 있다. 몸과 말에서 향기가 나는 그 사람은 바로 시인이나 다를 바 없는 사람이다. 비록 시인으로 등

단은 하지 않았더라도 그의 말 자체가 시이고, 그의 몸가짐이 바로 글이다. 그러한 사람의 뱃속에는 천진天眞과 순수를 바탕으로 한 시와 글이 가득 들어 있는 것이다. 옷이나 장신구 혹은 앉아 있는 의자가 자신을 빛나게 해준다고 생각하면 큰 착각이다. 자신을 빛나게 해주는 것은 뱃속에 들어있는 향기로운 시와 글, 즉 독서를 통한 자기 연마인 것이다.

腹 : 배 복
詩 : 글 시
書 : 글 서
氣 : 기운 기
華 : 빛날 화

57. 글쓰기

一詩千改始心安이라.
일 시 천 개 시 심 안

시 한 수 쓰면서도 천 번은 고쳐야 비로소 안심이 된다네.

청나라 사람 원매袁枚가 쓴 「견흥遣興」이라는 시의 한 구절이다.
'언부진의言不盡意'라는 말이 있다. 아무리 언어를 잘 구사해도 말이나 글은 근본적으로 뜻(마음)을 다 표현할 수 없다는 뜻이다. 그래서 말이나 글로써가 아니라, 마음으로 마음을 전한다는 뜻의 '이심전심以心傳心'이라는 말이 더 실감나게 들리는 경우가 많이 있다. 가장 높은 격의 말은 바로 이 '이심전심'의 말이다. 그런데 우리 사회 전반에 서양식 사고가 팽배하면서 우리는 눈에 보이는 것, 말로 표현된 것만 인정하고 중시하게 되었다. 상대방의 마음이 어떤 마음인지를 훤히 알면서도 그렇게 훤히 아는 자신의 마음을 속인 채, 말을 안 했다는 이유로 또는 그렇게 말하지 않았다는 이유를 들어서 상대의 마음을 자기 편리대로 재단해 버리는 참으로 비정한 세상이 되어 버린 것이다. 이런 세상이 되고 보니 말하기와 글쓰기가 더 어렵다. 그렇지 않아도 글쓰기는 쉬운 일이 아닌데 조금이라도 빈틈이 있는 것처럼 보인다거나 혹은 조금이라도 자신들의 입장과 반하는 면이 있다는 생각이 들면 글쓴이의 마음을 읽으려는 생각은 제쳐두고 말꼬리를 잡으려 드는 세상이니 글쓰기가 어찌 쉽겠는가? 시 한 수 쓰면서도 천 번은 고쳐야 비로소 안심이 되는 세상이다. 이 말을 한 원매의 본뜻은 좋은 의미에서 문장을 계속 갈고 닦으라는 데 있지만 말이다.

詩 : 글 시	千 : 일천 천
改 : 고칠 개	始 : 비로소 시
安 : 편안 안	

58. 꽉 찬 사람

滿如陷하고 實如虛라.
만 여 함　　　실 여 허

속이 꽉 찬 사람은 오히려 부족한 듯이 행동하고, 실한 사람은 오히려 허한 듯이 행동한다.

『회남자淮南子』「무칭훈繆稱訓」에 나오는 말이다. 세상에 완미完美하고 완선完善한 사람은 없다. 다만 완선하고 완미한 사람이 되려고 노력할 따름이다. 이러한 노력을 통하여 거의 완미, 완선한 경지에 이른 사람은 오히려 '아직도 많이 부족하다'고 말하는데, 이제 겨우 선과 미를 향해 발걸음을 떼기 시작한 사람은 마치 자신이 이미 완선하고 완미한 경지에 이르기나 한 것처럼 행동한다. 가소로운 일이다. 미국에서 수십 년간 살다온 사람은 '아직도 알 수 없는 게 미국'이라고 말하는데 반에 몇 개월 연수를 다녀온 사람은 오히려 미국에 대해서 다 아는 것처럼 떠든다. 비어있으면서 차 있는 듯이 행동하는 사람이다. 문제는 바로 이런 사람들에 의해서 오늘날 우리 사회가 흔들리고 있다는 데에 있다. 아니, 우리의 교육 자체가 그렇게 아는 척하는 사람을 길러내고 있는지도 모른다. '발표력 신장'이라는 이유를 들어 일단은 "저요!"라는 말을 악을 쓰듯이 외치고 일어서서 말이 되든 안 되든 자신의 견해를 발표하게 하는 교육, 물론 좋은 점도 있다. 그러나 나쁜 점도 많이 있다. 그런 왕성한(?) 발표가 자칫 모르면서도 아는 듯이, 비어있으면서도 차있는 듯이 행동하는 사람을 길러낼 수도 있다는 것이다. 신중하게 생각하고, 정중하게 행동하며 남 앞에 겸손해야 한다는 가치는 아직도 유효하다. 아무리 자기 홍보의 시대라고 할지라도 말이다.

滿 : 가득 찰 만	陷 : 빠질 함
實 : 열매 실	虛 : 빌 허

59. 내 몸부터 바르게

未有不能正其身而能正人也라.
미 유 불 능 정 기 신 이 능 정 인 야

자기 자신을 바르게 하지 못하고서 능히 다른 사람을 바르게 다스린 사람은 있지 않느니라.

송나라 사람 소철蘇轍이 쓴 「성남중지형주盛南仲知衡州」라는 글에 나오는 말이다. 자신이 먼저 바른 사람이 되어야만 남을 바르게 인도할 수 있다는 것은 너무나 당연한 말이다. 그런데 사람들은 이상하게도 이처럼 당연한 말을 오히려 제대로 실천하지 못한다. 혀 짧은 소리를 하는 훈장어른이 "나는 혀가 짧아 어쩔 수 없이 '바담 풍風', '하느 텬天'이라고 하지만 너희들은 '바담 풍', '하느 텬'이라고 하란 말이여!"라고 아무리 큰 소리로 외쳐도 아이들은 여전히 '바담 풍', '하느 텬'이라고 할 뿐이다. 왜 그런가? 선생님이 그렇게 밖에 하지 못하기 때문이다. 이 훈장 선생님의 경우는 그야말로 어쩔 수 없는 경우이기 때문에 그렇다손 치더라도, 충분히 바르게 할 수 있고 또 절제할 수 있는 일들을 어른들이 잘못하고서 그런 어른들을 보고서 따라하는 청소년들만 버릇없다고 나무라면 청소년들이 바르게 자랄 수 있겠는가? 세상에 청소년 문제라는 것은 본래 없다. 다 어른들의 문제일 뿐이다. 내 자식을 잘 키우기 위해서라도 우리 어른들은 보다 철저하게 도덕적이어야 할 필요가 있다는 점을 자각해야 할 것이다. 음란물, 폭력물이 해롭기는 어른에게도 마찬가지이다. 그럼에도 불구하고 어른이라는 이유로 각종 음란물과 폭력물을 만들어 놓고서 어떻게 아이들을 가르칠 수 있겠는가? 어른이 바로 서야 아이들도 바로 선다는 사실을 뼈아프게 느껴야 할 것이다.

未 : 못할 미	能 : 능할 능
其 : 그 기	身 : 몸 신

60. 태산이 무너진대도

泰山崩於面前而色不變이라야 可以待敵이니라.
태 산 붕 어 면 전 이 색 불 변　　　　가 이 대 적

태산이 눈앞에서 무너진다 하여도 얼굴색이 변하지 않아야 적을 대접할 수 있다.

송나라의 문인인 소순蘇洵(소식蘇軾의 아버지)이 쓴 「심술心術」이라는 문장에 나오는 말이다. '대적待敵'이라는 말은 '적을 대접하다' 다시 말해서, '적을 내 뜻대로 다룬다'는 뜻이다. 내 마음을 쉽게 내보여서는 적을 내 뜻대로 다룰 수 없다. 그러므로 적을 다루기 위해서는 눈앞에서 태산이 무너져 내려도 얼굴색이 변하지 않을 정도의 담력과 태연함이 있어야 한다. 얼굴색이 변하지 않으면 적이 내 마음을 헤아릴 길이 없어진다. 적은 내 뜻을 못 헤아리는데 나는 적을 꿰뚫어 볼 수 있다면 적을 내 뜻대로 다룰 수 있지 않겠는가? 하지만 얼굴색을 변하지 않게 한다는 것은 결코 쉬운 일이 아니다. 선천적인 담대함도 있어야 하겠지만 무엇보다도 수양을 해야 한다. 항상 떳떳하고 죽음 앞에서도 태연할 수 있는 사람이라면 얼굴색이 변하지 않을 수 있다. 죽음 앞에서도 태연하려면 어떻게 해야 하는가? 자신을 완전히 비워야 한다. 빈손 쥐고 떠나는 여행, 우주를 순환하는 순환 열차를 타고 떠날 준비가 되어 있으면 정말 언제라도 태연

할 수 있다. 얼굴색이 변하지 않는 정말 큰 태연함으로 사는 사람, 그런 사람이 이 세상에서 가장 강하고 행복한 사람일 것이다. 그런 사람이 어찌 적을 두려워하랴!

泰 : 클 태	崩 : 무너질 붕	於 : 어조사 어
色 : 빛 색	變 : 변할 변	待 : 대접할 대
敵 : 싸울 적		

61. 굶어 죽을지언정

不食嗟來之食이라.
불 식 차 래 지 식

오만하게 "자! 와서 먹어라"라고 하면서 무례한 태도로 주는 밥은 먹지 않는다.

『예기禮記』「단궁檀弓」 하下편에 나오는 말이다. 제나라에 큰 흉년이 들어 굶어 죽는 사람이 많게 되자, 검오黔敖라는 사람이 거리에서 밥을 나누어주게 되었다. 그 때 어떤 굶주린 사람이 소매로 얼굴을 가린 채 절면서 다가왔다. 검오는 자신의 선행을 자랑이라도 하듯 왼손에는 밥, 오른손에는 마실 것을 들고서 무례한 말투로 "자, 와서 먹어라"라고 하였다. 그러자 그 굶주린 사람은 아무리 배가 고파도 무례하게 주는 밥은 먹지 않겠다고 하였다. 잘못을 안 검오가 그에게 사과하였다. 그래도 그는 끝내 밥을 먹지 않고 굶어 죽었다. 이 이야기를 전해들은 증자曾子(공자의 제자)는 "무례하게 주는 밥을 먹지 않은 것은 그럴 만한 일이지만 사과했다면 먹었어야 옳다"고 말하였다.

사람의 생명을 유지하는 데는 음식만 필요한 게 아니다. 자존심도 필요하다. 자존심이 없이 던져주는 음식이나 쓰레기통에 담아주는 음식을 먹고서 동물적 생명만 유지하고 있다면 그는 이미 사람이 아니다. 따라서 음식을 베푸는 사람도 잘 베풀어야 하고, 먹는 사람도 잘 가려서 먹어야 한다. 남이 주는 밥뿐 아니라, 스스로 찾아서 먹는 밥도 정당한 밥을 찾아 먹어야 한다. 절도, 매춘, 사기로 호의호식하는 것은 던져주는 밥이나 쓰레기통을 뒤져서 먹는 것보다 더 비천한 밥을 먹는 것이다. 떳떳한 밥을 먹을 때 비로소 사람이라 할 수 있지 않겠는가?

食 : 먹을 식

嗟 : 탄식할 차(감탄사로서 '아아!' 혹은 '자ㅡ'라는 뜻으로 많이 쓰임)

62. 대장부

富貴不能淫하고 貧賤不能移하며
부 귀 불 능 음 빈 천 불 능 이

威武不能屈이면 此之謂大丈夫라.
위 무 불 능 굴 차 지 위 대 장 부

부귀하다고 해도 분수에 넘치는 짓을 하지 않고, 가난하고 지위가 낮다고 해도 자신의 태도를 바꾸지 않으며, 위협과 무력 앞에서도 굴하지 않는다면 이런 사람을 일러 대장부라고 한다.

『맹자孟子』「등문공滕文公」하下편에 나오는 말인데 해당 구절은 이보다 더 길다. 해당 부분을 다 옮겨 보면 다음과 같다.

'천하라는 넓은 집에 살고, 천하의 올바른 자리에 서며, 천하의 큰 도를 실천하여 뜻을 얻으면 백성들과 함께 해 나가고, 뜻을 얻지 못하면 혼자서 자신이 가야할 길을 감으로써 부귀하다고 해도 분수에 넘치는 짓을 하지 않고, 가난하고 지위가 낮다고 해도 자신의 태도를 바꾸지 않으며, 위협과 무력 앞에서도 굴하지 않는다면 이런 사람을 일러 대장부라고 한다'

대장부란 다른 사람이 아니다. 바로 바른 일을 하는 사람이다. 강한 힘을 과시하며 이웃을 침략하여 영토를 넓히는 사람이 대장부인 것도 아니고, 인류의 평화를 위하고 전쟁을 예방한다는 구실을 내세워 다른 전쟁을 일으키는 것도 대장부가 할 일이 아니다. 진정한 대장부는 천하의 정도正道에 서서 국민들을 설득하여 국민들과 함께 그 바른 도를 실천해 나가는 사람이다. 그런데 대장부를 자처하는 정치인들은 국민의 뜻을 받드는 데는 다들 용한데, 국민을 설득하는 일은 거의 하려 들지 않는 것 같다. 선거에서 당선을 위해 괜히 인심 잃을 필요 없이 적절히 국민의 뜻을 맞춰주며 권세나 계속 누리자는 속셈이다. 이렇게 되면 세상은 '중우衆愚'의 함정으로 빠져들 수밖에 없다. 지금의 대한민국, 진정한 대장부, 여장부가 필요한 때이다.

貴 : 귀할 귀　　淫 : 넘칠 음　　貧 : 가난할 빈
賤 : 천할 천　　移 : 옮길 이　　威 : 위엄 위
屈 : 굴할 굴

63. 불손함과 고루함

奢則不孫하고 儉則固하니
사 즉 불 손　　　검 즉 고

與其不孫也론 寧固라.
여 기 불 손 야　　　영 고

사치할 정도로 풍족하면 불손하게 되고 검소하다 보면 고루한 면이 있을 수 있다. 불손한 사람이 되느니 차라리 고루한 사람이 되겠다.

『논어論語』「술이편述而篇」에 나오는 공자의 말이다. 필자는 우연히 서울의 이른바 '물 좋은 곳(?)'에 위치한 화려한 명품 매장에 간 적이 있었다. 평소 제일 싫어하는 게 쇼핑, 특히 '아이 쇼핑'이지만 그 날은 정말 어쩔 수 없는 일로 잠시 들르게 되었다. 처음엔 점원 아가씨들 몇몇이 반갑게 인사도 하더니만 전혀 명품과는 관계가 없는 차림새를 한 채 가격표나 들춰보고 다니는 내 모습을 한동안 지켜본 다음에는 아가씨들의 눈빛이 완전히 달라졌다. 그곳에 안 들어와야 할 사람이 들어와서 괜히 '물을 흐려놓고 있다'는 표정이 역력했다. 왜 그들은 나에게 그런 표정을 지었을까?

화려한 불빛 아래서 매일 엄청나게 돈이 많은 사람들만 대하다 보니 빚을 내서라도 일단은 화려하게 살 필요가 있다는 허영에 물들었기 때문일 것이다. 부자는 부자이니까 그렇다손 치더라도 세상에는 부자도 아니면서 겉멋만 들어 오만불손한 사람들이 많이 있다. 그들의 눈으로 볼 때는 근검절약하는 사람이 고루하고 촌스러워 보이겠지만 '불손하기보다는 차라리 고루한 사람이 되겠다'는 공자님 말씀의 의미를 알고 나면 부끄러움에 얼굴을 감싸야 할 것이다.

奢 : 사치 사　　孫 : 겸손할 손('遜'과 같은 의미)
儉 : 검박할 검　　固 : 고루할 고　　寧 : 차라리 영(녕)

64. 흥 망興亡

憂勞可以興國하고 逸豫可以亡身이라.
우 로 가 이 흥 국　　　일 예 가 이 망 신

근심하며 수고롭게 일하면 나라가 흥하고, 편안하게 즐기면 신세를 망친다.

송나라 사람 구양수歐陽脩가 쓴 『영관전서伶官傳序』에 나오는 말이다. '근심하며 수고롭게 일한다'는 것은 행여 잘못되는 일이 있을까봐 늘 긴장하고 염려하는 마음으로 열심히 일한다는 뜻이고, '편안하게 즐긴다'는 것은 '설마 무슨 일이 생기지는 않겠지' 하는 느긋한 마음으로 우선 눈앞에 펼쳐진 안락에 취해 노는 것을 말한다. 걱정하고 준비하는 나라는 망하지 않는다. 이와는 반대로 안일에 빠져 일을 하지 않는 나라는 망할 수밖에 없다.

우리 사회는 과연 어떠한 모습일까? 물론 열심히 일하는 사람도 많이 있지만 쥐뿔도 없으면서 겉멋에 사로잡혀 놀기만 하는 사람이 너무 많다. 특히 젊은 층에 그런 사람이 많다. 대학이 흔하다 보니 아무런 필터 장치도 거치지 않은 채 너도나도 다 대학에 들어와서 공부는 뒷전으로 미루어 두고 미팅이니, 엠티니, 축제니, 단합대회니 하는 행락적인 행사만 한 학기에 수차례씩 치르면서 화려하게 노는 법만 배워가지고 대학을 졸업하니 그들이 사회에 나가서 할 일이 과연 무엇이 있겠는가? 실력도, 기술도 없으면서 대학을 다녔다는 이유로 곧 죽어도 궂은 일을 할 생각은 전혀 없는 것이 우리나라 젊은이들의 모습이다. 지금의 우리나라, '기강 해이'라는 가장 큰 위기에 처해 있음을 국민 모두가 깨달아야 할 것이다.

憂 : 근심 우	勞 : 수고로울 로
興 : 흥할 흥	逸 : 편안할 일
豫 : 놀 예	亡 : 망할 망

65. 미리 말하지 않는 이유

古者에 言之不出은 恥躬之不逮也니라.
고자 언지불출 치궁지불체야

옛 사람들이 말을 미리 꺼내지 않은 까닭은 몸이 말에 미치지 못할까 봐서이다.

『논어論語』「이인편里仁篇」에 나오는 공자의 말이다. '몸이 말에 미치지 못한다'는 말은 행동이 말을 따라가지 못한다는 뜻이다. 우리는 주변에서 더러 말만 무성하게 해놓고서 실천은 없는 사람을 본다. 정말 싱겁고 무책임한 사람이다. 반면에 평소에는 아무런 말이 없는데 가끔 하나씩 대박을 터뜨렸다고 할 정도로 큰 성과를 들고 나오는 사람이 있다. 정말 믿음이 가는 멋진 사람이다. 말은 하기는 쉽지만 그 말을 다 실천하기는 정말 쉽지 않다. 그래서 세상에는 미리 한 말에 발목을 잡혀 고생을 하는 사람도 적지 않고, 이미 해놓은 말에 책임을 지기 위해서 미봉책으로 일을 불성실하게 처리하는 사람도 많이 있다. 그러므로 말을 미리 하는 것은 누구라도 조심해야 한다. 특히 사회 지도층이나 세상을 이끌어갈 계획을 세우는 사람은 말을 정말 신중하게 해야 한다. 그런데 요즈음 세상은 지나치게 홍보를 강조하다 보니 말이 질적으로도 과장되고, 양적으로도 많아지는 현상이 많이 나타나고 있다. 알맹이보다는 포장이 더 중시되고, 실천보다는 화려한 말로써 사람들의 마음을 사려고 하는 세상, 이러한 세상을 우리는 '거품'이라고 표현한다. 거품은 언젠가는 허무하게 사라지는 것이다. 말, 내실 있게 하고, 했으면 실천하도록 해야 할 것이다.

恥 : 부끄러울 치　　躬 : 몸 궁　　逮 : 미칠 체

---

66. 현충일–의로운 죽음

寧以義死일지언정 不苟幸生하여
녕 이 의 사 불 구 행 생
而視死如歸니 此는 君子之尤難者也라.
이 시 사 여 귀 차 군 자 지 우 난 자 야

차라리 의롭게 죽을지언정 구차하게 요행으로 살려 하지 않아서, 죽음을 보기를 마치 원래 있던 곳으로 돌아가는 것으로 본다는 것은 군자가 해야 할 일 중에서 특별히 더 어려운 일이다.

송나라 때의 문장가인 구양수歐陽脩가 쓴 「종수론縱囚論」이라는 글에 나오는 말이다. 세상에 자기 목숨이 아까운 줄을 모르는 사람이 어디 있으랴! 그리고 죽음 앞에서 태연할 수 있는 사람이 그리 흔하랴! 천금과도 바꿀 수 없는 아까운 목숨! 무섭고 겁나는 죽음, 그런데 나라를 위하여 그 아까운 목숨을 내놓고서 무서운 죽음의 길을 원래 태어난 곳으로 다시 돌아간다는 생각으로 초연히 간 사람들이 있다. 호국의 영령들! 그분들이 바로 그런 사람들이다. 나라를 구해야 한다는 의로운 생각 하나만을 가슴에 안고서 그 의로움을 지키기 위해 차라리 죽을지언정 구차하게 목숨을 구걸하지 않겠다는 생각으로 용감하게 싸우다 가신 호국의 영령들, 그분들을 기리는 날이 바로 현충일이다. 전 국민이 한 마음 한 뜻으로 경건해져야 할 날이 바로 현충일인 것이다. 그런데 이 현충일마저도 언제부터인가 구호로만 쇠는 '행사의 날'이 되고 만 것 같다. 경건한 마음을 갖기는커녕 일찌감치 행락 여행을 떠나는 사람도 있다. 다른 날은 몰라도 현충일은 전 국민이 제주祭主가 되어 제사를 지내는 날인데 제주가 아침부터 놀러간다니, 이는 있을 수 없는 일이다. 조용히 눈을 감고 불러 보자, 현충일 노래를.

'겨레와 나라 위해 목숨을 바치니 그 정성 영원히 조국을 지키네. 조국의 산하여! 임들을 잠재우소서. 임들은 불멸하는 민족혼의 상징……'

寧 : 차라리 녕	義 : 의로울 의	苟 : 구차할 구
幸 : 요행 행	視 : 볼 시	歸 : 돌아갈 귀
尤 : 더욱이 우	難 : 어려울 난	

67. 개 미

微軀所饌能多少길래 一獵歸來滿後車오?
미 구 소 찬 능 다 소 　 일 렵 귀 래 만 후 거

그 작은 몸으로 먹으면 얼마나 먹는다고 한번 사냥 나가면 수레가 가득찬 연후에야 돌아온단 말이냐?

명나라 때의 시인 양만리楊萬里가 쓴 「관의觀蟻(개미를 보며)」라는 시의 끝 두 구절이다. 시인의 눈은 역시 남다른 점이 있다는 것을 다시 한번 느끼게 하는 시구이다. 우리는 흔히 개미를 성실한 동물로만 알고 있으며 특히 「베짱이와 개미」라는 이솝우화로 인하여 개미를 일방적으로 칭찬만 해왔다. 그런데 양만리의 이 시를 보면 개미는 무모하리만치 욕심이 많은 동물이라는 점을 새삼 알게 된다. 절약 저축은 더 말할 나위가 없는 미덕이다. 그러나 필요 이상의 '자기 것 챙기기'는 결코 절약이 될 수 없으며, 오히려 그것은 엄청난 낭비를 초래한다는 사실을 개미에 대한 양만리의 이 묘사를 통해서 알 수 있다.

어떤 사람은 식당에 가면 차려 놓은 기본 반찬이 이미 충분함에도 불구하고 바쁜 종업원을 몇 차례씩 불러가며 이것저것 더 좀 가져오라고 호통을 친다. 그러나 식사를 마칠 때 보면 그렇게 가져다 놓은 반찬들을 손도 대지 않는 경우가 대부분이다. 얼마나 큰 낭비인가? 개인이나 단체나 지자체나 다들 '일단 내 몫으로 가져다 놓기'에 너무 열중인 것 같다. 내게는 있어도 그만, 없어도 그만인 물건이 다른 사람에게는 절실히 필요한 경우가 있다. 우선 챙기고 보자는 욕심에 별로 필요하지도 않은 물건을 가져다가 쌓아둠으로써 다른 사람에게 피해를 주는 일이 없어야겠다. 개미만 작은 생물이 아니라 창해蒼海에 비하면 사람도 일속一粟에 불과한 작은 존재이다. 그 작은 몸으로 무엇을 얼마나 먹으려고 이것저것 다 제 앞에다 가져다 놓으려 한단 말인가?

微 : 적을 미	軀 : 몸 구	所 : 바 소
饌 : 반찬 찬	獵 : 사냥할 렵	歸 : 돌아갈 귀
滿 : 가득할 만		

68. 난세亂世의 조짐(1)

亂世之徵은 其服組하고 其容婦하며
난 세 지 징 기 복 조 기 용 부

其俗淫하고 其志利하며 其行雜하고
기 속 음 기 지 리 기 행 잡

其聲樂險하며…….
기 성 악 험

난세의 징조를 보자면, 그들의(사람들의) 의복은 화려하고, 얼굴 꾸밈은 아낙네 같이 하며, 풍속은 음탕하고, 뜻은 온통 이익에만 있으며, 행동은 잡스럽고, 음악은 험하며…….

『순자荀子』「악론樂論」 끝 부분에 나오는 말이다. 어떤 일이나 본격적으로 일어나기 전에 미리 징조, 즉 조짐을 보이기 마련이다. 한국 전쟁이 발발할 때도 조짐이 있었고, IMF 사태가 올 때도 조짐이 보였다. 그런데 2,500여 년 전 사람인 순자는 사람들이 입고 다니는 화려한 옷과, 남자가 여성처럼 꾸미고 다니는 용모와, 정의나 가치는 팽개치고 이익만 챙기려 드는 뜻과, 일상으로 행하는 잡스런 행동과, 험하기 그지없는 음악을 들어서 난세의 조짐을 밝혔다. 순자가 밝힌 이 난세의 조짐들을 보면 오늘날 우리 사회가 처한 상황과 너무 흡사하다. 사람들은 옷이든 가구든 실내장식이든 화려한 것만 찾으려 들고, 남성들은 남성성을 버리고 여성처럼 꾸미려 하고 있어서 실지로 거의 하루에 한번씩은 TV쇼 프로그램을 통하여 여장을 한 남성들을 보는 게 현실이다. 그리고 각종 음란물의 홍수로 인하여 풍속은 이보다 더 음란할 수가 없을 지경에 이르렀고, 사람들의 뜻은 오로지 '돈'에 집중되어 있으며, 젊은이든 노인이든 하는 행동이 잡스럽기 그지없다. 그리고 또 음악은 왜 그리 험하기만 한지. 음악인지 고함인지 구별조차 되지 않을 때가 있다. 순자가 말한 난세의 조짐에 하나도 들어맞지 않는 것이 없다. 분명한 난세인가 보다.

亂 : 어지러울 난	徵 : 징조 징
服 : 옷 복	組 : 짤 조
容 : 얼굴 용	淫 : 음탕할 음
雜 : 섞일 잡	險 : 험할 험

69. 난세亂世의 조짐(2)

(亂世之徵)……其文章匿而采하고
난 세 지 징 기 문 장 닉 이 채

其養生無度하며 其送死瘠墨하고
기 양 생 무 도 기 송 사 척 묵

賤禮儀而貴勇力이니라.
천 예 의 이 귀 용 력

난세의 징조를 보자면……문장은 실질적 내용을 은폐한 채 아름답게 꾸미기만 하고, 양생養生(건강관리)은 법도와 절도가 없으며, 죽은 자를 보냄(장례)에 있어서는 예를 챙기지 않아 각박하고, 예의를 천하게 여기고 사나움과 힘을 귀하게 여긴다.

『순자荀子』「악론樂論」의 끝 부분에 나오는 말이다. 순자가 제시한 이 조짐들은 현재 우리 사회에서 일어나고 있는 현상과 너무 많이 닮아 있다. 하루에도 몇 십 권씩 쏟아져 나오는 각종 책들은 세상을 구하고자 하는 바른 도를 담고 있다고 하기보다는 '반짝'하는 재치로 사람들을 유인하여 돈을 벌고자 하는 뜻을 가지고 겉만 화려하게 꾸민 게 대부분이다. 사람들이 다투어 챙기는 건강의 비방들 또한 무질서하기 이를 데 없다. 법도가 없이 무질서하고 무절제한 그 '양생의 도道' 때문에 개구리를 비롯한 각종 야생동물이 수난을 당하고 있으며 심지어는 산 자를 치료하기 위한 소모품용 장기臟器를 만들기 위해 복제인간을 꿈꾸기까지 하고 있다. 게다가 모든 것을 산 사람의 쾌락과 편안함 위주로 생각하다 보니 죽은 자에 대해서 배려할 뜻은 거의 없다. 장례가 엄숙해야 할 필요도 없고 슬프고 곡진해야 할 이유도 없다. 장례를 그저 치우기가 쉽지 않은 쓰레기 치우기 정도로 인식하는 사람들이 늘고 있다. 그리고 예의는 땅에 떨어진지 오래다. 용감하게 덤벼드는 힘 앞에서 예의를 챙길 엄두조차 내지 못하고 있는 게 현재의 우리 사회이다. 순자가 말한 난세의 조짐과 어쩌면 그렇게 딱 들어맞는지 모르겠다. 어쩔거나, 어쩔거나?

匿 : 숨길 닉	采 : 꾸밀 채(=彩)	養 : 기를 양
度 : 법도 도	送 : 보낼 송	瘠 : 파리할 척
墨 : 어두울 묵	賤 : 천할 천	

70. 진정으로 걱정해야 할 것

不患寡而患不均하고 不患貧而患不安하라.
불 환 과 이 환 불 균 　 불 환 빈 이 환 불 안

백성의 수가 적음을 근심하지 말고 백성들이 골고루 각자의 분수에 맞게 살지 못함이 있을 것을 걱정하고, 가난함을 걱정하지 말고 편안하지 못함을 걱정하라.

『논어論語』「계씨편季氏篇」에 나오는 공자의 말이다. 백성이 아무리 많이 있어도 각기 분수에 맞게 할 수 있는 일을 만들어 주지 않으면 오히려 그 백성들을 죽이는 것과 다름이 없다. 그러므로 백성들에게는 누구라도 일거리를 갖게 해 주어야 한다. 비록 가난하더라도 사회가 안정되어 상하가 화목하게 사는 사회라면 그 사회는 살만한 사회다. 그러나 비록 부富가 많이 쌓여 있다고 하더라도 상하가 불목하고 인심이 흉흉한 세상이라면 오히려 불안해서 살 수가 없다. 진정으로 잘 다스려지고 있는 국가란 바로 모든 백성들이 자신의 일을 분수껏 보람을 가지고 하면서, 이웃 간에 화목하게 지내는 국가인 것이다. 사람들이 서울로만 모여들어 지방의 인구는 날로 줄어들고 있다. 그래서 각 시·도·군에서는 인구 늘이기 운동까지 벌이고 있다. 하지만 인구 늘이기 운동, 캠페인을 벌이고 출산을 장려하는 등 '운동'을 벌인다고 해서 인구가 늘어날까? 약간은 도움이 되겠지만 근본적인 해결책은 아니다. 일자리가 있어야 한다. 그리고 사람과 사람 사이에 화목함이 흐르는 훈훈한 인심이 있어야 한다. 그러면 사람들은 모여들기 마련이다. 대한민국 전체를 골고루 잘 살게 하기 위하여 지금은 모두가 지혜를 모아야 할 때이다. 서울은 동맥경화에 걸린 것처럼 순환이 제대로 안 되고 있다. 모든 것을 서울이 다 차지하기라도 해야 한다는 듯이 '서울집중'을 부채질하지 말아야 하고, 지방은 지방대로 새로운 산업을 일으키는 노력을 함과 동시에 원래 가지고 있던 자산인 푸르고 맑은 자연환경과 훈훈한 '시골인심'을 잘 보전하여 서울로 올라갔던 사람들이 다시 내려오게 해야 할 것이다.

患 : 근심할 환
寡 : 적을 과
均 : 고를 균
貧 : 가난할 빈
安 : 편안할 안

71. 다수의 힘

乘衆人之智면 則無不任也요
승 중 인 지 지　즉 무 불 임 야
用衆人之力이면 則無不勝也니라.
용 중 인 지 력　즉 무 불 승 야

여러 사람의 지혜를 타면(빌리면) 맡지 못할 일이 없고, 여러 사람의 힘을 이용하면 이기지 못할 일이 없다.

한漢나라 사람 유안劉安이 쓴 『회남자淮南子』 「주술훈主述訓」에 나오는 말이다. 여러 사람의 지혜와 힘은 무섭다. 아무리 어려운 일이라도 여러 사람이 머리를 맞대고 논의하면 답을 얻을 수 있고, 아무리 어려운 일이라도 여러 사람이 힘을 합치면 결국 그 일을 해낼 수 있다. 문제는 방향이다. 여러 사람이 힘을 합쳐 나쁜 일을 하면 나쁜 일을 해낼 수 있고, 좋은 일을 하면 좋은 일을 해낼 수 있기 때문에 일의 방향을 잘 잡아야 하는 것이다. 그러면 방향은 어떻게 잡아야 하는가? 의로움, 즉 '옳음'으로 방향을 잡아야 한다. 만약 의로움으로 방향을 잡지 않고 각자의 이익을 좇아 방향을 잡으면 세상은 '다수의 횡포'에 빠지게 된다. 이런 횡포의 혼란에 빠진 사회나 국가는 망할 수밖에 없다. 각자 자기 쪽으로 배를 끌어가려 하는데 배가 제대로 갈 수 있겠는가? 따라서 힘만 있고 '의義'가 없는 사회는 차라리 힘이 없는 사회만도 못하다. 그런데 지금 우리 사회가 '의'보다는 힘을 앞세우는 사회가 되어가는 경향이 있다. 옳기 때문이라고 하기보다는 내게 이익이 되기 때문에 기를 쓰며 힘으로 덤벼드는 경우가 너무 많은 것이다. 힘뿐 아니라 권모와 술수까지 활개를 치는 사회는 더욱 위험한 사회이다. 지금의 우리 사회, 정말 위기의 사회이다.

乘 : 탈 승	衆 : 무리 중	智 : 지혜 지
任 : 맡을 임	勝 : 이길 승	

72. 두 눈으로 똑똑히

眼見方爲是라 傳言未必眞이니.
안견방위시 전언미필진

눈으로 보았을 때 비로소 사실이라고 여겨라, 전해들은 말이 반드시 진실인 것은 아니니까.

명나라 사람 풍몽룡馮夢龍이 엮은 소설집 『삼언三言』의 하나인 『성세항언醒世恒言』에 실린 소설 「전수재착점봉황주錢秀才錯占鳳凰儔」에 나오는 말이다. 사람들이 저지르는 실수의 대부분은 직접 눈으로 확인하지 않은 데에서 온다. 눈으로 확인하지 않은 채 "아마 그럴 거야"라고 짐작을 하거나 "그렇다고 하던데"라고 하면서 완전히 남의 말에 의지해서 일을 판단하면 언젠가는 큰 코를 다치는 일이 생길 수밖에 없다. 자신의 짐작이 항상 정확할 수 없고 특히 남이 전하는 말은 진실이 아닐 가능성이 얼마든지 있기 때문이다. 그런데 우리나라 사람들은 매사에 직접 눈으로 확인하기를 게을리 하는 경향이 있다. 우리 사회가 특별히 신뢰 사회라서 확인하지 않고서도 믿을 수 있기 때문에 확인을 하지 않는 것이 아니라, 우리 민족이 특별히 확인하기를 귀찮게 여기는 것 같다. 차라리 새로운 일을 하라고 하면 잘하는데 남이 한 것이든 자신이 한 것이든 간에 이미 한번 한 일을 다시 확인하라고 하면 그 일은 매우 귀찮게 여기고 짜증나는 일로 받아들인다. 창조성이 강한 민족이라서 그런가보다. 우리에 비해 일본 민족은 꼼꼼히 확인하기를 좋아하는 것 같다. 빠르고 복잡한 세상, 한번 실수하면 일어서기가 쉽지 않다. 세상에 대한 믿음을 키움과 동시에 두 눈으로 똑똑히 확인하는 습성도 들여야 할 것이다.

眼 : 눈 안	方 : 바야흐로 방	爲 : 할 위
傳 : 전할 전	未 : 못할 미	眞 : 참 진

73. 제갈량諸葛亮의 충성심

出師一表眞名世하니 千載誰堪伯仲間이리오.
출 사 일 표 진 명 세 　 천 재 수 감 백 중 간

출사표 하나로 참된 이름이 세상에 나게 되었으니, 천 년 세월이 흐른다 해도 누가 감히 그(제갈량)와 우열을 겨룰 수 있겠소?

송나라 때의 애국 시인 육유陸游가 쓴 「서분書憤(분함을 토로함)」 시의 한 구절이다. 제갈량은 중국 삼국시대 촉나라의 승상으로서 유비劉備를 도와 촉나라를 반석 위에 올려놓은 인물이다. 유비가 죽은 후 황위에 오른 아들 유선劉禪은 성격이 매우 소극적이었다. 적을 공략할 생각도 없었고 삼국 통일의 의지도 없었다. 이에 제갈량은 유선에게 지금이 적기이니 군사를 일으켜 적을 공략할 것을 간곡히 간하는 글을 두 번이나 올린다. 그것이 바로 유명한 「출사표出師表」 전·후편이다. '출사出師'의 '師'는 '스승'이라는 뜻으로 쓰인 것이 아니라 '군대'라는 뜻으로 쓰였다. 따라서 '출사'란 '군대를 내다, 출병하다'라는 뜻이다. 그리고 '表'란 문체의 한 종류로서 신하가 임금에게 올리는 글을 말한다. 따라서 출사표란 '출병하기를 간하는 글'이라는 뜻이다. 선거에 출마하는 일을 '출사표를 던졌다'고 표현하는 것은 잘못된 표현이다. 제갈량은 출사표를 통해 황제를 무척 존중하면서도 자신의 뜻은 확고하고 간곡하게 밝힌다. 진정한 충성을 보이고 있다.

지금의 우리에게도 그런 충성스러운 공직자가 있었으면 좋겠다. 충심으로 간언하는 것과 '막 하자'는 식으로 대드는 것은 엄청나게 다르다. 그런데 우리 사회엔 윗사람에게 지나치게 순종하여 말 한 마디도 제대로 못하는 사람이 있는가 하면 또 한편으로는 윗사람에게 무조건 대드는 것을 개혁이나 애국심으로 착각하는 사람도 있는 것 같다. 출사표를 한번씩 읽혀야 할 모양이다.

師 : 군대 사	載 : 해(年) 사	表 : 문체 이름 표
誰 : 누구 수	堪 : 감히 감	伯 : 만 백
仲 : 둘째 중		

74. 남 칭찬하는 건지 자기 자랑하는 건지

天下才有一石하니 曹子建獨占八斗하고
천하재유일석　　조자건독점팔두

我得一斗하며 天下共分一斗라.
아득일두　　천하공분일두

천하(온 세상) 재주의 총량이 한 섬이라면 조자건曹子建이 그 중 여덟 말(斗)을 차지하였고, 내가 한 말을 차지했으며 세상 사람들이 나머지 한 말을 나누어 가졌다.

위진남북조시대 송宋나라 사람 무명씨無名氏의 저서인 『석상담釋常談』의 「팔두지재八斗之才」조條에 인용되어 나오는 사영운謝靈運의 말이라고 한다. 사영운은 위진남북조시대 진晉나라 말기에 태어나 진晉과 송宋을 거쳐 산 사람으로서 왕王씨 집안과 더불어 진나라를 대표하는 문벌인 사謝씨 집안의 기대주였다. 그러나 자신의 조국인 진나라가 망하고 대문벌인 사씨 집안도 망해가는 시기를 살면서 자신의 재주를 다 써보지도 못하고 포부도 펴지 못한 채 결국엔 모반의 누명을 쓰고 사형을 당한 비운의 인물이다. 그러한 불안한 시기를 살면서 자신을 내보이기 위해서였던지 그는 자존심도 강하고 자만심도 강하였다. 그래서 그렇게 말하였나 보다. "온 세상 재주의 총량이 한 섬이라면 조자건이 그 중 여덟 말을 차지하였고, 내가 한 말을 차지했으며, 세상 사람들이 나머지 한 말을 나누어 가졌다"고. 이 말은 조자건을 칭찬하는 말이라고 하기보다는 자신을 자랑하는 말이다. 어떻게 이렇게 교묘하게 자기 자랑을 할 수 있을까? 조자건은 조조의 아들로서 천재 시인이라는 평을 듣는 인물이다. 그에게 8할을 할당한 것도 무리이고, 자신에게 1할을 배당한 것도 무리이다. 한번쯤 호기 있게 자신을 뽐내는 것이 크게 잘못된 일은 아니다. 그러나 자아도취가 되어서는 안 될 것이다. 남을 칭찬하는 척하면서 나를 자랑하는 것은 스스로를 깎아내리는 행동이다.

才 : 재주 재　　石 : 섬 석　　曹 : 성씨 조
建 : 세울 건　　獨 : 홀로 독　　占 : 차지할 점
斗 : 말 두

75. 말馬을 알아보는 자가 있어야 명마名馬가 나오지

世有伯樂然後에 有千里馬라.
세 유 백 락 연 후　유 천 리 마

세상에 백락伯樂이 있은 연후에야 천리마가 있게 된다.

당나라 때의 명문장가인 한유韓愈가 쓴 「잡설雜說」이라는 문장 네 편 가운데 네 번째 문장에 나오는 말이다. 백락伯樂은 중국 고대에 말馬의 상相을 잘 보기로 유명한 사람이었다. 그는 말을 한번 보기만 하면 그 말이 천리마인지 노마駑馬(노둔한 말)인지를 금방 알아차렸다고 한다. 천리마가 능히 천리마일 수 있기 위해서는 그 천리마를 알아보는 사람이 있어야 한다. 아무리 훌륭한 천리마라고 하더라도 그 말을 알아보지 못하여 제대로 다루지 않으면 천리마는 천리마의 구실을 할 수 없게 되는 것이다.

우리는 사람을 잘 만나서 성공한 사람에 관한 이야기를 더러 듣는다. 어떤 야구 선수는 매일 후보 선수였었는데 어느 날 감독의 눈에 띄어 스타로 성장하게 되었고, 어떤 가수는 밤무대의 무명가수였는데 작곡가의 눈에 띄어 하루아침에 유명가수가 되었다는 등의 얘기가 바로 그런 얘기다. 세상에 인재가 있다면 그 인재가 제 능력을 발휘할 수 있도록 발굴해 내야 한다. 그것이 국가를 발전시키는 지름길이다. 그런데 지도자의 생각이 한 곳으로 고착되어 있으면 자기 마음에 드는 사람만 고를 뿐 참다운 인재를 골라 쓰지 못한다. 지금의 우리 정부는 과연 인재를 골고루 쓰고 있는 것일까? 한 때 유행어처럼 번졌던 '코드'라는 말이 왠지 맘에 걸린다. 코드가 맞는 사람만 인재로 볼까 봐 걱정이다.

伯 : 맏 백	樂 : 즐거울 락
然 : 그러할 연	後 : 뒤 후

76. 부러짐과 휨

可使寸寸折이라도 不爲繞指柔리라.
가 사 촌 촌 절　　　　불 위 요 지 유

마디마디 부러질지언정 손가락에 감기는 부드러운 고리는 되지 않을 것이다.

당나라 때의 시인 백거이白居易의 「이도위고검李都尉古劍(이도위의 옛 칼)」 시의 11, 12구이다. 중국의 역사를 보면 보검에 관한 이야기도 적지 않게 등장한다. 전설에 의하면 월越나라의 왕인 구천勾踐은 곤오산昆吾山의 산신에게 간절히 빌어서 얻은 쇠로 여덟 자루의 칼을 만들었는데 그 중 하나인 '엄일검掩日劍'으로 태양을 가리키면 태양이 빛을 잃었고, 다른 하나인 '전백검轉魄劍'으로 달을 가리키면 달이 빛을 잃었다고 한다. 이처럼 보검은 그 나름대로 영적인 본성을 지니고 있었다. 백거이는 그러한 보검의 가장 중요한 본성으로서 '정강精剛'함을 들었다. '精剛'의 '精'은 양질의 정제된 쇠로 치밀하게 만들어졌다는 뜻이고, '剛'은 '올곧고 강하다'는 뜻이다. 칼은 곧고 강해야 한다. 휘어짐이 없는 강한 칼, 강하면서도 부러지지 않는 칼, 그러나 끝내 운명을 다해야 할 때가 되면 차라리 마디마디 부러질지언정 절대 부드럽게 구부러지지는 않는 칼, 이게 바로 보검인 것이다. 어디 보검만이 이러하랴! 보배로운 사람도 이러하다. 정제된 인품을 가진 보배로운 사람은 보검과 같은 '剛'함이 있다. 요즈음 세상엔 검으로 상징되던 '의로움'은 이미 간 곳이 없고 단지 눈앞에 펼쳐지는 '이로움'만 챙기면 된다는 생각에 연체동물처럼 행동하는 사람들이 너무나도 많다. 연체동물처럼 흐물거리는 몸을 다스릴 보검 하나를 각자 하나씩 찾아보자.

使 : 하여금 사	寸 : 마디 촌	折 : 부러질 절
繞 : 감을 요	指 : 손가락 지	柔 : 부드러울 유

77. 아직도 절약은 미덕이어야 한다

一粥一飯이라도 當思來處不易하고
일 죽 일 반 당 사 래 처 불 이

半絲半縷라도 恒念物力維艱하라.
반 사 반 루 항 염 물 력 유 간

한 그릇의 죽, 한 그릇의 밥이라도 그것이 우리에게 오기까지 그 과정(來處)이 쉽지 않았다는 것을 반드시 생각하고, 반 오라기의 실이라도 그것을 만드는 데 필요한 물자와 인력을 얻는 데에 어려움이 있었다는 것을 항상 생각하라.

명나라 사람 주백려朱伯廬가 쓴 「치가격언治家格言(집안을 다스리는 격언)」이라는 글에 나오는 말이다. 한 그릇의 밥, 한 그릇의 죽이 얼마나 소중한 것인지를 요즈음 사람들은 잘 모른다. 물론 요즈음 결식아동도 있고 밥을 굶는 노인들도 있다. 그러나 대부분의 사람들은 밥걱정을 하며 살지는 않는다. 매 끼니마다 음식점과 가정에서 쏟아져 나오는 음식 쓰레기들을 보노라면 '인간이 이렇게 하고서도 벌을 받지 않을까?' 하는 생각이 절로 든다. 어디 음식만 그러하랴! 거리마다 넘쳐나는 옷들, 웬만한 옷은 잃어버리고서도 찾을 생각조차 하지 않는 아이들, 그리고 1년에 한두 차례 입고서 단지 유행이 지났다는 이유로 그냥 버리는 옷들……. 사람들이 '패션'을 중히 여기기 시작하면서부터 세상은 쓰레기장으로 변하기 시작했다. 유행하는 패션에 맞지 않는다는 이유로 멀쩡한 옷도 버리고, 가전제품도 버리고, 장롱도 버리고, 책상도 버리고, 그릇도 버린다. 그리고 '요즈음 누가 이런 음식을 먹느냐'면서 제사 음식도 버리고, 이웃집에서 가져온 백일떡, 돌떡도 버린다. 뿐만 아니다. '요즈음 이런 책을 누가 보느냐'면서 묵은 책도 버리고 심지어 족보도 버린다. 그러면서도 공부도 못하는 아이의 각종 참고서는 차로 사 나른다. 반성하자. 아직도 절약은 미덕이어야 한다!

粥 : 죽 죽	處 : 곳 처	易 : 쉬울 이
縷 : 올 루	恒 : 항상 항	念 : 생각할 염
維 : 오직 유	艱 : 어려울 간	

78. 마음 밭갈이

但存方寸地하며 留與子孫耕하라.
단존방촌지　　유여자손경

단지 방촌의 땅을 남겨 두어서 자손이 그 밭을 갈게 하라.

송나라 사람 나대경羅大經이 쓴 『학림옥로鶴林玉露』라는 책에 인용되어 나오는 속어이다. '방촌方寸'이란 심장, 즉 마음을 말한다. '방촌지方寸地'는 추상 명사인 '마음'을 보다 구체적으로 나타내기 위해서 '地'자를 덧붙여 실지로 볼 수 있는 물건처럼 표현한 것이다. 사람들은 자손들에게 보다 많은 땅이나 돈을 남겨 주려고 애를 쓴다. 하기야 몇 년 전에 우리는 훗날 자신의 아들이 대통령 선거에 나섰을 때 선거 자금으로 쓰기 위하여 5,000억이나 되는 돈을 챙겨 가지고 퇴임한 대통령을 본 적이 있으니 누구인들 자식에게 많은 땅과 돈을 물려주려고 하지 않겠는가? 하지만 그게 다 부질없는 짓이다. 스스로 살 수 있는 자생력이 없는 자손이 돈과 땅만 많이 가지고 있으면 그 돈과 땅을 잘 지키겠는가? 오히려 그 돈과 땅으로 인하여 사람만 타락한다. 타락한 자의 방탕한 낭비로 하루아침에 그 돈을 다 쓴 다음에는 아버지, 어머니, 할아버지, 할머니도 몰라보고서 돈을 더 내놓으라며 칼을 들고 덤벼들 것이다. 덜된 사람이 돈을 많이 가지고 있는 것은 어린 아이가 칼을 들고 있는 것보다 더 위험하다.

잘못 쓰는 돈은 파멸을 부르기 때문이다. 그러므로 자손에게 돈과 땅을 물려주려고 애쓸 일이 아니다. 방촌의 마음을 가는 '마음 밭갈이'를 알려 주어야 한다. 마음이 바로 서지 않고서는 아무것도 이룰 수 없고, 또 아무 것도 보존할 수 없기 때문이다.

但 : 다만 단	存 : 있을 존
留 : 머무를 유, 남을 유	與 : 줄 여
耕 : 밭 갈 경	

79. 그저 좋은 일을 하다보면

但知行好事요 莫要問前程하라
단 지 행 호 사 막 요 문 전 정

冬去氷須泮하고 春來草自生이니라.
동 거 빙 수 반 춘 래 초 자 생

단지 좋은 일을 행하기만 할 뿐 앞길에 대해 물으려 들지 말라. 겨울이 가면 얼음은 녹기 마련이고 봄이 오면 풀은 절로 자라나느니라.

당나라 때의 풍도馮道라는 사람이 쓴 「천도天道」 시의 3, 4구와 5,

6구이다. 무슨 일을 하려고 계획하면서 지나치게 효과를 따진 나머지 그 일을 하고 나면 나의 앞길에 어떤 이익이 생길 것인가를 생각하여 이익이 있을 성싶으면 혈안이 되어 덤벼들지만 별 이익이 없을 것 같으면 손가락 하나도 까딱하려 들지 않는 사람이 있다. '봉사'나 '협동', '희생' 등과는 매우 거리가 먼 생활을 하는 사람들이다. 먹다먹다 다 못 먹어서 음식이 썩어나도 밥을 굶고 있는 이웃은 전혀 배려할 필요를 못 느끼고, 멀쩡한 새 옷을 그냥 쓰레기장에 버리면서도 헐벗는 사람들을 생각해야 할 이유를 전혀 모르며, 심지어는 이익 될 일이 없다 싶으면 부모도 보살펴야 할 이유를 알지 못하고, 형제나 친구도 생각해야 할 이유도 모르는 사람이 있다. 오로지 제 이익을 위해서 사는 불쌍한 사람들이다. 그렇게 이익을 챙긴다고 해서 챙겨지는 것일까? 아니다! 그런 사람일수록 이익을 얻기는커녕 빈 쪽박을 차는 사람이 많다. 반면에 이익이 있고 없음을 따지지 않고 그저 사람이 해야 할 일이라면 응당 그 일을 하면서 사는 사람이 있다. 언뜻 보기에는 매우 비실리적인 사람처럼 보여도 결국 부자로 사는 사람은 바로 그런 사람들이다. 그저 사람 노릇을 하며 살 일이다. 그렇게 사노라면 이익은 찾아오게 되어 있다. 겨울이 가면 얼음이 녹고 봄이 오면 풀이 나듯이 말이다.

但 : 단지 단	莫 : 말 막
要 : 필요할 요	程 : 노정 정
須 : 반드시 수	泮 : 녹을 반

80. 편안한 집, 바른 길

仁은 人之安宅也요 義는 人之正路也라.
인 인지안택야 의 인지정로야

인仁은 사람의 편안한 집이요. 의義는 사람이 가야할 바른길이다.

『맹자孟子』「이루離婁」 상上편에 나오는 말이다. 이어서 맹자는 '그런데 그토록 편안한 인仁의 집을 비워둔 채 살지 아니하고, 그처럼 바른 의義의 길을 버리고서 가지 않으니 참으로 애석하구나!'라고 탄식을 한다.

중요한 자리라서 잘 차려 입고 가야 하기에 며칠 전부터 옷장에 걸려 있는 수십 벌의 옷을 꺼내어 이것저것 다 입어보고 그것도 모자라 몇 벌을 더 사고서도 정작 중요한 날을 당하여 차려 입고 나서는 모습을 보면 촌스럽기 그지없는 사람이 있다. 아름다움을 볼 수 있는 눈이 없거나 마음이 안정되지 않아 자신을 볼 수 없기 때문에 결국은 그런 옷차림을 하고 나서는 것이다. 즐거운 날 좋은 잔치에 초대 받고서도 전주에 왔으니 '비빔밥'을 먹어야 한다며 따로 나가 비빔밥 전문점도 제대로 찾지 못해 비빔밥답지 않은 비빔밥을 한 그릇 사먹고서 잔칫집에 들어와 정작 차려놓은 음식은 하나도 못 먹는 사람이 있다. 옷을 차려 입을 만한 눈이 없고, 음식을 대접받을 만한 자격이 없다면, 옷이 많은들 무엇에 쓰며, 음식을 차려 놓은들 무슨 소용이 있으랴! 인仁과 의義도 마찬가지이다. 인을 행하는 것이 얼마나 마음을 편안하게 하며, 의를 실천하는 것이 얼마나 사람을 떳떳하게 하는지를 느끼지 못하는 사람에게 있어서 인과 의는 아무런 의미가 없다. 그런 사람은 '인'이라는 안락한 집과 '의'라는 바른길을 버리고서 그저 궁색하고 비굴하게 살 뿐인 것이다.

仁 : 어질 인	宅 : 집 택
義 : 옳을 의	路 : 길 로

81. 돈과 학문

君子는 謀道요 不謀富라.
군 자 모 도 불 모 부

군자는 도道를 도모할 뿐 부富를 도모하지 않는다.

당나라 때의 문장가 유종원柳宗元의 「이상吏商」이라는 글에 나오는 말이다. 군자라고 해서 도道만 추구할 뿐 부富를 애써 피해야 하는 것은 아니다. 군자도 필요하다면 부를 쌓을 수 있다. 도를 추구한 결과로 자연스럽게 얻게 된 부라면 그 부를 일부러 거부할 필요까지는 없는 것이다. 주어진 부를 취하여 그 부로 남을 도울 수 있다면 얼마나 좋은 일인가? 문제는 군자가 도보다는 부를 더 추구한다거나 도를 추구한 대가로 반드시 부를 누리려 한다는 생각을 하는 데에 있다. 심지어는 부를 얻기 위해 도를 포기하는 경우이다. 이런 사람은 이미 군자가 아니다. 그런데 언제부터인가 우리나라의 대학들은 '경영經營'이라는 말을 대학이 가야할 길의 최선두에 내놓기 시작하더니 대학이 점차 돈벌이에 거의 혈안이 되어가고 있다. 대학의 장長인 총장이라는 직함 앞에는 으레 '경영'이라는 말이 덧붙여져 '경영총장'이라는 말이 이미 하나의 고정된 단어가 되어 버렸고, 총장은 있는 수단과 방법을 다 동원하여 사방에서 돈을 끌어와야 유능한 총장으로 인정을 받게 되었다. 대학과 학문의 발전을 위해서는 물론 돈이 필요하지만 꼭 돈이 많은 대학이라야 발전하는 것은 아니다. 진정으로 진과 선을 추구하는 대학이라야 대학다운 대학이다. 군자의 길이 예나 지금이나 다르지 않을 터인즉 우리의 대학은 군자의 대학을 지향하는 새로운 방향을 모색해야 할 것이다.

君 : 임금 군　　謀 : 꾀할 모　　富 : 부자 부

82. 옥과 기와, 봉황과 닭

玉貞而折이언정 不能瓦全하고
옥 정 이 절　　불 능 와 전

鸞鎩而萎언정 不同鷄群이라.
난 쇄 이 위　　부 동 계 군

옥으로 곧게 있다가 부러질지언정 온전하기 위해 기와가 될 수는 없고, 난새(봉황의 일종)로서 날개가 잘려 힘을 잃을지라도 닭과 함께 무리 짓지는 않을 것이다.

당나라 때의 시인 유우석劉禹錫이 쓴 「대배상공제이사공문代裵相公祭李司空文」에 나오는 말이다. 언젠가 「남부군」이라는 영화를 본 적이 있다. 극한의 굶주림에 시달린 빨치산이 주먹밥을 먹다가 죽은 병사의 손에 남아 있는 밥알 몇 개를 먹기 위해 정신없이 시체의 손을 핥는 장면이 나온다. 극한의 배고픔 앞에서 누구라도 그럴 수 있다는 생각을 하였다. 한일합병 후 일본군에게 끌려가 대마도에 갇혀 있으면서도 일본군이 주는 밥을 끝내 거절함으로써 마침내 굶어 죽은 순국의 열사가 있다. 면암 최익현 선생이 바로 그분이다. 배고픔 앞에서는 시체의 손도 핥는 게 사람인데 최익현 선생은 어떻게 주는 밥을 스스로 거절하고서 의연히 죽음을 맞이할 수 있었을까? 바로 자존심과 절개와 지조 때문이었다. 아무리 배가 고프기로서니 내 나라를 강탈한 원수가 주는 밥을 먹을 수는 없었던 것이다. 최익현 선생은 구차한 목숨을 얻기 위해 옥 같은 자신을 기왓장으로 전락시키기를 거부한 것이다. 이러한 자존심을 가져야 하는 게 바로 사람이다. 요즈음 졸부들은 아래 것들을 향해 "나가 있어!"라고 외치는 세바스찬의 오만스런 코미디를 자신 같은 부자들이 누리며 간직해야 할 자존심으로 착각하고 있다. 진정한 자존심이 무엇인지를 모르는 사람들이다. 아무 돌이나 옥이 되고, 아무 새나 봉황이 될 수는 없는 일이다.

貞 : 곧을 정	折 : 꺾일 절	瓦 : 기와 와
鸞 : 난새 난(란)	鎩 : 자를 쇄	萎 : 시들 위
鷄 : 닭 계	群 : 무리 군	

83. 행실과 이름

行生于己하고 名生于人이라.
행생우기 명생우인

행동은 자기에게서 나오고 이름은 다른 사람에게서 나온다.

중국의 북조시대 역사를 기록한 『북사北史』 「견침전甄琛傳」에 나오는 말이다. 사람은 움직이지 않고서는 살 수가 없는데 그 움직임, 즉 일거수일투족一擧手一投足에 그 사람의 인품이 그대로 드러나 보인다. 모든 행동은 바로 자신의 인격으로부터 나오는 것이다. 그런데 이렇게 표현된 행동을 보는 사람은 바로 다른 사람들이다. 그 '다른 사람들'은 나의 행동을 보고서 나를 판단하고 판단이 끝난 다음에는 나에게 이름을 붙여준다. '욕심쟁이', '욕쟁이', '철부지', '못난이', '바보', '부처님', '공자님' 등. 그렇게 한번 이름이 정해지면 그 이름을 바꾸기는 쉽지 않다. 어렸을 적에 얻은 이름이야 철부지 적 이야기이니까 그렇다손 치더라도 성인이 된 이후에 남들로부터 얻은 이름은 순전히 자기 탓이며, 그 이름 안에는 자신의 모습이 정확하게 들어있다는 것을 알아야 한다. 작성한 문서의 파일 이름을 정할 때에도 그 문서의 내용과 전혀 관계없는 이름을 붙이지는 않는다. 이와 마찬가지로 남들이 나를 추켜세우며 부르는 이름이든, 손가락질하며 부르는 이름이든, 그 이름은 모두 나의 평소 행동과 밀접한 관계가 있다. 따라서 남이 나를 어떻게 부르는지를 잘 들어 보아야 한다. 남은 나의 거울이고, 남이 부르는 나의 별명은 곧 거울에 비친 나의 상象이니 말이다.

行 : 행동 행	生 : 날 생
于 : 어조사 우('~에'라는 뜻)	己 : 자기 기

---

84. 말 한 마디의 무게

一言이 重於九鼎大呂라.
일언 중어구정대려

한 마디의 말이 구정九鼎과 대려大呂만큼이나 무겁고 권위가 있다.

사마천이 쓴 『사기史記』 「평원군열전平原君列傳」에 나오는 말이다. '구정九鼎'은 하夏나라 우禹임금이 구주九州의 쇠를 모아 만든 솥으로서 국가를 상징하는 물건이다. 하夏, 은殷, 주周 삼대에는 국가와 왕권이 바뀔 때면 이것을 인수하는 것이 곧 왕권의 인수를 상징하는 것이었고, 그렇기 때문에 왕권이 바뀔 때마다 이것에 대한 쟁탈전이 벌어지곤 하였다. 대려大呂는 주周나라를 상징하는 종鐘으로서 주나라의 국보였다. 이러한 까닭에 구정이나 대려는 예로부터 '아주 중요하고 권위가 있는 물건'이라는 뜻으로 사용되어 왔다.

전국시대 조趙나라의 평원군平原君은 식객 중에서 선발한 19인의 인재와 함께 스스로를 천거한 '모수毛遂'라는 사람을 데리고 초楚나라에 합종合從의 담판을 하러 갔다. 회담에 진척이 없자, 모수는 칼을 빼들고 나서서 초나라 왕을 협박하여 조나라와 초나라 사이에 합종이 성사되어야 할 필요성을 변론하였고 순식간에 합종 회담을 성공적으로 마무리 지어 버렸다. 이 상황을 두고서 평원군은 모수의 한 마디 말이 '구정九鼎과 대려大呂만큼이나 무겁고 권위가 있었다'

고 평하였다. 이처럼 말은 무게와 권위가 있어야 한다. 목소리를 내리깔아서 억지로 잡는 무게가 아니라, 정당한 설득력을 갖춤으로써 생기는 그런 무게와 권위 말이다.

言 : 말씀 언　　重 : 무거울 중
於 : 어조사 어('~에'라는 뜻)　　鼎 : 솥 정
呂 : 음률 려(여)

85. 주머니 속의 송곳

夫賢士之處世也는 譬若錐之處囊中하여
부 현 사 지 처 세 야　비 약 추 지 처 낭 중

其末立見이라.
기 말 입 현

무릇 현명한 선비가 세상에 있으면 마치 주머니 안에 있는 송곳의 끝이 곧바로 나타나 보이듯이 그 선비도 곧바로 사람의 눈에 띌 것이다.

『사기史記』 「평원군平原君 열전」에 나오는 말이다. 평원군이 초나라와의 합종合從을 위한 담판을 하러 가기 위해 수행원 20인을 선발

하기로 하였다. 자신의 집에 머물고 있는 식객들을 살펴 본 결과 그 중에서 19명을 뽑았는데 합당한 인물이 없어서 마지막 1명을 채울 수가 없었다. 이 때 그의 식객 중에 모수毛遂라는 사람이 자기 자신을 천거하고 나섰다. 그러자 평원군은 모수에게 말하였다. "송곳이 주머니 안에 있으면 그 끝이 금세 밖으로 뚫고 나오듯이 현명한 선비가 세상에 있으면 곧바로 사람의 눈에 띄는 것인데, 그대는 이미 내 식객이 된지 3년이나 되었는데도 그동안 내 눈에 띄지 않았음은 물론이려니와 아무도 그대를 내게 천거하는 사람이 없었다. 이러한 점으로 보아 그대는 별 재주와 능력이 없는 것 같다." 그러자 모수가 대답하였다. "저는 오늘에야 비로소 저를 당신의 주머니 안에 넣어 주시라고 말씀드리는 것입니다. 저를 보다 일찍이 주머니 속에 넣으셨다면 지금쯤은 송곳 끝뿐이 아니라 자루까지 나왔을 것입니다." 바로 여기에서 그 유명한 '모수자천毛遂自薦(모수가 스스로를 천거하다)'이라는 말이 나오게 되었는데, 이때 비로소 발탁된 모수는 주어진 임무를 성공적으로 완수하였다. 요즘 우리 주변에도 주머니 속의 송곳처럼 삐져나오려는 사람들이 많이 있는데, 단순히 '튀려는' 수준에 머무르지 말고 진정한 인재의 갈망이었으면 하는 바람이다.

夫 : 어조사 부	譬 : 비유할 비	若 : 같을 약
錐 : 송곳 추	囊 : 주머니 낭	末 : 끝 말
見 : 나타날 현		

86. 변 절變節

在山에 泉水清이나 出山에 泉水濁이라.
재산 천수청 출산 천수탁

산에 있을 때는 맑은 물이지만 산을 나오면 탁한 물이 된다.

중국의 시성詩聖 두보杜甫의 시 「가인佳人」에 나오는 말이다. 물은 일단 산을 나서고 나면 흐려지지 않을 수 없다. 속세의 오염물들이 물 안으로 흘러들기 때문이다. 물은 그 속성상 흐르고 싶지 않아도 흘러야 하는 것이기 때문에 탁해질 줄 알면서도 세상에 나올 수밖에 없다. 그런데 사람은 자기가 나오고 싶지 않으면 나오지 않아도 됨에도 불구하고 굳이 스스로 나서서 탁류에 휩쓸림으로써 몸을 망치는 경우가 많이 있다. 내딛지 않아야 할 발걸음이라면 끝까지 내딛지 않음으로써 절개를 지키고 오래도록 맑은 사람이 될 수 있지만 절개를 지키지 못하여 내딛지 말아야 할 곳에 발을 들여놓으면 그 순간부터 탁한 사람이 되고 만다. 절개를 지킨다는 것은 꼭 모진 고문과 강한 유혹을 이겨내는 애국지사나 춘향이 같은 사람만을 두고 하는 말은 아니다. 크든 작든 자신과의 약속을 지키는 것은 다 절개를 지키는 것이라고 할 수 있다. 처음 공무원이 되었을 때는 청백리를 꿈꾸던 사람이 어느 날 갑자기 수뢰 공무원으로 변해 버리고, 페스탈로찌를 꿈꾸던 교육자가 어느 날 갑자기 학생을 귀찮게 생각하는 타락한 교사가 되는 것은 다 절개를 지키지 못하고 넘지 않아야 할 선線을 넘었기 때문이다. 물이 산만 나오면 탁해지듯이 사람도 자신과의 약속인 절개를 지키지 못하면 그 날로 변절자가 되고 만다는 점을 깊이 인식해야 할 것이다.

在 : 있을 재	泉 : 샘 천
淸 : 맑을 청	濁 : 탁할 탁, 흐릴 탁

87. 장군의 목숨과 역사

但有斷頭將軍하고 無有降將軍이라.
단 유 단 두 장 군 　 무 유 항 장 군

오직 목이 잘리는 장군만 있을 뿐 항복하는 장군은 있지 않을 것이다.

『삼국지三國志·촉서蜀書』「장비전張飛傳」에 나오는 장비의 말이다. 장군이라면 모름지기 끝까지 싸우다가 사태가 불리하면 의연히 전사하는 그런 장군이 되어야지 일신의 안전을 위해 적 앞에 무릎을 꿇고 항복하는 장군이 되어서는 안 된다. 그런데 그것은 진정한 장군만이 할 수 있는 일이다. 하나밖에 없는 자신의 목숨이 아깝고 죽음이 두렵기는 장군도 일반 사람과 마찬가지이다. 그렇지만 한번 장군의 직함을 받았으면 능히 목숨을 내 놓을 수 있는 각오가 있어야 한다. 그렇다면 조국과 민족을 위해 기꺼이 내놓은 장군의 목숨은 무엇으로 보상을 받는가? 바로 역사로 보상을 받는다. 아직도 우리가 을지문덕, 강감찬, 윤관, 최영, 그리고 성웅 이순신 장군 등을 추모하는 까닭은 그분들이 내놓은 값진 목숨과 거룩한 뜻에 대해 보상을 하기 위해서이다. 요즈음 사람들은 역사에 별로 관심이 없어서 "살아있을 때 즐겨야지, 내가 죽어 버린 후의 역사가 무슨 의미가 있느냐"는 생각이 팽배해 있다. '역사의 보상'을 무의미한 것으로 보기 시작하면 더 이상 목을 내놓을 장군은 나오지 않는다. 역사는 단순한 암기 공부가 아니라 수많은 장군과 학자들을 죽이기도 하고, 살리기도 하는 묘한 힘을 가진 거대한 생명체임을 알아야 할 것이다.

但 : 다만 단	斷 : 자를 단
頭 : 머리 두	將 : 장수 장
軍 : 군사 군	降 : 내릴 항, 항복할 항

88. 작은 분함과 큰일의 사이

忍小忿而就大謀라.
인 소 분 이 취 대 모

작은 분함을 참고 큰 꾀로 나아가라.

송나라 때의 문장가인 소동파蘇東坡가 쓴 「유후론留侯論」이라는 문장에 나오는 말이다. 세상을 살다보면 정말 분한 일을 당할 때가 있다. 나의 권리를 짓밟으며 무례하고 방자하게 구는 상대를 나무랐더니만, "그래, 어쩔래?"하고 하면서 대든다. "아유! 이걸 정말……"하면서 팔을 들어 보였더니만 상대는 "어쩔래? 때려 봐. 때려 봐"를 연발하며 턱을 들이밀고 덤벼든다. 정말 화가 나지 않을 수 없는 상황이지만 참아야 한다. 작은 분함을 참지 못하고서 주먹을 잘못 휘둘러 놓으면 그때부터 일은 그르치게 되고 상대에게 먼저 '폭력'을 행사했다는 약점이 잡혀 더 이상 대항조차 할 수 없게 되고 만다.

지금 우리나라는 외세의 힘 앞에 너무나도 무력하다. 미국, 일본에 대해서 호통 한번 치고 싶고, 중국이나 러시아에 대해서도 허튼 생각을 말라고 경고하고 싶다. 그러나 우리의 힘은 너무 약하고 우리의 의견 또한 정리되어 있지 않다. 이런 때일수록 속마음이 드러나지 않게 우리끼리 마음을 합치고 입을 맞춰서 한 목소리의 꾀를 내야 한다. 기분 나쁘다고 해서 작은 분을 참지 못하면 우리는 엄청난 피해를 볼 수 있다. 일단은 참으면서 우리 민족끼리 묵계를 통해 눈치껏 우리의 활로에 대한 큰 꾀를 도모해야 할 것이다.

忍 : 참을 인　　　　忿 : 분할 분
就 : 나아갈 취　　　謀 : 꾀 모, 도모할 모

---

89. 무진장無盡藏

自其變者而觀之면 則天地曾不能以一瞬이요
자 기 변 자 이 관 지　　칙 천 지 증 불 능 이 일 순

自其不變者而觀之면 則物與我皆無盡藏야.
자 기 불 변 자 이 관 지　　즉 물 여 아 개 무 진 장

변한다는 관점으로 보면 천지는 일찍이 한 순간도 그대로 있어본 적이 없고, 변하지 않는다는 관점으로 보면 세상 만물과 나는 다 무진장한 존재이다.

송나라 때의 문인인 소동파蘇東坡의 「적벽부赤壁賦」에 나오는 말이다. 사람마다 요즈음 세상이 너무 빨리 변하는 것 같다고 아우성이다. 그런데 냉철히 한번 생각해 볼 일이다. 정말 세상이 그렇게 빠르게 변하고 있는지. 변한다는 관점으로 보면 한순간도 그대로 있지 않는 것이 세상이다. 그러나 변하지 않는다는 관점으로 보면 세상은 변한 게 아무것도 없다. 땅에 발을 붙이고, 하늘로 머리를 두르고 산다는 사실도 변하지 않았고, 배고프면 먹고, 졸리면 잔다는 점도 예나 지금이나 다름이 없다. 모든 것이 예측할 수 없을 만큼 빠르게 변한다고 생각하면 그 '예측할 수 없음'에 대한 불안으로 인하여 세상 어디에 가서도 편안함을 누릴 수 없다. 그러나 세상은 크게 달라질 게 없다고 생각하면 미래에 대한 믿음과 희망으로 인하여 이 세상은 여전히 무진장無盡藏의 터전이 될 수 있다. 지금은 변화에 대한 대처보다도 불변에 대한 믿음이 더 필요한 때인 것 같다.

變 : 변할 변
曾 : 일찍이 증
瞬 : 순간 순
與 : 더불어 여
皆 : 다 개
盡 : 다할 진
藏 : 간직할 장

90. 내가 크려고 남을 밟으면……

厚者는 不毁人以自益하고
후자 불훼인이자익
仁者는 不危人以要名이라.
인자 불위인이요명

두터운 사람(후덕한 사람)은 남을 헐뜯는 것으로써 자신의 이익을 삼지 않고 인자한 사람은 다른 사람을 위험에 처하게 함으로써 자신의 이름을 드러내려 하지 않는다.

한漢나라 사람 유향劉向이 쓴 『전국책戰國策』의 「연책燕策」에 나오는 당시의 속담이다. 세상에는 유난히 남에 대한 말을 하기를 좋아하여 주위 사람을 매우 피곤하게 하는 사람이 있다. 이런 사람은 없는 말까지 만들어 내어 남을 모함하기를 서슴지 않는다. 상사와 술자리라도 함께 하게 되면 그것을 큰 기회로 여겨 동료, 특히 자신과 경쟁관계에 있는 동료에 대한 험담을 하여 그 동료를 짓밟음으로써 자기 자신을 드러내 보이려고 안간힘을 쓰는 사람이 있다. 그런가 하면 다른 사람을 곤경에 빠뜨린 후 다시 그를 도와줌으로써 은혜를 베푼 듯이 행세하면서 자신의 이름을 내는 사람도 있다. 하지만 이처럼 남을 짓밟고서 높이 올라가 본들 그 자리에서 얼마나 버티겠는가? 밟힌 사람이 가만히 있지 않는다. 끊임없이 발밑에서 꿈틀댈 터이니 그가 서 있는 자리가 흔들리지 않을 까닭이 없다. 흔들리는 장대 끝에 올라선 것은 금세 장대 끝에서 곤두박질쳐 땅바닥에 떨어질 때가 얼마 남지 않았다는 뜻이다. 우리는 주변에서 그렇게 곤두박질쳐서 떨어지는 사람을 수도 없이 많이 본다. 그럼에도 불구하고 사람들은 여전히 남을 밟고서라도 높은 자리에 오르려고 애를 쓴다. 덕을 쌓아 사람의 기반 위에 흔들림 없이 앉으려고 노력해야 한다. 남을 잡는 일은 결국 자신을 잡는 일임을 스스로 깨달아야 한다.

厚 : 두터울 후
毁 : 헐뜯을 훼
益 : 더할 익, 이익 익
危 : 위험할 위
要 : 요구할 요

91. 열매를 먹으려면

食其實者는 不折其枝라.
식 기 실 자 부 절 기 지

그 열매를 먹으려는 사람은 그 가지를 자르지 않는다.

한漢나라 사람 유안劉安이 쓴 『회남자淮南子』의 「설림훈說林訓」에 나오는 말이다. '나무에 가위를 대는 까닭은 나무를 사랑하기 때문'이라는 서양 속담이 있다. 나무를 '재목'으로 키우기 위해서는 적절한 가지치기가 필요하다. 지금 우리나라의 산들이 겉보기에는 울창한 것 같아도 안에 들어가 보면 쓸만한 재목이 없는 까닭은 나무를 무조건 심기만 하였지 제대로 가지치기를 하여 가꾸지 않았기 때문이다. 국토의 70%가 산인 우리나라는 조림, 육림정책만 잘 수립하여 실천한다면 많은 나무를 외국으로부터 사들여 오지 않아도 된다.

그런데 이런 육림을 위한 가지치기와는 전혀 관계없이 나무를 함부로 베고 가지를 꺾는 사람이 있다. 나무뿐이겠는가? 근본적인 삶의 터전을 망가뜨리는 사람들이 있다. 이른바 '환경 파괴범'들이다. 아무리 고급아파트를 멋지게 지어 놓은들 먹을 물이 없다면 그 '고급'아파트는 전혀 의미가 없다. 물을 먹을 수 없는 고급아파트보다는 맑은 물을 먹을 수 있는 움막이 훨씬 낫다. 지금 물이 없어도 좋으니 멋진 집에서 살아보아야겠다는 헛된 욕망을 꿈꾸는 것은 정말 어리석은 생각이다. 물이 없는 고대광실이 무슨 의미가 있으며, 가죽이 없는 털이 어디에 붙겠는가? 그리고 가지가 없이 어떻게 열매가 맺히겠는가?

食 : 먹을 식	其 : 그 기	實 : 열매 실
折 : 자를 절, 꺾을 절	枝 : 가지 지	

92. 사랑과 용서

愛人多容이면 可以得衆이라.
애 인 다 용 가 이 득 중

사람을 사랑하여 용서(관용)를 많이 베풀면 여러 사람을(대중의 지지를) 얻을 수 있다.

『삼국지三國志·오서吳書』의 「종실전宗室傳」에 나오는 말이다. 아무리 바른 말이라고 하더라도 나를 탓하는 말을 들으면 기분이 언짢고, 반면에 마음에 없는 공치사인 줄 알면서도 칭찬을 들으면 기분이 좋아지는 게 인지상정이다. 물론 '나를 비판하는 말은 보약으로 듣고, 나를 칭찬하는 말은 독약으로 듣도록 하라'는 격언도 있다. 때론 비판보다는 칭찬과 용서가 필요할 때가 있다. 언제부터인가 우리 사회에는 비판의 정도를 넘어 비방의 수준에 이르는 날카로운 말들만 넘쳐나고 있다. 이제 비판보다는 사랑과 관용을 더 챙겨야 할 때가 된 게 아닐까? 물론 정의를 왜곡하고 은폐하자는 것이 아니다. 다만 털어서 먼지 나지 않을 사람이 없음에도 불구하고 우리는 내 옷은 털려 하지 않고 남의 옷만 너무 지나치게 털고 있다는 데에 대한 반성을 하자는 뜻이다. 상대의 옷에 앉은 먼지를 너무 가혹하게 탓하려 들면 사람들은 필경 온기라고는 전혀 없는 싸늘한 비닐옷을 입을 생각을 하게 된다. 주변 사람들이 모두 플라스틱처럼 굳은 얼굴에 싸늘한 비닐 옷을 입고 다닌다고 생각해 보자. 삭막한 광경이다. 지금 우리나라의 정치인 중에 누구도 대중의 마음을 얻은 사람이 없는 것 같다. 여당과 야당, 이제 서로 사랑하고 포용하는 상생의 정치를 하여 국민의 지지와 존경을 받길 바란다.

愛 : 사랑 애	多 : 많을 다	容 : 용서할 용
可 : 가할 가	得 : 얻을 득	衆 : 무리 중

93. 마음에 티가 없으면

但教方寸無諸惡이면 狼虎叢中也立身이라.
단 교 방 촌 무 제 악 랑 호 총 중 야 입 신

단지 마음에 악惡이 없으면 승냥이나 호랑이의 무리 가운데 있어도 또한 내 몸 세울 곳은 있으리라.

중국 오대五代시대의 인물인 풍도馮道라는 사람이 쓴 「우작偶作(우연히 지음)」이라는 시의 두 구절이다. 자신에 대한 의혹에 맞서 "한 점의 부끄러움도 없다"고 큰소리치던 사람이 불과 며칠 후에는 수갑을 차고 교도소로 끌려가는 모습, 서로 '나는 깨끗하다'고 주장하다가 결국은 둘 다 교도소로 가는 모습들을 보노라면 "어떻게 사람이 저럴 수 있을까?"하는 생각에 정말 불쌍한 사람이라는 말이 절로 나오곤 한다. 세상이 험하다보니 집안 어른들은 자꾸만 이르신다. "요즈음 섭세涉世(세상살이)가 정말 쉽지 않으니 웬만하면 사람들을 만나지 말고 말 조심, 행동 조심 매사를 다 조심하라"고. 정말 조심스럽게 살아야 할 세상이다. 돈을 받았다니 안 받았다니, 청탁을 했다니 안 했다니……. 시비가 분명치 않아 서로 물고, 싸우는 일이 주위에서 너무 많이 일어나고 있다. 그러나 세상이 아무리 어지러워도 내 마음에 티가 없으면 두려울 게 무엇이겠는가? 승냥이나 호랑이와 같은 무리 속에 섞여 있다고 한들 내 발붙일 곳이 없겠는가? 어지러운 세상일수록 마음에 티 없이 살아야 한다. 어지러움에 편승하여 슬쩍 이익을 챙기려다가 평생을 망치는 길로 들어서게 되니 말이다.

但 : 단지 단	教 : 하여금 교	※方寸 : 마음
諸 : 여러 제	狼 : 이리(승냥이) 랑(낭)	虎 : 범 호
叢 : 무더기 총		

94. 강한 바람에 굳센 풀

疾風에 知勁草하고 板蕩에 識誠臣이라.
질풍 지경초 판탕 식성신

빠르고 센 바람 앞에서라야 굳센 풀을 알아볼 수 있고, 판세가 어지러운 터라야 성실한 신하를 알 수 있다.

당唐 태종 이세민李世民이 쓴 「사소우賜蕭瑀」라는 글에 보이는 말이다. 우리나라는 벼이삭이 막 패려고 할 때에 태풍이 한번씩 지나가면서 많은 벼를 쓰러뜨리곤 하는데 이 때에 쓰러지는 벼들을 보면 그 벼들의 생장상태를 대강 짐작할 수 있다. 거름을 골고루 섭취하여 건강하고 강한 벼는 잘 쓰러지지 않는다. 반면에, 거름을 고루 주지 않고 질소 비료만 너무 많이 뿌려서 줄기와 잎이 웃자란 벼는 거의 대부분 쓰러지고 만다. 강한 바람 앞에서 벼나 풀들의 건강상태가 그대로 드러나고 마는 것이다. 사람도 평상시에 어려운 일이 없을 때에는 뭐든지 다 잘할 듯이 떠들어대다가도, 막상 일이 터지고 나면 꽁무니를 빼기에 바쁜 사람이 있다. 그런가 하면 평상시에는 말이 없다가도 정말 해야 할 중요한 일이 닥쳤을 때에는 누구보다도 앞장서서 위험과 어려움을 무릅쓰고 성실하게 책임을 다하는 사람이 있다. 어려움 앞에서야 비로소 사람의 본래 모습이 적나라하게 드러나는 것이다. 일 앞에서 꽁무니를 빼는 사람을 일러 우리는 '속

보인다'는 말을 쓴다. 한번 속을 보이고 나면 이미 내보인 그 속을 다시 감출 수는 없다. 그 길로 그에게는 '○○한 사람'이라는 낙인이 찍히게 된다. 낙인이 찍힌 사람이 다시 어떻게 떳떳해질 수 있겠는가? 위기 앞에서 성실하고 떳떳하게 행동하는 사람이 되도록 하자.

疾 : 빠를 질　　勁 : 굳셀 경
板 : 판 판　　蕩 : 움직일 탕 (※板蕩 : 나라가 어지러움)
識 : 알 식　　誠 : 진실로 성

95. 네 마음 안이 무엇을 두려느냐?

山藏異寶山含秀하고 沙有黃金沙放光이라.
산 장 이 보 산 함 수　사 유 황 금 사 방 광

산이 특이한 보석을 매장하고 있으면 그 산은 수려한 기운을 머금게 되고, 모래밭에 황금이 섞여 있으면 그 모래밭은 빛을 내뿜는다.

명나라 사람 풍몽룡馮夢龍이 편집한 단편 소설집인 『성세항언醒世恒言』 권40에 나오는 말이다. 요즈음 찜질방이나 사우나의 광고 문구에 '보석'이라는 말이 자주 등장하는 것을 볼 수 있다. 이른바 '보석 찜질방', '보석 사우나'가 바로 그것이다. 온 벽이 보석으로 둘러 싸인 사우나에 들어가 있으면 보석에서 나오는 기운으로 인하여 건강에 도움을 받을 수 있다고 한다. 뿐만 아니라 보석은 자연계의 식물에도 영향을 주어 보석이 매장된 산의 초목은 유난히 수려하다고 한다. 그리고 모래밭에 금가루가 섞여 있으면 모래밭에서는 자연스레 빛이 난다. 안에 무엇을 품고 있느냐에 따라 외모가 이렇게 달라지는 것이다. 사람도 머리와 가슴 속에 무엇이 들어 있느냐에 따라 그 사람이 내뿜는 기氣가 다르다. 머리와 가슴 속이 온통 사기, 절도 등과 같은 생각으로 가득 차 있으면 외모도 그처럼 추하게 변하고, 머리와 가슴에 항상 맑은 물이 흐르고 있으면 외모에서도 맑고 청아한 기운이 감돈다. 평생을 수도로 일관한 큰스님의 얼굴이나 일상으로 봉사활동을 하는 수녀님들의 얼굴이 그처럼 맑고 깨끗한 것은 마음이 그처럼 맑고 깨끗하기 때문이다. "봄에는 꽃 피고, 가을에는 달 밝고, 여름에는 바람불고, 겨울에는 눈 내리니 쓸데없는 생각만 마음에 두지 않으면 언제나 한결같이 좋은 시절일세 그려!" 우리의 마음 안에 쓸데없는 쓰레기를 두지 않고 정말 두어야 할 맑은 정신이 들어앉게 하면 춘하추동 사시사철 좋지 않은 날이 어디 있으랴.

藏 : 감출 장　　　異 : 다를 이　　　寶 : 보배 보
舍 : 머금을 함　　　秀 : 빼어날 수　　　沙 : 모래 사
放 : 내칠 방, 놓을 방

---

96. 찾는 이 없다고 피어나는 향기를 거두랴!

蘭生幽谷에 不爲莫服而不芳하고
난생유곡 불위막복이불방

君子行義에 不爲莫知而止休라.
군자행의 불위막지이지휴

깊은 골짜기에서 자라는 난초는 그 꽃을 몸에 차는 사람이 없다고 해서 향기를 뿜지 않는 게 아니고 군자는 알아주는 이가 없다고 해서 의로운 일을 행하는 것을 멈추지 않는다.

『회남자淮南子』「설림훈說林訓」에 나오는 말이다. 난초뿐 아니라 세상의 꽃이란 꽃은 보아주는 이가 있건 없건 간에 귀한 꽃과 천한 꽃이 따로 없이 때가 되면 피고, 또 때가 지나면 진다. 그저 때에 맞추어 제 할 도리를 다 할 따름인 것이다. 이런 꽃을 두고 김일로 시인은 '한 평 뜰에 모여서 활짝 웃는 꽃들, 푸른 하늘 머리에 이고 모두 제 세상'이라고 표현하였다. 그리고 그 의미를 한시漢詩 한 구절로 압축하여 '군방소안무귀천群芳笑顔無貴賤(뭇 향기, 웃는 얼굴에 무슨 귀천이 있으랴!)'라고 표현하였다. 꽃은 언제 어디에서라도 그저 자신의 일을 다 할 뿐이기 때문에 항상 아름답고 떳떳하다. 군자가 의리를 행함도 이와 같다. 보아주고 알아주는 이가 있건 없건 간에 언제 어디서라도 옳은 일을 행하는 사람이 바로 군자이다. 아무리 상황이 변해도 달라지지 않는 게 '옳음'을 향한 군자의 마음이다. 따라서 군자에게는 핑계가 없다. 궂은 일을 저질러 놓고서 구차한 핑계로 연명을 꾀하는 것이 보통 사람의 마음이다. 얼마나 불안한 삶인가? 지금 당신의 머릿속에 아무리 작은 핑계라도 핑계를 준비하고 있다면 그것은 당신이 올바른 삶을 살고 있지 않다는 것을 반증하는 것이다.

蘭 : 난초 난(란)	幽 : 그윽할 유	莫 : 말 막
服 : 입을 복, 찰 복	芳 : 꽃다울 방	止 : 그칠 지
休 : 쉴 휴		

97. 날아갈 듯 가벼운 몸

兩袖淸風身欲飄하여 杖藜隨月步長橋라.
양 수 청 풍 신 욕 표 　 장 려 수 월 보 장 교

두 옷소매에서는 맑은 바람이 일고 몸은 날듯이 가벼워, 명아주 지팡이를 짚고 달을 따라 긴 다리를 건너가노라.

원元나라 사람 진기陳基가 쓴 「오강도중吳江道中(오강으로 가는 길에)」이라는 시에 나오는 두 구절로서 이것은 관직을 은퇴하고 고향으로 돌아가는 홀가분한 마음을 읊은 시이다. '두 옷소매에서 맑은 바람이 인다'는 것은 가진 것이 아무 것도 없다는 뜻이다. 가진 것이 아무 것도 없으니 몸이 날아갈 듯이 가벼울 수밖에 없다. 관직을 내놓고서 빈손에 맑은 바람을 일으키며 고향으로 돌아가는데 달은 둥실 떠서 내가 가는 대로 따라오니 나그네는 지금 그 달과 함께 고향을 향해 놓인 긴 다리를 건너고 있다. 몸과 마음은 가벼워 날아갈 것 같다. 해야 할 일을 모두 끝내고 돌아서는 사람은 정말 행복한 사람이다. 탐관오리 노릇을 하여 수레에 재물을 가득 싣고서 퇴직한 사람이 과연 이 사람처럼 신이 나고 몸과 마음이 가벼울까? 아마 마음의 무거운 짐만은 덜어낼 수 없을 것이다. 그 홀가분한 마음은 천만 금을 주고서도 살 수 없는 것이다. 그런데 소인배는 이 귀한 것을 버리고 돈 몇 푼, 값나가는 물건 몇 가지를 들고 가는 것을 더 보람 있는 일로 친다. 그러다가 결국은 고향으로 채 다 돌아가기도 전에 도로 붙들려 와서 평생 쌓은 공업을 다 무너뜨리고 교도소로 향한다. 재물의 노예가 되지 말고 양 옷소매에서 맑은 바람이 이는 홀가분하고, 신나는 삶을 살아볼 일이다.

袖 : 소매 수	飄 : 나부낄 표	杖 : 지팡이 장
藜 : 명아주 려(여)	隨 : 따를 수	步 : 걸을 보
橋 : 다리 교		

98. 높이 걸린 거울

今日幸對淸官하니 明鏡高懸이라.
금 일 행 대 청 관　　　명 경 고 현

오늘 다행히도 맑은 관리를 대하고 보니 마치 밝은 거울이 높이 매달린 것 같구나.

원元나라 사람 관한경關漢卿이 쓴 잡극雜劇(희곡)인 「망강정望江亭」 제4절에 나오는 말이다. 탐관오리의 횡포에 시달리던 백성이 어느 날 정말 공평하고 바른 관리를 만나게 되면 그리 기쁜 수가 없다. 밝고 맑은 관리는 마치 거울을 높이 매달아 놓은 듯이 주변을 훤하게 해 놓고서 모두가 보는 앞에서 공정하게 일을 처리한다. 그러니 백성들이 불만을 가질 일이 없다. 관리는 모름지기 그러해야 한다. '명경고현明鏡高懸'한 듯이 투명하게 일을 처리해야 하는 것이다. 우리는 언제나 이런 투명한 모습의 정치인들을 그리고 있다. 말로는 늘 '투명한 정치'를 부르짖고 또 "한 점 의혹이 없이 밝힌다"는 둥, "성역 없는 수사를 한다"는 둥 요란한데, 세상은 아직도 밝아져야 할 부분이 너무 많다. 매일 터지는 크고 작은 비리들을 보고 있노라면 울분이 절로 인다. 거울도 더 매달고, 등도 더 매달아야 한다. 그리하여 아예 숨어서 나쁜 짓을 할 생각을 하지 못하게 해야 한다. 그렇다면 이 시대의 밝은 거울과 밝은 등은 어디에 있는가? 그것은 바

로 우리의 정직한 가슴 속에 들어 있다. 남을 밝히기 전에 나 자신을 밝히는 등불을 먼저 높이 들도록 하자.

今 : 이제 금	幸 : 다행 행	對 : 대할 대
淸 : 맑을 청	官 : 벼슬 관	鏡 : 거울 경
懸 : 매달 현		

99. 차와 술

酒可以當茶나 茶不可以當酒라.
주 가 이 당 차 차 불 가 이 당 주

술로 차의 역할을 감당하게 할 수는 있으나 차로 술의 역할을 감당하게 할 수는 없다.

청나라 사람 장조張潮가 쓴 『유몽영幽夢影』에 나오는 말이다. 사람과 사람이 만나서 대화를 할 때에 뭔가를 먹고 마시면 훨씬 친밀한 대화 분위기를 조성할 수 있다. 그래서 사람들은 보다 더 가까운 사이로 지내자는 뜻을 "언제 식사라도 같이 합시다"라고 표현한다든지 "한 잔 합시다"라는 말로 표현한다. 이런 돈독한 만남의 자리에서 우리는 차보다는 술을 많이 사용한다. 차는 사람을 차분하게 할 수는 있지만 흥분하게 하지는 못하기 때문이다. 이러한 관점에서 본다면 술은 차보다 한수 위의 음료이다. 술은 차의 역할을 할 수 있지만 차는 술의 역할을 다 해내지 못하기 때문이다. 언젠가 TV에서 녹차가 몸에 이롭다는 점을 상세하게 보도된 바 있다. 건강을 위해서 술보다는 녹차를 마시는 게 좋을 것이다. 그러나 사람들은 여전히 술을 멀리 하지 못한다. 그 이유는 우리의 아픈 마음을 일시적으로나마 마취시켜 주는 술의 힘을 잊을 수 없어서이다. 경기가 좋지 못하면 술의 소비가 는다고 한다. 특히 서민의 경제 상황이 나빠지면 막걸리의 소비도 늘어난다고 한다. 마음이 답답하고 가슴이 아파서 막걸리나 소주를 찾는 사람들에게 "차가 몸에 좋으니 차를 마시자"고 강권할 수는 없는 노릇이다. 언제라야 아픈 마음으로 술을 찾는 사람이 줄고, 여유 있는 마음으로 차를 마시는 사람들이 늘어날 수 있을까?

酒 : 술 주 　　當 : 당할 당 　　茶 : 차 차

---

100. 맑은 마음, 적은 욕심

清心寡慾으로 以臨事變이리니
청 심 과 욕 이 임 사 변

此는 興事造業之根本이라.
차 흥 사 조 업 지 근 본

맑은 마음과 적은 욕심으로 일의 변화에 임해야 하나니, 이것이 일을 흥하게 하고 사업을 이루게 하는 근본이니라.

송나라 사람 주희朱熹의 『황극변皇極辨』에 나오는 말이다. 사태의 변화에 적극적으로 대응하고 능동적으로 대처하는 것은 참 현명한 일이다. 그런데 사태의 변화가 있을 때면 사람의 마음도 대부분 함께 동요한다. 예를 들어 내가 살고 있는 지역이 재개발된다고 하면 그 통에 나도 무슨 이익을 챙길 수 없을까 하는 생각에 특별히 하는 일도 없으면서 괜히 가슴이 뛰고, 우리 집 옆으로 도로라도 하나 난다고 하면 그 통에 혹시 한 몫 잡을 길이 없을까 하여 이리저리 눈을 굴리기도 한다. 그리고 누가 무슨 사업에 성공했다고 하면 나도 빨리 그 사업에 뛰어 들어야겠다는 생각에 괜히 조바심을 내는 사람도 있다. 이런 사람은 대부분 실패를 한다. 맑은 마음으로 사태를 파악하기보다는 일과 돈에 대한 욕심이 눈을 가렸기 때문에 사태를 제대로 보지 못하여 실패를 겪게 되는 것이다. 실제로 우리는 주변에서 거창한 규모로 개업한 음식점이 두어 달 동안 파리만 날리다가 결국은 문을 닫는 경우도 많이 보았고, 화려하게 개업한 사업장에 몇 개월 후에는 '점포임대'라는 딱지가 붙어 있는 경우도 많이 보았다. 반대로 조그맣게 시작한 칼국수집이 날로 번성하여 이웃으로 점포를 늘이는 경우도 보았다. 메기가 입이 크다고 해서 욕심껏 많이 먹을 수 있는 게 아니다. 맑은 마음과 적은 욕심만이 사태의 변화에 객관적으로, 능동적으로 대응하는 힘을 만들어 줄 수 있을 것이다.

寡 : 적을 과	慾 : 욕심 욕	臨 : 다다를 임(림)
變 : 변할 변	此 : 이 차	興 : 흥할 흥
造 : 지을 조		

101. 마음이 들쭉날쭉하면

心枝則無知하고 傾則不精하며 貳則疑惑이니라.
심 지 즉 무 지 경 즉 부 정 이 즉 의 혹

마음에 곁가지가 있으면 배움이 없게 되고, 마음이 기울어져 있으면 정밀하게 배우지 못하며, 마음이 둘이면 의혹에 빠지게 된다.

『순자荀子』「해폐편解蔽篇」에 나오는 말이다. 배움에는 오로지 한결같은 마음이 필요하다. 곁가지가 많아서 이것저것 다 배우는 것은 아무 것도 배우지 않는 것이나 마찬가지이다. 그리고 이미 마음이 한 편으로 기울어져 선입견을 가지고 있으면 그 선입견이 객관적 실체를 가려 버리기 때문에 더 이상 정精하게 배울 수 없다. 그리고 배움에 대한 가치관이 둘이면 미혹에 빠지게 된다. 그래서 배움에는 한결같은 마음이 절실히 필요한 것이다. 그런데 요즈음은 배움에 한결 같은 마음을 갖기 어렵다. 아이들은 할 일이 너무 많아서 한결같은 마음을 가질 틈이 없다. 그리고 학자들은 비판을 너무 좋아한 나머지 남의 글을 다 읽기도 전에 비판부터 하기 시작하여 뜻하는 바를 제대로 읽지 못한다. 다양한 학습과 날카로운 비판, 새로운 아이디어와 실험정신도 좋지만 배움에는 역시 겸손하고 한결같은 마음이 더 필요하다. 우리의 전통 교육에서는 과정을 건너뛰는 것을 용납하지 않았고, 쉽게 창작하는 것을 탐탁하게 여기지 않았다. 옛 사람을 능가하기가 쉽지 않은 일이기 때문이다. 제 딴에는 기발한 것을 창조했다지만 알고 보면 대부분 다 옛 사람들이 이미 알고 있었던 내용들이다. 다만 공부를 정精하게 하지 않은 까닭에 옛 사람들이 이미 그것을 알고 있었다는 사실을 모를 뿐이다.

枝 : 가지 지	則 : 곧 즉	傾 : 기울 경
精 : 정밀할 정	貳 : 두 이	疑 : 의심 의
惑 : 혹할 혹		

102. 물이 거울이 될 때

水止則能照하고 衡定則能稱이라.
수지즉능조　　　형정즉능칭

물이 멈춰야 능히 비춰볼 수 있고, 저울대가 안정되어야 능히 달 수 있다.

청나라 사람 이서구李西漚가 쓴 『약언잉고葯言剩稿』에 나오는 말이다. 출렁이는 물살에 어찌 얼굴을 비춰 보며, 흔들리는 저울로 어떻게 물건을 달 수 있으랴! 이와 마찬가지로 흔들리는 불안한 마음으로는 세상의 일을 바르게 판단할 수 없다. 사람은 누구나 마음 안에 자尺를 하나씩 가지고 있다. 가치관이라는 것이 바로 그 '자'이다. 그런데 이 가치관이 잘못 정립되어 있다거나 혹은 수시로 흔들린다면 그런 사람은 일을 정확히 판단할 수가 없다. 가치관이 정립되지 못한 사람은 '이래도 흥, 저래도 흥'하는 무골호인無骨好人이 되기 십상이고, 가치관이 서 있기는 하되 바르지 못한 사람은 자기밖에 모르는 옹고집이 되고 만다. 반면에 가치관이 바르게 정립되어 있는 사람은 차분히 가라앉힌 마음의 거울에 비춰봄으로써 일을 정확하고 바르게 판단할 수 있다. 산은 흔들리는 법은 없다. 물이 흔들려 물에 비친 산을 흔들 뿐이다. 마찬가지로 이미 나타난 일이 흔들리지는 않는다. 그 일을 바라보는 나의 마음이 흔들려 일을 제대로 판단하지 못할 뿐이다. 마음이 안정되지 못하면 수시로 닥치는 일 앞에서 갈팡질팡 허덕일 수밖에 없다. 허덕이는 삶은 불안하고 힘이 든다. 지금 당신의 삶이 힘이 든다고 생각되거든 한번 긴 숨을 쉬고서 마음을 먼저 추슬러 안정시키도록 해야 할 것이다.

止 : 그칠 지　　照 : 비칠 조
衡 : 저울대 형　　定 : 정할 정
稱 : 저울질 할 칭

103. 다시는 만나지 않을 거라고?

一葉浮萍歸大海하니 人生何處不相逢이리오.
일 엽 부 평 귀 대 해　　인 생 하 처 불 상 봉

한 잎사귀 부평초는 이리저리 떠돌다가도 결국은 바다에 이르게 되니, 우리네 인생 언제 어디서라도 다시 만나지 않으랴.

청나라 사람 조익趙翼의 『해여총고성어陔餘叢考成語』에 나오는 말이다. 요즈음 우리 주변에는 남에 관한 말을 무책임하게 해 놓고서 당사자가 사실이 아니라고 반발하고 나서면 그 때는 '아니면 말고'

라는 식으로 슬그머니 꼬리를 내리는 사람이 있다. 특히 연예인을 대상으로 한 인터넷 악플러들이 많이 있고, 정치가 중에도 적지 않은 사람이 이러한 작태를 보이고 있다. 우선 눈앞의 이익을 얻고 눈앞에 보이는 승리만 차지하면 된다는 짧은 생각으로 벌이는 소행이다. 뒤에 가서 일이 터지면 또 그런 식으로 남을 무함해서라도 막으면 된다고 생각하는 검은 마음을 가지고 있기 때문에 감히 그러한 행동을 하는 것이다. 아무리 세상이 어지러워져도 '막가는' 풍조는 막아야 한다. 막가지 않으려면 믿음이 있어야 한다. 언젠가는 처지가 바뀌어 나로 인해 눈물을 흘린 사람이 나에게 피눈물을 흘리게 할 것이라는 점에 대한 믿음이 있어야 하는 것이다. 한 잎사귀 부평초는 이리저리 떠돌다가도 결국은 바다에서 만나게 되듯이 나의 막된 말과 행동으로 인해 피해를 입은 사람을 언젠가는 외나무다리에서 반드시 다시 만나게 된다. 정말 외나무다리에서 만나면 피할 수도 없으니 뒷날을 생각하며 살도록 하자.

葉 : 잎사귀 엽	浮 : 뜰 부
萍 : 개구리밥 평	逢 : 만날 봉

104. 나와 돈

天生我材必有用하고 千金散盡還復來라.
천 생 아 재 필 유 용 　　 천 금 산 진 환 부 래

하늘이 낸 '나'라는 재목은 반드시 쓰일 곳이 있을 것이고, 돈이사 많이 뿌려 쓰더라도 다시 돌아올 날이 있을 것이다.

중국 당나라 때의 천재 시인 이백李白이 쓴 「장진주將進酒」라는 시의 끝 부분에 나오는 구절이다. '사람은 누구나 타고난 재주가 있다. 다만 때를 만나지 못하여 자신의 타고난 재주를 쓰지 못하고 있을 뿐이다. 돈은 돌고 도는 것이라서 다 쓰고 나면 언젠가는 다시 내게 돌아온다. 그러므로 지금 돈이 없다고 해서 크게 걱정할 일이 아니다.' 이런 식의 말이면 지금 일자리를 잡지 못하여 고민하고 있는 젊은이들에게 다소 위안이 될 수 있을까? 그리고 돈을 다 써버리고 카드 빚마저 짊어진 사람에게 다소 희망을 줄 수 있을까? 약간의 도움과 희망이 될 수는 있으리라 본다. 그러나 이백의 이 말은 노력하지 않아도 언젠가는 일자리를 얻게 되고, 절약하지 않아도 운만 좋으면 일확천금을 얻을 수 있다는 뜻이 아니다. '나'라는 재목이 반드시 쓰일 곳이 있다는 말은 나의 가치를 인정하고 나에 대한 자존심을 갖자는 뜻이고, 돈은 뿌려 쓰더라도 다시 돌아올 날이 있다는 말은 돈의 노예가 되어 인생을 낭비하지 말고 돈보다는 인생을 더

소중히 여기자는 뜻이다. 재주는 열심히 일을 할 때 나타나고, 돈은 아름다운 인생을 위해 가치 있게 쓰려는 사람에게만 돌아온다. 요즈음 실업문제가 심각하다. 그럴수록 돈보다는 일과 인생을 먼저 생각하여 남이 안 하려고 하는 더럽고 힘든 일을 하는 것을 나의 재주로 여기고 보람을 느낀다면 돈이 제 발로 당신을 찾아올 것이다.

材 : 재목 재	散 : 흩을 산	盡 : 다할 진
還 : 돌아올 환, 다시 환	復 : 다시 부	

105. 무엇이 나를 늙게 하는가?

舉世盡從愁裏老라.
거 세 진 종 수 리 로

온 세상이 다 (세상 사람들이 다) 수심으로 인하여 늙는다.

중국의 여러 시에 대한 잡설을 모은 『시인옥설詩人玉屑』이라는 책에 인용된 두순학杜荀鶴의 시구詩句이다. 언젠가 TV에서 노화방지에 효과가 있는 식품 네 가지를 소개한 적이 있다. 녹차, 토마토, 마늘,

붉은 색 포도주가 바로 그것이라고 한다. 이 방송을 시청하면서 많은 사람들이 '이제 사람들이 녹차, 토마토, 마늘, 붉은 색 포도주를 꽤나 많이 찾겠다'는 생각을 했을 것이다. 어떻게 하면 건강하게 오래 살 수 있을까? 평소에 이런 생각을 안 하는 사람은 아마 거의 없을 것이다. 그래서 효과가 있다는 건강식품이나 약은 불티나게 팔리곤 한다. 그런데 TV에 가끔 소개되는 세계 여러 곳의 장수한 할아버지 할머니들을 보면 거의 대부분 건강에 전혀 신경을 쓰지 않은 채 '무심하게' 산 사람들이다. 크게 화를 낼 일도 없고, 특별히 바쁠 일도 없으며, 그렇다고 해서 날마다 크게 기쁜 일이 있는 것도 아닌 담담한 상태로 그저 평범하고 담백하게, 욕심도 수심도 없이 산 사람들이다. 이와 반대로 일찍 죽은 사람들을 보면 대부분 성질이 급하고 욕심이 많으며 성취욕이 강하여 늘 스스로 만든 일과 수심 속에 빠져 있는 사람들이다. 장수의 비결은 바로 여기에 있는 것이 아닐까? 건강식품이나 약이 장수에 약간의 도움은 되겠지만 장수의 진짜 비결은 스스로 만든 수심의 덫에 걸려들지 않는 것이다. 욕심을 버리면 근심할 일이 없다. 집착을 버리고 무소의 뿔처럼 혼자서 가자!

擧 : 들 거, 모두 거　　盡 : 다할 진
從 : 좇을 종(~로부터)　　愁 : 근심 수
裏 : 속 리(이)

---

106. 기쁠 일도 슬플 일도

不以物喜하고 不以己悲라.
불 이 물 희　　　불 이 기 비

내 주위의 물건(내게 다가온 좋은 환경)으로 인하여 기뻐하지도 않고, 나 자신의 처지(내가 당면한 좋지 않은 경우)로 인하여 슬퍼하지도 않는다.

송나라 사람 범성대范成大가 쓴 「악양루기岳陽樓記」라는 문장에 나오는 말이다. 인仁의 이치를 터득한 훌륭한 사람은 내게 좋은 환경이 주어졌다고 해서 특별히 기뻐하지도 않고 또 내가 처한 상황이 불리하다고 해서 특별히 슬퍼하지도 않는다. 좋은 일이건 나쁜 일이건 그저 다 '있을 수 있는 일'로 생각하고, '인생이란 본래부터가 그렇게 좋은 일이 있을 수도 있고 나쁜 일이 있을 수도 있다'는 생각을 한다. 이처럼 외물外物로 인한 기쁨도 없고, 안으로 감춘 슬픔도 없이 마음이 항상 고요하고 편안한 가운데 내가 좋아하는 것을 즐기면서 사는 것이 가장 행복한 삶이다. 책 읽기를 좋아하면 책을 읽고, 그림을 좋아하면 그림을 그리고, 글씨 쓰는 것을 좋아하면 그것을 하며 사는 삶이 가장 행복한 삶이요 달관한 삶인 것이다. 하지만 누구보다도 내가 더 좋은 환경에서 더 많이 누리며 살아야 한다고 생각하는 것이 보통 사람들의 생각이다. 불행은 모두 남에게서나 일어나는 일이고, 나는 항상 행복해야 한다는 생각을 가지고 사는 게 바로 보통 사람의 삶이다. 그런데 그러한 삶 안으로는 결코 진정한 행복이 찾아오지 않는다. 그래서 보통 사람은 진정으로 큰 행복을 누리지 못한다. 누구보다도 나는 특별히 '달고 진한' 삶을 누려야 한다는 생각을 버릴 때 비로소 참 행복은 찾아오게 될 것이다.

物 : 물건 물	喜 : 기쁠 희
己 : 몸 기, 자기 기	悲 : 슬플 비

107. 강 건너 노래

商女不知亡國恨하고 隔江猶唱後庭花라.
상 녀 부 지 망 국 한 　 격 강 유 창 후 정 화

장사하는 여인은 나라가 망해 가는 한恨도 모르는 채, 강 건너에서 오늘도 「후정화後庭花」 노래만 부르고 있네.

당나라 말기의 시인인 두목杜牧이 쓴 「박진회泊秦淮(진회 항구에 배를 대고)」 시의 끝 두 구절이다. 찬 강물 위에는 물안개가 끼고 강가의 모래톱에는 달빛이 환히 비치는 밤, 시인은 '진회'라는 항구의 술집 근처에 배를 대고 배 안에서 하룻밤을 보내게 되었다. 밤이 깊어지자 술과 노래와 몸을 파는 여인들의 간드러진 노래가 취객들의 웃음소리에 섞여 들려온다. 그 중에서도 특히 강 건너에서 들려오는 음탕한 가사의 「후정화」라는 노래가 유난히 크고 자지러진다. 안安·사史(안록산·사사명)의 난을 겪은 후 당나라는 날로 국운이 기울어 망해가고 있는데 나라가 망하는 것과 나와는 아무런 관련이 없다는 듯, 강 건너에서는 기생들의 노래가 밤새 들려오고 있다. 이런 노랫소리를 듣고 있는 시인의 가슴은 저리고 아프다. 모든 국민이 하나가 되어 근검절약하면서 나라를 바로 세우기에 힘을 다하여도 기울어 가는 나라가 되살아날까 말까 한데 국민들은 나라가 망해 가는 줄도 모르는 채 그저 향락에 취해 밤새도록 술을 마시며 음탕한 노래를 부르고 있으니 이를 어찌 한단 말인가? 이 시에는 두목杜牧의 애타는 심정이 그대로 나타나 있다. 지금 우리나라도 비슷한 상황이지 않은가? 밤마다 유흥가의 불빛은 밝기도 하고 노래와 영화와 인터넷은 음란과 폭력이 넘쳐나고 있다. 눈앞에 망국의 기미를 보고도 어찌할 수 없구나.

商 : 장사 상	恨 : 한 한
隔 : 건널 격, 사이 격	猶 : 오히려 유
唱 : 부를 창	庭 : 뜰 정

108. 부끄러움을 모르면

不知恥者는 無所不爲라.
부 지 치 자　　무 소 불 위

부끄러움을 모르는 사람은 하지 못하는 일이 없다.

송나라의 문인 구양수의 「위공경상존호표魏公卿上尊號表」에 나오는 말이다. 우리가 흔히 쓰는 속언俗言 중에 '무식하면 용감하다'는 말이 있다. 무식하면 아무 것도 모르기 때문에 사리를 판단할 줄 모르고, 사리를 판단할 줄 모르면 부끄러운 줄을 모르며, 부끄러운 줄을 모르면 아무 일이나 내키는 대로 용감하게 해버리고 만다. 그런데 그 용감한 사람은 부끄러운 줄 모르고 해대는 자신의 행동이 다른 사람들에게 얼마나 큰 피해를 주는지조차 모른다. 그러한 사람은 부끄러운 일을 해놓고서도 항상 의기가 양양하다. 바보인 자신에 대해 남들은 다 측은하게 여겨 동정을 보내고 있는데 정작 자신은 그러한 사실을 모르는 채 의기양양하여 자랑스레 여기니 얼마나 불쌍한 사람인가?

부끄러움을 모르는 채, '하지 못할 일이 없다'는 생각을 하는 것은 결코 '불타는 정열'이 아님을 알아야 할 것이다.

恥 : 부끄러울 치　　所 : 바 소　　爲 : 할 위

109. 강이 거꾸로 흐를 일이지

功名富貴若長在면 漢水亦應西北流리라.
공 명 부 귀 약 장 재　　한 수 역 응 서 북 류

공명과 부귀가 만약 길게 이어지는 것이라면 한수漢水의 물도 응당 서북쪽을 향해 거꾸로 흐를 날이 있을 것이다.

당나라 때의 시인 이백李白의 시 「강상음江上吟」에 나오는 구절이다. 공을 세워 드날린 이름도 세월이 가면 잊혀지기 마련이고, 천석만석을 누리던 큰 부富도 하루아침에 망할 수 있으며, 벼슬이 높아 귀한 대우를 받던 몸도 어느 날 갑자기 나락으로 떨어질 수 있다. 공명과 부귀를 누릴 때는 그것이 영원할 것이라는 환상 속에서 누리지만 공명과 부귀는 그저 하늘에 떠다니는 구름과 같다. 사라지면 정말 덧없이 사라지는 것이 공명과 부귀이다. 그래서 이백은 "만약 공명과 부귀가 영원할 수 있다면 동남쪽으로 흐르는 한수漢水도 방향을 바꿔 서북쪽으로 흐를 날이 있을 것이다"라고 이죽거린 것이다. 정의를 바탕으로 한 공명과 부귀는 오래 갈 수 있다. 그러나 부정한 방법으로 얻은 공명과 부귀는 하루아침거리도 되지 못한 채 사라지는 경우가 대부분이다. 이에 공명과 부귀가 덧없다는 것을 안 사람들이 요즈음에는 공명과 부귀를 보다 길게 누리기 위한 장치를 꾸미고 있다. 기득권을 가진 사람들이 '빈익빈貧益貧' 현상에 대해서는 아랑곳하지 않고 '부익부富益富'를 추구할 방법을 더 열심히 찾고 있는 것이다. 그리하여 세습의 역량을 갖춘 이른바 '귀족'들이 탄생하고 있다. 없는 자의 분노가 있는 자를 향하게 되면 있는 자도 제대로 살 수 없다는 점을 깨달아야 할 것이다.

功 : 공 공	富 : 부자 부
貴 : 귀할 귀	若 : 만일 약
漢 : 한나라 한	應 : 마땅히 응

110. 동에서 잃고 서에서 얻고

失之東隅하고 收之桑楡라.
실 지 동 우 수 지 상 유

동쪽 모퉁이(해 뜨는 곳)에서 잃고 서쪽 뽕나무 느릅나무 밭(해가 지는 곳)에서 얻는다.

『후한서後漢書』「풍이馮異」열전에 나오는 말이다. 이 말은 동쪽에서 잃은 것을 서쪽에서 얻는다는 뜻으로 풀이할 수도 있고, 해가 뜰 때는 잃었는데 해가 질 때는 얻었다는 뜻으로 해석할 수도 있다. '상유桑楡'는 글자 한 글자씩 보자면 뽕나무와 느릅나무라는 뜻이지만 두 글자가 합쳐져 '상유桑楡'라는 단어를 이룰 때는 해가 지는 곳 혹은 해가 질 무렵이라는 뜻으로 쓰인다.

우리는 일상에서 '전화위복轉禍爲福', 즉 재앙으로 여겼던 일이 오히려 복이 되는 경우를 더러 경험한다. 인생은 그러하다. 그런데 소인들은 동쪽에서 잃어버린 것만 크게 보일 뿐 동쪽에서 잃음으로 인하여 서쪽에서 얻게 된 것을 보지 못한다. 친구에게 선물로 준 복권이 당첨되어 친구가 큰돈을 얻게 되었다면 나는 과연 어떤 행동을 할까? 아마 땅을 치며 아쉬워 할 것이다. 그러나 반드시 아쉬워할 만한 일도 아니다. 만약 내가 그 당첨금을 받았다면 그로 인하여 심장마비, 강도, 유괴 등 어떤 재앙이 왔을지도 모를 일이다. 실제로 인생은 그런 예측할 수 없는 변수 안에 있는 게 사실이다. 잃은 것이 곧 얻은 것이 되고, 얻은 것이 오히려 잃은 것이 되는 게 인생이다. 동쪽에서 잃었다면 그 잃음을 아쉬워하기 전에 서쪽에서 얻은 것이 없는 지를 살펴보아야 할 것이다.

失 : 잃을 실	隅 : 모퉁이 우
收 : 거둘 수	桑 : 뽕나무 상
楡 : 느릅나무 유	

111. 바다의 교향시

誰知天上曲을 來向海邊吹오.
수 지 천 상 곡　　래 향 해 변 취

알 수 없어라, 하늘나라의 음악을 바닷가를 향해 부는 이가 누구인지를.

최치원 선생이 쓴 「야증악관夜贈樂官(밤에 악관에게 주는 시)」의 3, 4구이다. 바닷가 오두막집의 창가에서 밝은 달을 마주하고 앉아 있을 때 어디선가 아름다운 음악소리가 들려온다. 퇴임한 어느 악관의 연주인가? 아니면 철썩이는 파도와 화음을 이룬 솔바람 소리인가? 그저 아름답기만 하다. 한 여름 밤의 꿈은 이런 분위기 속에서 익어가야 한다. 누군가 타는 퉁소소리가 있으면 좋고, 그게 없으면 그저 파도소리와 바람소리가 어우러진 자연의 음악, 바로 하늘나라의 음악이 있으면 그만이다. 조윤제 선생은 일찍이 「은근과 끈기」라는 글을 써서 은근한 정과 차분한 끈기가 바로 우리 민족의 특징이자 자랑이라고 하였었는데 언제부터인가 우리에게는 그런 은근함과 끈기가 사라지고 있다. 외국인들도 다 아는 "빨리빨리"는 이제 우리 민족을 지칭하는 대명사가 되어 버렸고, 우리는 단 하루도 고요하게 정지해 있는 생활은 견디지 못하는 것 같다. 마냥 뛰고 싸우고 소리지르며 살아야만 살아있다는 사실이 확인되어 비로소 안도하는 것 같다. 하늘로부터 바다를 향해 들려오는 자연의 음악에 묻혀 조용하고 차분한 생활을 꿈꿔 보도록 하자. 그런 자연의 소리를 듣는 기회를 갖는 게 바로 휴가이고 피서인데 다시 무엇 때문에 노래방이 필요하고, 쥐어 패듯이 줄을 훑는 시끄러운 기타소리가 필요하고, 술에 취한 고성방가가 필요하랴?

誰 : 누구 수	曲 : 악곡 곡	向 : 향할 향
邊 : 가 변	吹 : 불 취	

112. 농부의 땀

誰知盤中飧이 粒粒皆辛苦임을.
수 지 반 중 손 립 립 개 신 고

누가 알리오? 밥상 위의 밥 알알이 모두 고생으로 얻은 것임을.

『고문진보古文眞寶』에 실려 있는 이신李紳의 시 「민농憫農(농부를 불쌍히 여김)」의 끝 두 구절이다. 처음 두 구절은 다음과 같다. '서화일당오鋤禾日當午, 한적화하토汗滴禾下土' 해석하자면 '벼논에 호미질을 하다보니 벌써 한낮이 되었는데 벼 아래 땅 위로는 구슬땀이 쏟아지는구나'이다. 해마다 장마가 끝나면 연일 땡볕 더위가 계속되곤 한다. 이런 때 사람들은 땡볕더위를 피해 바다로 산으로 피서를 떠난다. 평소에 열심히 일을 했으면 피서도 떠나고 휴가도 즐겨야 하지만 피서를 떠나고 휴가를 즐기더라도 한번쯤 주변을 살펴볼 필요가 있다. 바로 땡볕의 더위 아래서도 땀을 흘리고 있는 농부들이다. 우리가 피서지에서 얼음에 잰 시원한 수박을 먹고 있을 때 농부들은 바로 그 수박을 가꾸고 수확하기 위해 구슬땀을 흘리고 있으며, 우리가 먹을 쌀이며 채소며 각종 양념들을 생산하기 위해 피땀 흘리고 있는 것이다. 농부들은 일을 하고 있는데 그 주변으로 배낭을 메고 낚싯대를 들고 놀러 다니는 사람들, 그리고 심지어는 물가라는 이유로 수영복 차림으로 동네 어귀까지 돌아다니는 사람들, '자유'를 즐기기에 앞서 피땀 흘리고 있는 농부들의 마음을 헤아릴 줄 알아야 할 것이다.

誰 : 누구 수	盤 : 소반 반
飧 : 밥 손	粒 : 낟알 립(입)
鋤 : 호미 서	禾 : 벼 화
汗 : 땀 한	滴 : 물방울 떨어질 적

113. 내가 짠 비단은 누가 입나?

昨日到城郭하여 歸來淚滿巾이라
작 일 도 성 곽 귀 래 루 만 건

遍身綺羅者는 不是養蠶人이라.
편 신 기 라 자 부 시 양 잠 인

어제 시내에 나갔다가 돌아와선 손수건이 흥건하도록 눈물을 흘렸어요. 온 몸에 비단을 휘감고 다니는 사람은 결코 양잠養蠶(누에치기)을 한 사람들이 아니었기에.

『고문진보古文眞寶』에 실려 있는 무명씨無名氏의 시이다. 뽕을 따다 누에를 먹이고, 다섯 잠을 재운 후, 그 누에를 올리면 누에는 고치가 된다. 그 고치를 따서 작은 솥에 끓이며 한올 한올 실을 뽑아 그 실로 날줄과 씨줄을 걸어 베틀에 올려놓고 밤잠을 못 자며 곱디고운 비단을 짰건만 정작 나는 비단 옷 한 벌을 해 입지 못하고 몽땅 내다 팔아야 한다. 내가 짠 비단 옷을 입고 온갖 멋을 내는 사람들은 양잠의 수고로움을 전혀 모르는 다른 세계의 사람들이다. 어제 시내에 나갔다가 그렇게 멋을 내고 다니는 사람들을 보고 온 아가씨는 서러움에 눈물이 펑펑 쏟아졌다. '나는 언제나 비단 옷을 한번 입어보나?' 너무 절실하게 현실을 노래한 시이다. 옛날 우리에게도 그런 시절이 있었다. 뒤뜰의 조그마한 터에 애써 가꾼 참외 넝쿨에 노란 참외가 몇 개 열리면 군침을 참아가며 익기를 기다렸건만 정작 그 참외가 다 익었을 때는 맛도 보지 못한 채, 어머니는 그 참외를 따다 시장에 팔아 보리 몇 되를 사오던 그런 시절 말이다. 지금도 여전할 것이다. '소득의 적정한 분배', 이 말은 예나 지금이나 쉽게 구할 수 있는 말은 아닌 듯싶다.

昨 : 어제 작	郭 : 성곽 곽
滿 : 가득할 만	遍 : 두루 편
綺 : 비단 기	羅 : 비단 라
蠶 : 누에 잠	

114. 하늘은 이불, 땅은 베개

醉來臥空山하니 天地卽衾枕이라.
취래와공산 천지즉금침

취하여 텅 빈 산에 와서 누우니 하늘이 곧 이불이요 땅이 곧 베개라.

이백李白의 시 「우인회숙友人會宿(친구의 집에 모여 자며)」의 끝 두 구절이다. 전편全篇의 내용은 다음과 같다. '천고의 시름을 씻어내고자 여러 친구들과 어울려 함께 묵으며 백 동이의 술을 마시노라. 이 좋은 밤은 청담을 나누기에 안성맞춤인데 달마저 밝아 잠은 아예 잘 수가 없구나. 술을 마시다 텅 빈 산에 취해 누우면 하늘은 곧 이불이 되고 땅은 곧 베개가 될 것이니.' 술과 달을 좋아한 이백의 진면목을 볼 수 있는 참으로 호탕한 시이다.

필자도 이 시를 비롯하여 술과 관련된 이백의 그 많은 시詩들에 매료되어 봄이면 꽃이 피었다고 한 잔하고, 여름엔 버드나무 아래에 부는 바람이 좋다고 한 잔하는 등 더러 술을 마셨었다. 이런 필자를 두고 친구들은 '호방한 시인'이니 '풍류객'이니 하는 제법 그럴싸한 별명도 붙여 주었었다. 그러나 오래지 않아 그렇게 술을 마시는 일은 이백이나 하는 일이지 필자가 할 일은 못된다는 사실을 깨닫게 되었다. 근본적으로 과음은 좋은 일이 아니기 때문이기도 하고, 요즈음엔 시詩가 있고 청담淸談이 있는 운치 있는 술자리를 만나기도 쉽지 않아서 술을 마시지 않기로 하였다. 자신의 몸이나 뜻이 이백에 미치지 못한다면 괜히 이백의 흉내를 내는 일은 안하는 게 좋을 듯싶다.

醉 : 취할 취	臥 : 누울 와
空 : 빌 공	卽 : 곧 즉
衾 : 이불 금	枕 : 베개 침

---

115. 손바닥으로 해 가리기

難將一人手로 掩得天下目이라.
난 장 일 인 수 엄 득 천 하 목

한 사람의 손으로 천하 사람의 눈을 가리기는 어렵다.

명나라 말기로부터 청나라 초기에 걸쳐 산 시인인 이업사李鄴嗣의 시 「독이사전讀李斯傳(이사의 전기를 읽고)」의 끝 두 구절이다. 우리 속담에 '손바닥으로 하늘 가리기'라는 말이 있다. 덮을 수 없는 비밀을 덮으려고 애를 쓸 때 하는 말이다. 손바닥으로는 하늘을 가릴 수도 없거니와 일일이 돌아다니며 다른 사람의 눈이나 입을 가릴 수도 없다. 그럼에도 불구하고 힘과 돈을 가진 사람들은 손을 써서 다른 사람의 눈과 입을 가리려 든다. 지금 우리가 사용하는 컴퓨터 프로그램의 이름이 「윈도우(Window)」이다. 창窓이라는 뜻이다. 창은 양쪽에서 다 투명하게 볼 수 있다. 인터넷이 일반화된 21세기에는 컴퓨터라는 창을 통해서 공적公的으로 한 일이라면 서로가 서로를 거의 투명하게 들여다 볼 수 있다. 그런 의미에서 컴퓨터의 창과 텔레비전의 창은 완전히 다르다. 텔레비전은 한 쪽 방향으로만 난 창을 통해 일방적으로 정보를 공급했지만 컴퓨터는 상호간에 열린 창을 통해 정보를 직접 확인할 수 있다. 옛날에는 기득권자인 정보의 창출자나 그것을 일방적으로 전달하는 전달자인 신문, 방송 등이 알려주는 대로 믿어야 했기 때문에 그들이 더러 손바닥으로 사람들의 눈을 가리는 일이 가능했지만 이제는 인터넷을 통해 진실을 서로 확인할 수 있게 되어 손바닥으로 가리는 일은 불가능해졌다. 그럼에도 불구하고 여전히 '손바닥으로 하늘 가리기'를 하고 있는 언론도 있고 유명인사도 있다. 하루 빨리 헛된 망상에서 깨어나야 할 것이다.

難 : 어려울 난	將 : 장차 장
掩 : 가릴 엄	得 : 능히 득

116. 종기는 치료했으나 심장이 깎여 나갔으니……

醫得眼前瘡이나 剜却心頭肉이라.
의 득 안 전 창 　 완 각 심 두 육

눈앞의 종기는 치료했으나 가슴 안의 살점이 깎여 나갔네.

당나라 때의 시인 섭이중聶夷中의 시 「상전가傷田家(농가의 살림을 가슴 아파하며)」의 3, 4구이다. 누에를 쳐서 실이 나오면 갚기로 하고 2월에 벌써 실 값을 받아 작년에 관가에서 빌려다 쓴 돈을 갚고, 새 곡식이 나면 갚기로 하고 5월에 벌써 추수 곡식 값을 받아 관가의 빚을 갚았다. 가을이 되어도 거둘 게 없는 이 농민은 이제 무얼 먹고 살아야 하나? 급한 대로 관가의 빚은 갚았지만 이것은 갚은 게 아니라, 오히려 더 큰 빚을 지게 된 것이다. 이러한 상황을 일러 시인은 '눈앞의 종기는 치료했지만, 대신 가슴 안의 살점이 깎여 나간 것'이라고 표현하였다. 예전의 농민들은 관리들의 횡포로 말미암아 이렇게 빚에 시달리며 비참한 생활을 하였다. 그런데 요즈음에 방종한 생활로 인해 카드 빚을 짊어진 일부 젊은이들은 누구의 탓도 아니고 완전히 자신의 무절제한 생활로 인하여 스스로 가슴 안의 살점을 깎는다. 높은 이자의 사채라도 끌어들여 소위 '돌려 막기'를 해 보지만 소용이 없다. 우선은 막은 것 같지만 사실은 더 큰 살점을 떼어낸 격이다. 돈을 벌 능력이 없는 사람인 줄 알면서도 영업실적을 올리기 위해 거리에서 카드를 남발한 회사나 이런 사태가 올 줄 예견하고서도 방치한 정부나, 전혀 갚을 능력이 없으면서도 우선 쓰고 본 가입자나 모두 눈앞의 종기 치료에만 급급한 사람들이다.

醫 : 치료할 의　　瘡 : 종기 창　　剜 : 깎을 완
却 : 달아날 각　　頭 : 머리 두

---

117. 시비 소리가 듣기 싫어

狂奔疊石吼重巒하여 人語難分咫尺間이라
광 분 첩 석 후 중 만　　　인 어 난 분 지 척 간

常恐是非聲到耳하여 故敎流水盡籠山이라.
상 공 시 비 성 도 이　　　고 교 유 수 진 농 산

겹겹이 쌓인 돌 사이로 미쳐 달리듯 쏟아지는 물로 인해 첩첩 산이 모두 부르짖어 곁의 사람 말소리도 알아듣기가 어렵구나. 시비 소리가 귀에 들려올 것을 염려하여 일부러 흐르는 물로 온 산을 에워싸게 한 게로구나.

신라 말의 문장가였던 최치원 선생이 해인사가 있는 합천의 가야산에 제하여 쓴 「제가야산題伽倻山」 시이다. 울퉁불퉁 겹겹이 쌓인 크고 작은 바위 사이로 격류가 부딪히며 흘러내린다. 콸콸콸콸…… 마치 온 산이 함께 목소리를 합쳐 부르짖는 것 같다. 그런 물소리에 파묻혀 옆에 있는 사람의 말소리조차 들리지 않는다. 시인 최치원은 그렇게 큰 소리를 내며 흐르는 물로 온 산을 에워싸게 한 것은 사람들이 떠들어대는 속세의 시비다툼 이야기를 아예 처음부터 차단해 버리겠다는 가야산의 의지 표현이라고 하였다. 그래서 사람들은 최치원 선생을 우리나라 문학의 종조宗祖로 추앙하는가 보다. 산에 가거들랑 하루만이라도 시답잖은 세상의 시비다툼 이야기를 하지 말도록 하자. 자연을 상대로 내가 뭔가를 하려들지 말고 물소리, 새소리, 바람소리를 들으며 자연의 품속에 그저 푹 파묻혀 있어 보자.

奔 : 달릴 분	疊 : 쌓을 첩
吼 : 부르짖을 후	巒 : 뫼 만
咫 : 짧은 거리 지	恐 : 염려할 공
教 : 하여금 교	籠 : 에워쌀 농

118. 비록 문 앞이 시장을 이룬다 해도……

臣門如市라도 臣心如水이옵니다.
신 문 여 시　　신 심 여 수

저臣의 집 문 앞이 비록 시장과 같다고 하더라도 저의 마음은 물과 같이 맑습니다.

반고班固가 쓴 『한서漢書』의 「정숭전鄭崇傳」에 나오는 말이다. 정숭鄭崇이 간신의 모함에 걸려 큰 벌을 받게 되었을 때 황제는 정숭을 꾸짖어 말하기를, "경의 집 앞에는 경에게 청탁을 하고자 하는 사람들이 모여들어 마치 시장과 같다던데, 어찌된 일인고?"라고 하였다.

그러자 정숭은 대답하였다. “저의 문 앞이 설령 시장과 같다고 하더라도 저의 마음은 맑은 물과 같습니다” 여기서 ‘문정약시門庭若市(대문간과 뜰이 온통 시장과 같다)’라는 말이 나왔다. 물론 이 ‘문정약시’라는 말은 최초에 전국시대 제나라의 위왕威王이 자신의 정치에 대해 북을 쳐서 비평하라고 매달아 놓은 북 아래에 사람들이 모여들어 마치 시장처럼 되었다는 데에서 비롯되었다. 그 후 이 ‘문정약시門庭若市’라는 말은 앞서 살펴본 것처럼 한나라의 정숭에 의해 다시 한 번 사용되면서 사자성어로 굳어지게 된 것이다. 그리고 그것이 변형되어 우리나라에서는 ‘문전성시門前成市(혹은 門前盛市)’라는 말로 더 많이 쓰이게 되었다.

우리의 정치계와 사회는 청탁문제로 시끄럽지 않은 적이 거의 없다. “문 앞이 설령 시장과 같다고 하더라도 나의 마음은 맑은 물과 같다”고 자신 있게 말할 수 있는 사람이 있기를 바란다.

如 : 같을 여	庭 : 뜰 정
若 : 같을 약	市 : 저자(시장) 시
盛 : 성할 성	

119. 아름다운 노년

老則戒之在得하여 年彌高而德彌劭者는
노 즉 계 지 재 득　　연 미 고 이 덕 미 소 자

是孔子之徒歟리라!
시 공 자 지 도 여

늙으면 얻는 것을 삼가서, 나이가 높을수록 덕德이 더욱 아름다운 사람은 바로 공자의 무리(공자의 도를 추종하는 사람)일 것이다.

한漢나라 때의 학자인 양웅揚雄이 쓴 『법언法言』이라는 책의 「지효편至孝篇」에 나오는 말이다. 드는 나이에 늙어 가는 몸이 아쉽고 서럽지 않은 사람이 어디에 있으랴. 그러나 그렇게 늙어 가는 것이 자연의 섭리인 것을 또한 어찌하랴. 따라서 사람은 자연 앞에서 자신의 분수, 즉 사람도 다른 모든 자연과 마찬가지로 이 세상에 왔다가 언젠가는 다시 흙으로 돌아간다는 사실을 깨달아 인정해야 한다. 그렇게 인정하고 나면 늙음에 대한 아쉬움이 훨씬 덜할 것이다. 그러나 이와는 반대로 드는 나이를 생각하지 않은 채 삶에 지나치게 집착하면 가슴 속에 욕심이 쌓여 그 욕심이 맑은 정신과 지혜의 샘을 막아버림으로써 늙어 갈수록 마음의 평정을 잃고 공허해져 뭔가를 더 얻기 위해 허덕이게 된다. '더 늙기 전에 맛있는 것도 많이 먹고, 좋은 것도 많이 보고, 즐거운 것도 많이 즐겨야지……'하는 생각을 하면 할수록 사람은 추하게 변한다. 따라서 나이가 들수록 욕심을 버리고, 뭔가를 더 얻으려는 마음을 경계해야 한다. 얻으려 하기보다는 오히려 평생 동안 쌓은 것을 풀어서 후손이나 이웃들에게 베풀려고 해야 한다. 어차피 이 세상을 떠날 때는 빈손으로 가는 게 인생이니 말이다. 그래서 공자는 덕을 쌓아 베풀 것을 그토록 강조하였다. 재물은 후대로 가면서 사라질 수 있지만, 덕은 반드시 후대에 물려 이어지기 때문이다. 추하게 향락만 누리는 노년에 비해 깨끗하고 따뜻한 베풂이 있는 노년은 얼마나 아름다운가?

戒 : 경계할 계, 삼갈 계　　彌 : 더욱 미　　劭 : 아름다울 소
徒 : 무리 도　　歟 : 어조사 여

120. 당파싸움

直臣은 無黨이라.
직 신　무 당

곧은 신하는 당파가 없다.

『진서晉書』「유의전劉毅傳」에 나오는 말이다. 곧은 신하는 당파를 초월하여 옳은 말을 하고 옳은 행동을 한다. 당이 중요한 게 아니라 나라가 중요하기 때문이다. 요즈음 정치인들은 너무 당리당략에 집착하는 것 같다. 어떻게 하는 것이 진정으로 나라를 위하는 길인지를 이미 국민들은 다 알고 있는데, 일반 국민들도 다 알고 있는 그런 상식마저도 도외시 한 채 '당론黨論임'을 내세워 반대하지 않아야 할 것도 반대하고, 찬성해야 할 것도 찬성하지 않는 사태가 종종 벌어지곤 한다. 이러한 폐단을 막기 위해 한 때 어떤 사안에 대해서는 사전 당론이 없이 국회의원 각자가 자유투표를 한 적도 있다. 국회는 당연히 그렇게 운영되어야 한다. 깊이 연구하고, 충분히 토론하여, 정말 국가와 민족을 위한 정책을 수립해야 한다. 요즈음에는 일부 언론마저도 '사론社論'을 정하고 그 사론에 따라 사실을 왜곡하기도 하고 과장하기도 하고 축소하기도 하는 경향이 있다. 이런 일이 지속된다면 역사를 배우면서 우리가 그렇게 비판했던 조선시대의 당파싸움과 무엇이 다르랴! '直臣無黨', 요즈음 정치인들과 언론이 정말 새겨들어야 할 말이다. 다시는 당파싸움으로 인해 나라가 망하는 일은 없어야 하겠기에.

直 : 곧을 직　　臣 : 신하 신　　黨 : 무리 당, 파당 당

121. 국화 같은 마음

人淡如菊이라.
인 담 여 국

사람이 담담하기가 국화와 같구나.

독립기념관의 기관지인 『독립기념관』이 수년 전에 고종황제와 명성황후, 그리고 세자 시절의 순종황제의 글씨를 공개했는데 그 중 순종황제가 12세 때 썼다는 글이 바로 '人淡如菊'이다. '淡'은 '담담하다'는 뜻이고 '담담하다'는 말은 색깔도 없고 맛도 없는 물처럼 그저 맑다는 뜻이다. 그런데 왜 하필이면 국화처럼 맑다고 하였을까? 그것은 중국 진晉나라 때의 전원시인인 도연명이 특히 국화를 사랑하였는데 국화를 사랑한 그의 인품이 그처럼 담담하였기 때문에 사람들은 국화를 도연명의 성격과 닮은 담담한 꽃으로 보기 시작하였고 후에 국화는 담담함을 대표하는 꽃이 되었다. 그렇게 담담함을 상징하는 국화는 한약재로도 많이 쓰이는데 약용국화를 한약계에서는 '감국甘菊'이라고 부른다. 이 국화의 약성을 이용하여 국화꽃과 줄기를 적당히 섞어 베개를 만들어 베면 잠을 자는 사이에 머리를 맑게 하여 숙면을 유도하고 피로도 쉽게 풀린다고 한다.

그런데 『독립기념관』이 순종황제가 쓴 '人淡如菊'이라는 글씨를 공개할 무렵에 청주의 어떤 사람이 대통령에게 보낼 선물로 국화꽃

베개를 택한 사실이 밝혀졌었다. 그런데 그게 문제로 터져서 세간의 화제가 된 적이 있다. 대통령에게 선물하려고 했다는 국화 베개 몇 개까지 다 드러나도록 밝힌 사람은 그렇게 밝힐 만한 이유가 있어서 밝혔겠지만 그렇게 밝혔다고 해서 밝힌 사람의 깨끗함이 돋보이지는 않았던 것 같다. 그리고 국화 베개 몇 개를 '뇌물'이라고 몰아세운 사람들도 크게 정의로워 보이지는 않았던 것 같다. 따뜻한 마음으로 덮으려 들면 무슨 일인들 덮어지지 않겠으며 싸우려 들면 무슨 일인들 싸움거리가 되지 않는 일이 있겠는가? 상식과 정으로 사는 세상이 아름다운 세상이다. 국화처럼 담담한 마음을 갖도록 하자.

淡 : 맑을 담	如 : 같을 여	菊 : 국화 국

122. 반딧불도 불인가?

草螢有耀終非火요 荷露雖圓豈是珠리요?
초 형 유 요 종 비 화　하 로 수 원 기 시 주

반딧불도 빛남이 있기는 하지만 결국 불은 아니고 연잎에 맺힌 이슬이 비록 둥글기는 하지만 어찌 구슬이라고 할 수 있겠는가?

당나라 때의 시인인 백거이白居易가 쓴 「방언放言(거리낌 없이 말함)」이라는 시 다섯 수 중 제1수의 3, 4구이다. 첫 구절이 '아침에는 진짜라고 하던 것이 해질녘에는 가짜가 되니 누가 제대로 분간할 수 있겠는가?(朝眞暮僞何人辨)'라고 시작되는 이 시는 백거이가 간신들의 모함을 받아 강주사마江州司馬로 좌천되어 가면서 그의 절친한 친구인 원진元稹에게 준 것이다. 이 시에는 세상에 대한 원망과 함께 정치와 사회에 대한 강한 풍자가 들어 있다. 그러한 가운데 백거이는 '가짜는 아무래도 가짜일 뿐이다'는 자신의 신념을 이 구절, 즉 '반딧불도 빛이 없는 것은 아니지만 결코 불이 될 수는 없고, 연잎에 맺힌 이슬이 옥구슬처럼 보이기는 하지만 결코 구슬은 아니다'라는 말로 표현한 것이다.

오늘의 우리 사회를 보면 앞 다투어 "내가 옳다"고 외치는 사람은 많은데 그렇게 외치는 사람의 속내를 들여다보면 옳음은 위장일 뿐이고, 검은 마음으로 자신의 이익을 챙기기에 바쁜 경우가 많다. 누가 나서서 이런 거짓들을 몰아낼 수 있을까? 서로가 서로를 못 믿는 불신의 세상이다.

螢 : 반딧불 형	耀 : 빛날 요
荷 : 연 하	露 : 이슬 로(노)
雖 : 비록 수	圓 : 둥글 원
豈 : 어찌 기	珠 : 구슬 주

123. 몸을 바짝 굽히는 뜻은

大屈에 必有大伸이라.
대 굴　　필 유 대 신

큰 굽힘에는 반드시 큰 펼침이 있다(큰 굴욕을 당한 사람도 언젠가는 당당하게 다시 일어설 날이 있다).

청나라 때의 극작가인 이어李魚가 쓴 희곡 『풍구봉風求鳳』의 제30회에 옛 말을 빌려 나오는 말이다. 우리 속담에 '쥐구멍에도 볕들 날이 있다'는 말이 있다. 지금은 아무리 곤궁하더라도 언젠가는 형편이 쭉 펼 날이 있을 것이라는 뜻이다. 또 우리 속담에 '개구리가 바짝 주저앉는 뜻은 좀더 멀리 뛰기 위해서이다'라는 말도 있다. 부러 몸을 웅크려 큰 도약을 준비한다는 뜻이다. 사람은 본인의 뜻과는 전혀 무관하게 좌절과 굴욕을 맛볼 때가 있다. 그럴 때는 그 굴욕과 좌절의 성질을 잘 파악해야 한다. 자신은 정당했는데 남의 실수나 모함으로 인하여 맞게 된 굴욕인지 아니면 자신이 부당했기 때문에 맞게 된 굴욕인지를 잘 가늠해 보아야 하는 것이다. 만약 전자의 경우라면 일부러라도 몸을 웅크려 재도약의 그 날을 기다려야 한다. 그러나 만약 후자의 경우라면 뼈를 깎는 각오로 반성을 해야 한다. 우리나라의 정계와 관계에는 하루아침에 굴욕적인 추락을 하는 사람이 유난히 많다. 억울한 추락일까? 반성해야 할 추락일까?

屈 : 굽힐 굴　　　必 : 반드시 필　　　伸 : 펼 신

124. 고치려거든 확실히 고쳐라

以肉去蟻면 蟻愈多하고 以魚敺蠅이면 蠅愈至라.
이 육 거 의　　의 유 다　　이 어 구 승　　승 유 지

고기로 개미를 쫓으려 들면 개미는 더욱 많아지고 생선으로 파리를 쫓으려 들면 파리는 더 모여든다.

『한비자韓非子』 「외저설外儲說·좌하左下」에 나오는 말이다. 개미를 쫓는다고 고깃덩이를 던지고, 파리를 쫓는다고 생선을 들고 휘저어 본들 개미나 파리가 달아날 리 없다. 오히려 더 모여든다. 너무 많이 먹어서 병이 났는데 다시 보약을 먹어서 치료하려들면 치료될 리 없고, 카드로 진 빚을 새 카드 만들어 해결하려들면 해결될 리 없으며, 도박으로 망한 살림을 도박으로 재건해 보려한들 무망한 일이다. 흔히 '술로 난 병을 술로 푼다'는 말을 하곤 하는데 그것은 역설적인 표현일 뿐 실은 전혀 이치에 맞지 않는 말이다. 술로 병이 났으

면 술을 끊어야 하고, 도박으로 망했으면 도박을 끊어야 살 길이 트인다. 부정으로 부정을 몰아낼 수 있겠는가? 악순환의 고리를 끊어야 부정이 사라지고 새 삶이 트인다. 개혁은 새로운 자尺를 들이대어 악순환의 고리를 끊는 것이다. 그런데 우리는 뭔가 개혁을 할라치면 으레 외국의 예를 들어 그것을 모방하고, 정직함을 과시라도 하려는 듯이 외부를 향해 개방을 하곤 한다. 그러나 사실 우리에겐 외국 것을 따르기 보다는 우리 것을 찾는 것이 더 필요하고, 대책이 없는 개방보다는 오히려 안으로 뼈를 깎는 내부혁신이 필요한 경우가 더 많다. 정치도, 경제도, 문화도 우리 것이 없이 외국 것만 빌려 쓰다가 나라가 온통 우리 것이 부족한 상태가 된 마당에 또 외국 것을 빌려 우리의 부족한 면을 치료하려 해서는 치료가 될 수 없다. 그것은 마치 고기로 개미를 쫓고, 생선으로 파리를 쫓으려는 것이나 다를 바 없다. 지금은 정말 우리 자신을 들여다보며 우리 것을 세워야 할 때이다.

以 : 써 이	去 : 제거할 거	蟻 : 개미 의
愈 : 더욱 유	毆 : 내쫓을 구	蠅 : 파리 승

125. 겉 다르고 속 달라서야

言無陰陽하고 行無內外하라.
언 무 음 양 　　　 행 무 내 외

말은 음과 양이 없게 하고 행동은 안과 밖이 없게 하라.

『안자춘추晏子春秋』 내편內篇 「문상問上」에 나오는 말이다. 말에 음과 양이 있다는 것은 여기서 말할 때와 저기서 말할 때, 혹은 이 때 한 말과 저 때 한 말이 다르다는 뜻이다. 그리고 행동에 안과 밖이 있다는 것 역시 친소의 관계에 따라 이 사람에게 한 행동과 저 사람에게 한 행동이 다르고, 이 경우에서 한 행동과 저 경우에서 한 행동이 다르다는 뜻이다. 한마디로 '겉 다르고 속 다르다'는 뜻이며 이 말은 상대방에게 배신을 당했거나 속임을 당했을 때 많이 쓰는 말이다.

예로부터 우리는 속 다르고 겉 다른 사람을 무척 경멸하였다. 세상에 상종하지 못할 사람으로 여겼다. 그런데 언제부터인가 겉 다르고 속 다르게 행동하며 자신의 이익만 쏙쏙 빼먹는 사람을 능력 있는 사람으로 취급하는 경향이 조금씩 나타나기 시작하였다. 우리 사회에 사기나 배반이 그만큼 일반화 되어 버렸고, 사람들의 의식 중에 '당한 사람이 바보지, 등쳐먹은 놈이야 다 제 능력 아니겠어?' 라는 생각이 팽배하면서 겉 다르고 속 다른 말과 행동에 대한 사회의 용인도가 높아진 것이다. 그러다 보니 이른바 '오리발'들을 적발하기 위해 '몰래 녹음'이 등장하고 '몰래 카메라'가 나타나게 되었다. 모두가 '몰카'의 감시를 의식하며 살아야 하는 숨 막히는 세상이 되어버렸다.

陰 : 그늘 음　　陽 : 볕 양　　行 : 행실 행
內 : 안 내　　外 : 밖 외

126. 서종書種－글 씨앗

子弟才分有限하여 無如之何면 但書種不絶足矣라.
자 제 재 분 유 한　　무 여 지 하　　단 서 종 부 절 족 의

아들의 재주에 한계가 있어서 어찌할 수 없다면, 단지 글의 씨앗이 끊이지 않는 것만으로도 족한 줄 알아라.

송나라 때의 애국시인으로 유명한 육유陸游(호는 放翁)가 쓴 「서훈緖訓(가르침)」이라는 글에 나오는 말이다. 세상에 자식 욕심이 없는 사람이 누가 있으랴! 자식이 잘 되는 모습을 바라보는 기쁨만큼 큰 기쁨도 없고, 그보다 더한 행복도 없을 것이다. 내 자식이 특별히 공

부를 잘하여 일류대학 나와서 돈을 많이 버는 사업가든 고위 공직자든 세계적으로 유명한 학자든 좋은 것만 다 되었으면 좋겠다고 바라지만 자식농사는 마음대로 되지 않는다. 자식이 어릴 때일수록 기대하는 바가 더 크다. 부모 눈에는 '혹시 천재가 아닐까?'하는 생각이 들 정도로 내 자식의 머리가 남들에 비해 더 빨리 트이는 것처럼 보이니 그렇게 큰 기대를 안 할 수가 없다. 그러나 아이가 점차 나이가 들면서 기대는 하나씩 사라지고 급기야는 자식이 아니라 원수로 여겨질 만큼 공부도 하지 않고 말썽만 부리는 아이로 변해 버리는 경우가 적지 않다. 누가 아이를 그렇게 만드는가? 바로 부모다. 멋대로 기대한 것도 부모이고, 제풀에 겨워 실망을 자초한 것도 부모이다. 아이를 천재로 치켜세우지 말고 다만 글의 씨앗을 간직하려고 하는 아이로 키우다 보면 아이는 스스로 훌륭하게 자랄 수 있을 것이다. 아이에게 짐을 몽땅 지운 다음 그 짐을 지지 못한다고 구박하다가 결국은 아이에 앞서 부모가 먼저 포기하려 드는 어리석음은 범하지 않아야 할 것이다.

才 : 재주 재	分 : 분수 분	限 : 한계 한
何 : 어찌 하	但 : 다만 단	種 : 종자 종
絶 : 끊어질 절		

127. 물길, 말길

爲川者는 決之使導하고 爲民者는 宣之使言이라.
위 천 자　결 지 사 도　위 민 자　선 지 사 언

물을 다스리는 사람은 물길을 잘 터주어 물로 하여금 제 길을 따라 흘러가게 하고, 백성을 다스리는 사람은 백성에게 말할 수 있는 여건을 베풀어 백성들로 하여금 말을 할 수 있게 한다.

중국 고대의 역사서인 『국어國語』의 「주어周語」 상上편에 나오는 말이다. 물길을 제대로 터주지 않고 막기만 하면 결국은 더 큰물이 터져서 큰 피해를 입게 된다. 그런데 막으면 막을수록 물보다 더 큰 화를 부르는 것이 있다. 그것은 바로 백성들의 입이다. 백성들의 입은 막는다고 해서 막아지는 게 아니다. 눈에서 눈으로, '쉬쉬'하는 입에서 입으로 민심이 전달되어 백성들의 쌓인 불만은 결국 폭발하고 만다. 우리는 과거 독재정부 시절에 막혔던 국민의 말이 무서운 힘으로 폭발해 나오는 모습을 여러 번 보았다. 국민의 힘을 보이기 위해 얼마나 많은 힘과 시간과 피와 눈물과 돈을 거리에 쏟아 부었던가? 말을 할 수 있는 길만 잘 터주었더라면 그렇게 낭비하지 않아도 될 힘과 시간과 피와 눈물과 돈을 너무 많이 낭비했다. 한동안 덮여 있던 물길이 세상에 다시 드러난 일이 있었다. 청계천 복원이 바로 그것이다. 잃어버린 물길을 바로 잡고 있는 것이다. 지금은 말길이 막혀 말을 못하고 사는 백성은 거의 없다. 오히려 언론의 자유를 구실로 삼아 말을 너무 함부로 해서 탓일 정도이다. 물길은 터졌을 때 잘 인도하고, 말길은 자유가 보장될 때 더욱 조심해야 한다. 백성의 말길을 터주는 것도 위정자가 할 일이지만 제대로 된 말이 세상에 나돌게 하는 것도 위정자가 할 일이다.

爲 : 할 위	決 : 터질 결	使 : 하여금 사
導 : 이끌 도	宣 : 베풀 선	

128. 거 울

以銅爲鏡이면 可以正衣冠하고
이 동 위 경 가 이 정 의 관

以古爲鏡이면 可以知興替하며
이 고 위 경 가 이 지 흥 체

以人爲鏡이면 可以明得失이라.
이 인 위 경 가 이 명 득 실

청동으로 거울을 삼으면 의관을 바르게 할 수 있고, 옛날 일로써 거울을 삼으면 흥망의 원인을 알 수 있으며, 다른 사람을 거울로 삼으면 잃고 얻음을 밝힐 수 있다.

당나라 사람 오긍吳兢이 쓴 『정관정요貞觀政要』의 「임현편任賢篇」에 나오는 말이다. 아직 유리가 일반화되지 않았던 옛날에는 청동으로 거울을 만들어 그것을 잘 닦아 얼굴을 비춰보았다. 청동 거울이 오늘날의 유리 거울이었다. 거울에 자신의 모습을 비춰보는 까닭은 자신의 용모나 복장을 바르게 하기 위해서였다. 그런데 거울은 외모를 비춰보는 거울만 있는 게 아니다. 흥망을 비춰볼 수 있는 거울도 있고, 득실을 비춰볼 수 있는 거울도 있다. 역사는 흥망의 이유를 비춰볼 수 있는 거울이다. 개인이든 나라든 흥성할 때는 흥성할 만한 이유가 있고, 망할 때는 망할 만한 이유가 있었음을 우리는 역사를 통해서 확인할 수 있는 것이다. 타인의 경험은 자신을 비춰볼 수 있는 거울이다. 물론 자신에 대해서 가장 잘 아는 사람은 자기 자신이지만 미혹에 빠져 자신의 모습을 판단하기 쉽지 않을 때는 반드시 남의 경험을 통해 자신을 살펴보아야 한다. 문제는 거울을 부정하려드는 사람의 오만에 있다. 역사의 거울에 흥망의 원인이 명확하게 비춰져 있고, 타인이라는 거울에 득실의 결과가 뚜렷하게 나타남에도 불구하고 자신은 그런 경우에 속하지 않는다고 애써 부정하려 든다. 그러다가 결국은 망하고 만다. 거울은 비치는 그대로의 모습만 보여준다. 겸손한 마음으로 거울에 비친 자신의 모습을 인정해야 할 것이다.

銅 : 구리 동	爲 : 할 위	鏡 : 거울 경
興 : 흥할 흥	替 : 폐할 체	得 : 얻을 득
失 : 잃을 실		

129. 깨진 거울

破鏡不重照하고 落花難上枝라.
파경부중조　　낙화난상지

깨어진 거울은 다시 비춰볼 수 없고 떨어진 꽃은 다시 가지에 오르기 어렵다.

송나라 진종眞宗 경덕景德 원년元年에 불가佛家의 법어法語를 모아 엮은 책인 『전등록傳燈錄』 권17에 나오는 말이다. 깨어진 거울은 부부 사이의 파경을 뜻한다. 한번 깨어진 거울은 본래의 둥근 모습을 갖추기가 쉽지 않다. 설령 붙여 놓는다 해도 흔적이 남는다. 부부 사이도 마찬가지이다. 한번 깨어지고 나면 그 날로 원수로 변한다. 다시 합치기란 정말 쉽지 않은 일이고 설령 합친다 하더라고 평생 동안 서로의 상처를 안고 살아야 한다. 그런데 '파경중원破鏡重圓'이란 말도 있다. 직역하자면 '깨진 거울이 다시 둥글게 되었다'는 뜻으로서 파경을 맞았던 부부가 다시 원만한 부부 사이를 회복하는 것을 이르는 말이다. 전란이나 천재지변을 당해 어쩔 수 없이 헤어진 부부가 천신만고 끝에 다시 만나 부부관계를 회복한 경우라면 안타까운 세월의 흔적 외에 다른 상처가 있을 리 없다. 이 때 쓰이는 '파경중원'이라는 말은 참 아름다운 말이다. 그러나 요즈음 우리 사회에는 전란이나 천재지변으로 헤어지는 부부는 거의 없다. 인간적으

로 미숙한 사람들이 서로의 이기심으로 인하여 다투다가 성격차이라는 한 마디로 헤어지는 게 대부분이다. 너무 쉽게 만나고 너무 쉽게 헤어진다. 컴퓨터의 'Delete' 키를 사용하는 데에 너무 익숙해서 그렇게 사람의 추억도 정情도 쉽게 지워버리는 것일까?

破 : 깨질 파	鏡 : 거울 경	重 : 거듭 중
照 : 비칠 조	落 : 떨어질 낙(락)	難 : 어려울 난
枝 : 가지 지		

130. 공公과 사私

私仇를 不入公門이라.
사 구 　 불 입 공 문

사사로운 원수 관계를 공공의 문안으로 들이지 말라.

『한비자韓非子』「외저설外儲說」좌하左下에 나오는 말이다. 사람이 살다보면 사이가 나쁜 사람도 더러 생길 수 있고, 때로는 원수처럼 지내는 사람도 있을 수 있다. 물론 이런 일이 근본적으로 발생하지 않아야 되겠지만 부득이하게 이런 불편한 관계가 발생했다면 가능한 한 빨리 관계를 개선하려고 노력해야 한다. 사람과 사람이 원수처럼 대하면서 산다는 것은 누구의 잘잘못을 떠나 서로에게 불행한 일이기 때문이다. 그런데 한번 형성된 이런 불편한 관계는 쉽게 해소되지 않는다. 서로 부딪칠 때마다 그 앙금이 되살아나서 서로를 헐뜯는 경우가 많다. 만약 고위공직자나 정치가들이 이런 행태를 보이면 전 국민이 피해를 당하고 나라마저 흔들리게 된다. 요즈음 우리 정치가 공과 사를 구별하지 못하고 감정적인 싸움에 휘말려 있는 것 같다. 반대를 위한 반대도 너무 많고 정략적인 싸움도 너무 많은데 이런 싸움의 뒤에는 사사로이 묵은 감정이 자리하고 있는 것 같다. 사사로운 감정을 가지고 공공의 장에서 싸우는 것은 조선시대의 당파싸움과 다를 게 하나 없다. 미국은 물론, 러시아, 중국, 일본 등 우리의 주변 국가들이 우리를 주시하면서 우리의 실수가 있기를 은근히 바라고 있는 지금, 당파싸움이 있어서야 되겠는가? 당파싸움을 빨리 청산하고 제대로 된 정당정치를 실천해야 할 것이다.

私 : 사사로울 사　　仇 : 원수 구
入 : 들 입　　公 : 공 공

131. 달빛 따라 흐르는 세월

苒苒幾盈虛런가? 澄澄變今古로다.
염 염 기 영 허　　　징 징 변 금 고

쉼 없이 흐르는 세월 속에 몇 번을 찼다가 기울었던가? 맑은 그 달빛 속에서 옛 일과 지금 일이 변하여 왔구나.

당나라 때의 시인 왕창령王昌齡이 쓴 「동종제남재완월억산음최소부同從弟南齋玩月憶山陰崔少府(종제와 함께 남재에서 달을 감상하며 산음의 최소부를 그리워 함)」 시에 나오는 구절이다. 보름이면 가득 차 올랐다가 16일부터는 다시 기울기 시작하여 그믐이면 완전히 비웠다가 초하루가 되면 다시 차오르기 시작하는 달. 달은 이처럼 찼다가 기울기를 몇 번이나 반복했을까? 그러기에 예로부터 사람들은 달을 '영허자盈虛者(찼다가 비웠다 하는 자)'라고 불렀다. 찼다가 기우는 맑은 달빛을 따라 세월은 가고, 그 세월 따라 지금 일은 옛 일로 변하고 때로는 옛 일이 되살아나 지금 일이 되기도 한다. 그러한 가운데 사람은 늙고 죽는다. 달은 영원히 차고 기울기를 반복하지만 사람은 때가 되면 이 세상을 떠나야 하는 것이다.

'한가위 보름달'이란 말이 있듯이 달이 밝기로는 8월 보름의 달만한 달이 없다고 한다. 그런 한가위 달도 줄기차게 내리는 비로 인하여 그 밝음을 한 줄기도 내보이지 못한 채 억울하게 16일을 맞는 경우도 있다. 사람도 마찬가지다. 달이 다 차올랐을 때와 같은 좋은 시절은 얼결에 다 보내 버리고 기울어 가는 인생을 아쉬워하는 경우가 적지 않다. 그러나 이미 흘러가버렸다면 어찌 하랴. 다시 되돌릴 수 없는 게 시간인데……. 이렇게 아쉬울 땐 달을 생각해보자. 한번 가버린 시간을 아쉬워하기에 앞서 기운 달이 다시 차오르듯 내게 아직 남은 시간 안에서 나도 앞으로 몇 번이고 다시 차오를 수 있음을 생각해야 하는 것이다. 종제(사촌 동생)와 더불어 달을 보며 타향의 친구를 생각한 이 시의 주인공처럼 우리도 달을 보며 많은 사람들을 생각하며 살아야 할 것이다.

苒 : 옮겨갈 염(※苒苒은 시간이 흐르는 모양을 나타낸 말)

幾 : 몇 기　　盈 : 찰 영　　虛 : 빌 허　　澄 : 맑을 징

---

132. 마음이 가벼우면

心輕萬事皆鴻毛라.
심 경 만 사 개 홍 모

마음이 항시 가벼우니 세상만사도 다 기러기 털만큼이나 가볍네.

당나라 때의 시인 이기李頎가 쓴 송진장보送陳章甫(진장보를 보내며)라는 시의 한 구절이다. 짐을 지고 길을 가면 그만큼 힘이 들고 짐을 벗어 놓고 길을 가면 그만큼 힘이 덜 든다는 것을 모르는 사람은 없을 것이다. 그런데 짐을 벗을 생각은 하지 않고 자꾸만 짐을 지려고 하는 게 사람이다. 물론 국가와 민족을 위해서 짐을 지고 나보다는 남을 위해서 진 짐이라면 마땅히 져야 할 짐이고, 아무리 힘이 들더라도 끝까지 지고 가야 할 짐이다. 그런데 대개의 소인들은 그런 짐은 지려 하지 않고 오로지 자신의 욕심을 채우기 위한 짐을 지려고 한다. 다 버리고 가면 몸도 가볍고 세상의 어떤 일도 '큰일이다'라고 느껴지는 일이 없으련만 발끝으로부터 머리 꼭대기까지 온 몸을 욕심으로 꽉 채우고서 길을 가자니 세상에 큰일 아닌 일이 없고 무겁지 않은 발걸음이 없다. 작은 몸 안에 집도 여러 채, 자동차도 여러 대, 금, 은 보석도 수백 가지씩 넣은 채 길을 가려니 그 몸이 얼마나 무겁겠는가? 평생 갖지 못할 것을 항상 생각하며 늘 몸 안에 넣고 다니면 어느 세월에 새털처럼 가벼운 몸으로 절대 자유를 누릴 수 있겠는가? 비싸게 주고 장만한 것이라는 이유로 열대 지방으로 여행가면서 밍크코트를 챙기는 것과 같은 어리석음은 범하지 않아야 할 것이다.

輕 : 가벼울 경	皆 : 다 개
鴻 : 기러기 홍	毛 : 털 모

133. 먹 빛

不要人夸好顏色하고 只留精氣滿乾坤하라.
불 요 인 과 호 안 색 　 지 류 정 기 만 건 곤

남들 앞에 내 안색이 좋은 것을 자랑하려 들지 말고 온 세상 가득히 정기精氣가 머무르게 하라.

중국 원元나라 사람 왕면王冕이 자신이 그린 묵매도墨梅圖(먹으로 그린 매화 그림)에 부쳐 쓴 「제묵매題墨梅」 시의 3, 4구이다. 1, 2구와 연결 지어 읽어보면 다음과 같다. '우리 집엔 벼루를 씻는 연못이 있고 그 연못가엔 매화나무 한 그루가 서 있는데 꽃송이마다 엷은 먹색을 띠고 있구나(我家洗硯池頭樹, 個個花開淡墨痕). 너, 매화는 다른 꽃들처럼 아름다운 색깔을 자랑하려 하지 말고 눈 속에서 꽃 피우는 그 정기를 온 세상에 퍼지게 하려무나.' 벼루를 씻는 연못가에 서 있는 매화가 연못에 고인 먹물을 흡수하여 하얀 매화 꽃송이에 먹빛이 스며있는 것을 보고 읊은 시이다. 종이 위에 먹과 물만으로 그린 매화 그림을 두고서 그렇게 읊었을 수도 있다. 아무튼 발상이 참신한 시임에는 틀림이 없다. 사람들은 그림이라면 으레 울긋불긋 아름다운 채색을 한 그림을 찾지만 기실 먹과 물로만 그린 그림, 이른바 수묵화가 훨씬 더 깊이가 있고 차원이 높은 맛을 낸다. 특히 묵죽墨竹과 묵매墨梅는 채색한 그림에 비할 바가 아니다. 선비의 높은 정기를 어느 그림보다도 잘 표현하는 게 바로 이 먹그림이다. 먹빛은 그만큼 깊이가 있는 것이다. 매 2년마다 한번씩 전라북도에서는 세계서예전북비엔날레가 열린다. 먹빛의 잔치가 열리는 것이다. 먹빛 잔치마당을 찾아가서 먹빛을 마음으로 느끼며 우리 삶의 격을 높여 보는 것도 괜찮은 일일 것이다. 꽃에게 마저도 제 얼굴 하나 예쁜 것에 만족하지 말고 향기와 정기를 온 세상에 퍼지게 하라고 부탁한 이 시를 보며 우리는 우리가 세상을 향해 뿜을 수 있는 기운으로 무엇을 준비했는지를 생각해 보아야 할 것이다. 우리도 매화처럼 가슴에 품을 은은한 먹빛을 세상을 향해 조용히 뿜어낼 수 있다면 세상은 보다 격조 높은 그런 평온한 세상이 될 것이다.

夸 : 자랑할 과	顔 : 얼굴 안	只 : 다만 지
留 : 머무를 류(유)	滿 : 가득할 만	乾 : 하늘 건
坤 : 따(땅) 곤		

134. 재상의 배

宰相肚裏好撑船이라.
재 상 두 리 호 탱 선

재상의 배肚는 배船를 잘 지탱할 수 있을 만큼은 되어야 한다.

명나라 사람 섭성葉盛이라는 사람이 쓴 「수동일기水東日記」에 당시의 속담을 인용한 형태로 나오는 말이다. 재상의 배가 배船을 지탱할 만큼은 되어야 한다는 말은 재상은 마음이 넓고 뱃심이 두둑하여 자신의 의견과 다른 어떤 의견도 잘 받아들일 수 있어야 한다는 뜻이다. 임금을 보좌하여 나라의 일을 도맡아서 하는 사람이 재상이다. 재상은 하루에도 수십 건씩 자신의 의견과는 다른 의견을 가진 사람과 만나야 할 것이다. 재상이 만약 이처럼 몰려드는 다양한 의견들을 잘 수용하여 융합시킬 줄 모른다면 나라는 분란이 일어나서 흔들리게 될 것이다. 배는 물이 충분히 있어야 뜨고 사람은 포용력이 충분해야 다른 사람의 의견을 받아들일 수 있다. 물을 바탕으로 배가 뜨듯이 재상의 마음에도 항상 넉넉한 수용의 공간이 있어야 한다. 역사를 뒤돌아보면 임금을 잘 보필하여 위기에 처한 나라를 구한 현명한 재상들이 적지 않다. '홍탁운월烘托雲月'이라는 말이 있다. 달에 구름이 걸쳐있을 때 구름은 달로 인하여 더 뚜렷이 보이고 달은 구름으로 인하여 더 밝게 보인다는 뜻이다. 지금의 우리 정부,

거대한 위기의 순간에 직면해 있다. 경제문제와 문화문제, 그리고 남북갈등은 물론 남남갈등까지 국내외의 현안들이 쉽게 풀릴 기미를 보이지 않고 있다. 대통령과 국무총리가 '홍탁운월'의 자세로 호흡을 잘 맞추어 위기를 발전의 계기로 전환시켜 주기를 바랄 뿐이다.

宰 : 재상 재	相 : 재상 상	肚 : 배 두
裏 : 속 리(이)	撑 : 지탱할 탱	船 : 배 선

135. 서예는 곧 사람이다

書는 如也라 如其學하고 如其才하고
서 여야 여기학 여기재

如其志하니 總之曰如其人而已라.
여기지 총지왈여기인이이

서예書藝는 같은 것이다(그대로 반영하는 것이다). 그 사람의 배움을 그대로 반영하고, 그 사람의 타고난 재주를 그대로 반영하고, 그 사람의 뜻을 그대로 반영한다. 결론지어 말하자면, 서예는 그 사람의 모든 것을 그대로 반영하는 것이다.

청나라 때의 학자인 유희재劉熙載가 쓴 『예개藝概』라는 책의 「서개書概」 부분 제240조에 나오는 말이다. 서예는 동서고금 어떤 장르의 예술보다도 '수신성修身性', 즉 '자기 닦음'의 성격이 강한 예술이다. 서예는 곧 수양인 것이다. 그래서 예로부터 우리는 '마음이 발라야 글씨도 바르게 잘 쓴다'는 말을 익히 들어 왔다. 서예는 그 사람을 있는 그대로 반영하기 때문에 서예를 이용하여 우리는 심신을 연마할 수 있다. 붓끝에 온 정신을 집중하고 한 글자 한 글자 써 나가다 보면 어느새 마음이 안정되고 모든 걸 잊고 무아의 경지에 빠져들 수 있다. 최근 연구 결과에 의하면 붓을 잡고 서예를 하는 자세는 태극권을 연마하는 자세와 같아서 근육 운동에도 매우 좋은 효과가 있다고 한다. 뿐만 아니라, 붓을 잡고 글씨를 쓰다보면 저절로 단전호흡이 되어 폐장과 심장이 튼튼해지고 고혈압의 치료에도 매우 큰 도움이 된다고 한다. 큰 감동을 주는 명구를 골라 그 뜻을 새기면서 온 정신을 집중하여 글씨를 쓰는 서예는 우리의 심신 건강에 크게 도움을 주는 게 분명하다. 따라서 서예를 통하여 우리의 심신을 단련하고 또 손상된 심신을 치료할 수도 있다. 이런 의미에서 본다면 서예야말로 21세기가 필요로 하는 예술이라고 할 수 있다. 그런데 이처럼 가치 있는 서예가 컴퓨터에 밀려 자리를 잃어가고 있다. 안타까운 일이다. 컴퓨터는 실용적인 문자를 사용하는데 편리한 기계임에 분명하다. 그러나 컴퓨터에서 뽑은 글씨가 마음까지 따뜻하게 해주지는 못한다. 서예야말로 가장 인간적인 예술이라는 점을 자각한 중국이나 일본에서는 서예 붐이 일기 시작했고, 그들로부터 영향을 받은 서구 사회는 이미 서예를 받아들이기 시작했다. 우리도 서예의 참된 가치를 스스로 발견하고 개발해야 할 시기가 온 것이다.

書 : 글 서	如 : 같을 여	志 : 뜻 지
總 : 다 총	而 : 말 이을 이	已 : 따름 이

136. 선무당이 사람 잡는다

人不小學이면 不大迷하고 不小慧면 不大愚라.
인 불 소 학 　 부 대 미 　 불 소 혜 　 부 대 우

사람이 작은 배움을 하지 않는다면 큰 미혹에 빠지지 않고, 작은 지혜를 쓰지 않는다면 큰 어리석음을 범하지 않는다(배우려면 배움의 본령을 깨닫는 큰 배움을 해야 하고 지혜를 가지려면 마음을 비우는 큰 지혜를 가져야 한다).

『회남자淮南子』「설산훈說山訓」에 나오는 말이다. 우리 속담에 '선무당 사람 잡는다'는 말이 있다. 예전에는 무당이 주술을 이용하여 사람의 병도 낫게 해주고 불안도 해소해 주었기 때문에 무당에 대한 믿음이 상당히 컸다. 그런데 어떤 사기꾼 심보를 가진 사람이 무당

이 하는 일을 자세히 살펴보더니만 '하는 일이 별로 없다'는 생각을 하게 되었다. 장구를 두드리며 중얼중얼 주문을 외우고 때로는 팔짝팔짝 뛰면서 춤을 추고, 그러다가 적절하게 눈치 보며 건너짚어 떠보는 예언성 발언을 하여 맞히면 좋고 아니면 말고……. 그렇게 해서 돈을 버는 게 바로 무당이라고 생각했다. 그래서 가짜 무당 행세를 하면서 빨리 약을 써야 할 사람을 약도 못쓰게 하고서 붙들고 있다가 결국은 죽게 하는 일까지 벌어졌다. 선무당이 사람을 잡고 만 것이다. 우리 사회는 이런 선무당의 세상이라 해도 과언이 아니다. 인터넷에서 따온 몇 가지 어설픈 지식과 각종 캠프에 개설된 며칠 과정의 체험코너에서 얻은 겉핥기식 경험으로 세상을 다 아는 양 혹세무민하는 사람이 있다. 장차 남도 죽이고 자신도 죽는 큰 환난을 부를 문화 사기꾼들이다. 차라리 무식함만 못한 게 소지식小知識이고 어리석음만 못한 게 소지혜小知慧이다. 정부의 수준 높은 문화정책이 정말 아쉬운 때다.

小 : 작을 소	迷 : 홀릴 미
慧 : 지혜 혜	愚 : 어리석을 우

137. 호랑이 가죽과 선비

人之愛正士가 好虎皮相似라
인 지 애 정 사 　 호 호 피 상 사

生則欲殺之하고 死後方稱美라.
생 즉 욕 살 지 　 사 후 방 칭 미

사람들이 바른 선비를 아끼는 모습이 마치 호랑이 가죽을 좋아하는 것과 흡사하구나. 살아있을 때에는 죽이려 들다가 죽은 후에야 찬미하고 나서니.

조선시대의 대학자로서 평생을 벼슬에 나아가지 않고 후학들을 가르치는 일에만 몰두한 남명南冥 조식曺植 선생이 쓴 「우음偶吟(우연히 읊음)」이라는 시이다. '호랑이는 죽어서 가죽을 남긴다'는 말이 있을 만큼 호랑이의 가죽은 아름답기로 유명하다. 그런 아름다운 호랑이 가죽을 얻기 위해 사람들은 살아있는 호랑이를 무지막지하게 죽이려 든다. 살아있는 호랑이는 죽이려 하면서도 죽은 호랑이의 가죽에 대해서는 그 아름다움에 찬사를 아끼지 않는 것이다. 남명 선생은 사람들이 바른 선비를 아끼는 태도가 마치 호랑이 가죽을 좋아하는 것과 같다고 하였다. 바른 말을 하는 선비가 살아있을 때는 그 바른 말이 싫어서 죽이려고 별별 모함을 다하다가도 정작 죽고 나면 애도하고 추모하며 공덕비를 세운다. 죽은 자에 대한 예의일까? 아니면 완전히 사라진 눈엣가시 같은 경쟁자에 대한 안도의 표현일까? 우리는 과거 역사를 통하여 국가와 민족을 구할 만한 훌륭한 인물들이 어처구니없는 시기와 모함에 휘말려 비참하게 죽은 경우를 적잖이 보았다. 망국의 병이다. 지금 우리 사회도 각계각층에서 난타전과 당파싸움이 뒤섞여 서로 죽일 듯이 덤벼드는 살벌한 기세가 만연하고 있다. 강자와 파당의 횡포 아래 선비의 바른 말이 세상물정 모르는 순진한(?) 말로 매도되는 세상은 발전의 희망이 보이지 않는 불행한 나라임을 알아야 할 것이다.

虎 : 범 호	皮 : 가죽 피	似 : 같을 사
殺 : 죽일 살	方 : 바야흐로 방	稱 : 칭송할 칭

138. 청淸과 탁濁

淸之爲明이면 杯水見眸子하고
청 지 위 명 배 수 현 모 자

濁之爲闇이면 河水不見太山이라.
탁 지 위 암 하 수 불 현 태 산

맑게 하여 밝게 비춰보면 한 잔의 물에서라도 눈동자까지 뚜렷하게 보이고, 흐려서 어둡게 해 놓으면 황하의 물이라 해도 태산의 그림자를 비춰 보이지 못한다.

『회남자淮南子』「설산훈說山訓」에 나오는 말이다. 물이 많아야만 거울 역할을 하는 것은 아니다. 접시 물이라도 맑기만 하면 얼굴은 물론 청산도 비춰볼 수 있다. 반면에 물이 흐리면 대청호 같은 넓은 호수도 이름만 '대청大淸'일 뿐 아무 것도 비출 수 없다. 사람도 마찬가지이다. 제대로 된 사람 한 사람이면 100사람의 역할도 할 수 있지만, 수백 사람이 있어도 제대로 된 사람이 한 사람도 없으면 자리만 차지하고 앉아 있을 뿐 되는 일은 아무 것도 없다. 따라서 인재 양성은 절대적으로 질質을 우선해야 한다. 그런데 우리의 교육은 양으로 승부하려는 모습을 보이고 있다. 무조건 대학을 많이 세워 수학능력이 전혀 없는 학생도 다 대학에 들어가게 하고, 대학에 들어와서는 한 가지도 제대로 못하는 학생에게 부전공과 복수전공을 하라고 부추겨 결국은 아무 것도 못하는 바보를 만들고 있다. 그래서 지금 우리나라는 인공위성을 쏘아 올릴만한 최고 수준의 우수 인력도 없고, 똥을 치울 막노동 일꾼도 없다. 모두가 겉만 번지르르한 채 놀고먹는 대학 출신들이다. 286컴퓨터 3대면 686컴퓨터의 구실을 할 것이라는 어리석은 발상이 낳은 결과이다. 물이 맑으면 그 물이 거울 역할을 제대로 하여 아무리 작은 것이라도 다 뚜렷하게 비춰주듯이 제대로 한 가지만 배워도 세상을 어렵지 않게 살아갈 수 있지만, 제대로 배우지 못하면 100가지를 배워도 그게 다 헛일임을 알아야 할 것이다.

淸 : 맑을 청	杯 : 잔 배	眸 : 눈동자 모
濁 : 흐릴 탁	闇 : 어두울 암	河 : 물 하
太 : 클 태		

139. 하숙생

來從何處來하여 去向何處去요?
내 종 하 처 래 　　거 향 하 처 거

去來無定蹤하니 悠悠百年計라.
거 래 무 정 종 　　유 유 백 년 계

오기는 어느 곳에서 와서 가기는 또 어느 곳으로 가는지? 오고감에 그 종적(길)이 정해져 있지 않으니 백년을 사는 우리네 삶도 그저 가물가물하기만 할 뿐.

조선시대 대학자인 하서河西 김인후金麟厚 선생이 충암沖庵 김정金淨 선생의 시집에 부쳐 쓴 「제충암시권題沖庵詩卷」 시이다. 1960년대에 가수 최희준이 불러 크게 히트한 「하숙생」이라는 노래가 있다. "인생은 나그네길 어디서 왔다가 어디로 가는가? 구름이 흘러가듯 떠돌다 가는 길에……" 이 노래가 히트한 까닭은 물론 가수 최희준이 노래를 잘 불렀기 때문이겠지만 가사로부터 사람들이 공감하는 부분이 많았기 때문이다. 우리는 모두 이 지구라는 자연에 잠시 깃들었다가 어디론가 떠나가는 하숙생에 불과하다. 그럼에도 불구하고 우리는 말없는 주인인 자연을 제쳐두고 우리가 주인 행세를 하고 있다. 자연이 속이 좋은 주인이라서 그냥 놓아두고 보니 하숙생인 인간이 마치 제 세상인 양 산도 무너뜨리고 강도 막아버리고 하늘에는 온갖 검은 연기를 다 뿜어대면서 제멋대로 살고 있다. 하숙집을 마치 제 집인 양 부수고 헐고 새로 짓는다면 그 꼴을 그냥 보아 넘길 하숙집 주인이 누가 있겠는가? 자연이 정말 화를 내어 "나가!"라고 호통을 치기 전에 우리는 우리가 하숙생에 불과하다는 사실을 깨닫고 분수를 알아야 한다. 어디로 갈 줄을 몰라 백년의 삶도 가물가물한 가운데 사는 우리인 만큼 주인 행세 그만하고 하숙생으로서의 분수를 지키며 살아야 할 것이다.

從 : 좇을 종, ~로부터 종	何 : 어디 하
去 : 갈 거	蹤 : 자취 종
悠 : 아득할 유	計 : 셈할 계

---

140. 부끄러움

士는 不可一刻이라도 忘却'恥'字니라.
사　　불가일각　　　　망각　치　자

선비는 한 순간이라도 '부끄러울 치恥'자 한 글자를 망각해서는 안 된다.

청나라 사람 왕예王豫가 쓴 「초창일기蕉窓日記」에 나오는 말이다. 우리는 최소한 하루에 한번은 TV가 전하는 뉴스를 통하여 죄를 짓고서 옷으로 얼굴을 가린 채 경찰서에 끌려 들어오는 사람을 본다. 왜 얼굴을 가릴까? 창피하기 때문이다. 얼굴을 가린다는 것은 곧 이 세상에 얼굴을 내놓을 수 없는 사람, 즉 죽은 사람이라는 뜻이다. 부끄러움은 곧 죽음을 의미하는 것이다. 그런데 세상에는 부끄러운 일을 저질러 놓고서도 전혀 부끄러운 줄을 모르는 사람이 있다. 그런 사람은 형상은 사람이지만 이미 사람이 아닌 것이다. 선비는 가장 사람답게 살고자 하는 사람이다. 그러니 어찌 한 순간이라도 '부끄러움'이라는 단어를 잊고 살 수 있겠는가? 하늘을 우러르고 땅을 굽어보아 한 점의 부끄러움도 없이 살다가 만약 불가항력의 치욕이 다가오면 몸에 부끄러움이 묻지 않게 하기 위해서 죽음을 택하는 사람이 바로 선비인 것이다. 요즈음에는 '부끄러움'을 대수롭지 않게 여기는 풍조가 너무 심해지고 있다. '부끄러움은 순간이고 돈은 영원하다'는 말이 유행하면서 돈을 벌기 위해서는 힘든 일만 아니라면 무슨 짓이든 마다하지 않는 사람이 많다. 이처럼 사람이기를 스스로 거부하는 삶은 인간의 삶이라 할 수 없다.

士 : 선비 사	刻 : 새길 각, 시각 각	忘 : 잊을 망
却 : 물리칠 각	恥 : 부끄러울 치	字 : 글자 자

141. 태양을 보려 하면

視日者眩하고 聽雷者聾이라.
시 일 자 현 청 뢰 자 농

태양을 보는 사람은 시력이 흐릿해지고 우레 소리를 듣는 사람은 귀가 어두워진다.

『회남자淮南子』 「설산훈說山訓」에 나오는 말이다. 태양은 그냥 비치게 놓아둘 일이다. 태양이 왜 비치는지 그리고 그 빛이 얼마나 센지를 가늠하기 위해 태양을 자주 바라보는 사람은 눈이 상할 수밖에 없다. 우레가 치거든 우레 소리도 그냥 들어 넘길 일이다. 그 소리가 어디서부터 오는지, 얼마나 세게 오는지를 알기 위해 그 소리를 자주 듣다보면 귀가 상할 수밖에 없다. 자연에 손을 대려 하지 말고 그냥 놓아둠으로써 자연은 자연대로 자기 일을 하면서 살게 하고, 사람은 사람대로 자신의 일을 하면서 살아야 한다. 그게 바로 '무위자연無爲自然'의 가르침이다. 그런데 사람은 그렇게 하지 못했다. 세상에서 일어나는 모든 일에 다 관여하였다. 동물이 사는 것을 관여하여 그들의 삶을 빼앗고, 식물이 사는 것도 관여하여 인간의 이익을 위해 그들의 생명을 빼앗아 썼다. 그리고 불타는 태양도 관찰하였고, 우레와 번개도 정체를 밝혀 놓았다. 심지어는 바로 자신인 인간의 모습마저도 유전자를 조작하고 복제 생명을 만들어내기에 이르렀다. '과학'이라는 이름 아래 우리는 너무 많은 것을 밝혀 놓았고 그 결과 우리는 멸망을 목전에 둔 듯한 불안 속에서 살고 있다. '까발림'만이 능사가 아니라 '덮어둠'도 필요함을 알아야 한다. 이 지구는 사람만의 지구가 아님을 깨달아야 하는 것이다.

視 : 볼 시	眩 : 눈 어두울 현
聽 : 들을 청	雷 : 우레 뢰(뇌)
聾 : 귀 먹을 농(롱)	

142. 말을 해야 할 때와 하지 않아야 할 때

不知而言이면 不智요 知而不言이면 不忠이라.
부 지 이 언 부 지 지 이 불 언 불 충

잘 알지 못하면서도 잘 아는 체 말을 하면 지혜롭지 못한 것이고 알면서도 말하지 않으면 충성스럽지 못한 것이다.

『한비자』 권1 「초견주初見奏」 첫 부분에 나오는 말이다. 잘 알지 못하면서 말을 함부로 하는 것은 다름이 아니라 바로 사기이고 모함이다. 사기나 모함은 지혜로운 사람이 할 짓이 아니니다. 뻔히 알면서도 말을 하지 않는 것은 직무유기이자 책임회피다. 충성스러운 사람은 직무를 유기하거나 책임을 회피하지 않는다. 이렇듯 말은 해야 할 때가 있고, 하지 않아야 할 때가 있다. 아는 체하며 뱉어 놓은 나의 말 한 마디가 다른 사람의 운명을 좌우할 수도 있고, 알면서도 숨긴 채 하지 않은 말 한마디로 인하여 국가의 운명이 달라질 수도 있다. 어떤 난리통에 급히 길을 묻는 사람이 있었는데 그 사람에게 길을 잘못 가르쳐준 나의 말 한마디로 인하여 그 사람이 부모와 자식을 잃고 평생을 이산가족으로 살고 있다고 생각해보라. 잘 모르고서 해버린 나의 말 한 마디가 얼마나 큰 불행을 불러 왔는지. 소년들이 어느 산으로 가는 것을 분명히 보았는데도 말하기가 귀찮아 그냥 모른 체 했더니 그게 바로 '개구리 소년' 사건이 되어 버렸다면 나는 얼마나 큰 죄를 지은 것인가? 세상의 길을 안내하는 사람은 특히 말을 신중하게 해야 한다. 이 세상에 정의의 불을 밝히려 하는 사람은 사사로운 감정에 매여 할 말을 하지 않은 채 덮어두는 일이 없어야 한다.

知 : 알지　　　　　　　　智 : 지혜로울 지

---

143. 진흙 속의 보석

靈珠在泥沙라도 光景不可昏이라.
영 주 재 니 사　　광 경 불 가 혼

신령한(아름다운) 구슬은 진흙 속에 있더라도 그 빛이 흐려질 수 없다.

송나라 때의 정치가이자 문장가인 왕안석王安石의 『왕문공문집王文公文集』에 실린 「사호四皓」라는 글에 나오는 말이다. 구슬이 진흙 속에 묻혀 있다고 해서 진흙의 검은 물이 구슬에 배어들 리도 없고 썩을 리도 없다. 사람도 그런 구슬과 같은 사람이 있다. 아무리 비

참한 환경에 처해 있어도 꿋꿋이 자신의 모습을 지키는 사람이 있다. 차라리 죽을지언정 절개를 굽히지 않는 사람이 바로 그런 사람이다. 우리 속담에는 '양반은 겉불을 쬐지 않는다'는 말도 있고 '양반은 맹물을 마시고서도 이를 쑤신다'는 말도 있다. 아무리 추워도 양반은 당당하게 주어진 자리가 아니고서는 비굴하게 틈에 끼어 곁불을 쬐지 않고 차라리 맹물로 허기를 달랠지언정 정당하게 얻은 밥이 아니면 먹지 않는다는 뜻이다. 그런데 언제부터인가 이러한 말들이 모두 양반의 '허세'로 매도되면서 지금은 '돈이라야 양반 노릇도 한다'는 말만 살아남게 되었다. 그리하여 문화도 학문도 모두 돈을 만들기 위해서 하는 '산업'이 되고 말았다. 그러나 모두가 돈만을 찾는 진흙 속 같은 이 세상에도 어디인가엔 보석 같은 빛을 내고 있는 선비가 있을 것이다. 우리는 그런 선비를 찾아서 받들어 모셔야 한다. 보석의 빛이야 어디에 있은들 감해지겠냐마는 그래도 우리는 보석을 진흙 속에 방치해 두어서는 안 되는 것이다.

靈 : 신령 영(령)	珠 : 구슬 주
泥 : 진흙 니(이)	沙 : 모래 사
景 : 볕(빛) 경	昏 : 어두울 혼

144. 코로 숨을 쉬고 귀로 들을 수 있는 까닭은?

鼻之所以息과 耳之所以聽은
비지소이식 이지소이청

終以其無用者로 爲用矣니라.
종이기무용자 위용의

코가 능히 숨을 쉬고 귀가 능히 들을 수 있는 것은 결국 아무런 쓰임이 없는 빈 것으로써 쓰임을 삼았기 때문이다.

『회남자淮南子』 「설산훈說山訓」에 나오는 말이다. 우리가 숨을 쉬는 데 필요한 것은 오똑하게 솟은 모양의 코 자체가 아니라 콧구멍이라는 텅 빈 공간이고, 우리가 소리를 듣는 데 필요한 것 역시 귓구멍이라는 텅 빈 공간이다. 정작 우리가 필요로 하는 것은 모양이 갖추어져 있는 코나 귀가 아니라 모양이 없는 텅 빈 공간인 것이다. 이것이 바로 '쓰임이 없는 것으로써 쓰임을 삼는다'는 원리, 즉 '무용지용無用之用'의 원리이다. 우리의 생활공간이 모두 다 그렇다. 우리가 사는 집도 정작 필요한 부분은 콘크리트로 쌓아 아름다운 벽지로 장식한 벽이나 집안에 꽉 차게 들여놓은 값비싼 가구들이 아니라 벽이 만들어낸 텅 빈 공간이며, 우리들이 걸어 다니고 드나들 수 있는 공간이다. 그럼에도 불구하고 우리는 빈 공간보다는 집이라는 이름의 콘크리트 벽을 더 중히 여기고, 공간을 잠식하고 있는 가구라는 이름의 물건을 더 소중하게 다룬다. 진정으로 필요한 것은 뒷전에 밀쳐두고 필요하지 않은 것에 매달려 웃기도 하고 울기도 하는 것이다. 돌아다니기가 불편할 정도로 거실에 온갖 대형 가구를 들여놓은 집도 있다. 물건으로 인해 사람이 부자유스러운 대표적인 예이다. 그런데도 그 집 주인은 그 가구들을 매일같이 털고 닦으며 자랑한다. 아직 비움의 편안함을 모르기 때문일 것이다.

鼻 : 코 비	息 : 숨 쉴 식
聽 : 들을 청	終 : 마침내 종
用 : 쓸 용	爲 : 삼을 위

145. 마 음

身安不如心安하고 心寬强如屋寬이라.
신 안 불 여 심 안 　 심 관 강 여 옥 관

몸이 편한 것은 마음이 편함만 못하고, 마음이 넓은 것은 집이 넓은 것보다 훨씬 낫다.

청나라 사람 석성금石成金이라는 사람이 쓴 「전가보傳家寶(집안 대대로 전해야 할 보물)」라는 문장에 나오는 말이다. 매일 삽질을 하고 괭이질을 하느라 몸은 고달프더라도 마음에 근심이 없는 사람은 잠자리가 편하다. 그저 늘어지게 깊은 잠을 자고, 아침이면 상쾌한 몸으로 일어나 거친 나물밥이라도 맛있게 먹고선 다시 일터로 나간다. 구릿빛 건강한 얼굴을 한 이 사람이야말로 세상에 더 없이 행복한 사람일 것이다. 이에 반해 천만 금을 은행에 넣어두고서도 늘 불안에 떠는 사람이 있다. 부정한 돈을 챙긴 사람들이다. 날마다 미끄러지듯 달리는 고급 승용차에 앉아 있거나 푹신한 호텔 방에서 뒹굴기에 몸이야 더 없이 편하겠지만 얼굴은 항상 어두운 채 마른기침을 콜록거리며 불안한 모습을 하고 다닌다. 세상에 불행하고 불쌍한 사람이 이런 사람이다. 또 단칸 전세방에 살면서도 알콩달콩 웃음이 넘쳐나는 집이 있는가 하면, 고대광실 너른 집에 살면서도 싸움이 끊이지 않는 집이 있다. 수백 평 넓은 집에 산들 무슨 소용이 있으랴. 행복은 언제나 마음속에 있다는 평범한 진리를 다시 한번 새기면서 그것을 실천하려고 노력해 볼 일이다. 그러면 행복은 그 날로 당장 당신을 찾아올 것이다.

寬 : 넓을 관　　強 : 강할 강, 나을 강　　屋 : 집 옥

---

146. 길 가기

山行忘坐坐忘行하다가 歇馬松陰聽水聲이라.
산 행 망 좌 좌 망 행　　　헐 마 송 음 청 수 성

산길은 가다 보면 쉬는 걸 잊게 되고 쉬다 보면 또 가는 걸 잊고……. 소나무 그늘 아래 말을 세우고 흘러가는 물소리를 듣노라.

조선시대 시인인 송익필宋翼弼 선생이 쓴 「산행山行(산길을 가며)」이라는 시의 처음 두 구절이다. 산길을 가다 피곤한 다리를 주무르며 쉬다 보면 어느새 다시 길을 갈 생각을 잊게 되는 경우가 있다. 아니 잊었다고 하기보다는 한참을 쉬다보면 더 가기가 싫을 때가 있다. 반면에 온 몸에 땀이 촉촉하게 나면서 길을 가는 일에 일단 재미가 붙으면 쉴 생각이 전혀 없이 한없이 가고 싶을 때가 있다. 산길을 가는 것만 이와 같은 게 아니다. 우리네 인생길도 이와 같다. 앞만 보고 열심히 일을 하다 보면 일을 하지 않을 때는 오히려 불안할 정도로 일을 계속 하고 싶고, 하루 이틀 놀다 보면 다시 일을 시작하기가 정말 싫다. 사람이기 때문에 그런 변덕이 있다. 그러나 가능하다면 항심을 가지고 늘 같은 양의 일을 지루하지 않게 꾸준히 하는 것이 가장 좋다. 일이 잘 된다고 해서 쉬지 않고 밀어붙이다가 쓰러지는 사람도 있고, 하루 이틀 놀다가 노는 일에 맛을 붙여 게으름뱅이 건달이 된 사람도 있다. 정말 시간을 잘 활용하는 사람은 일도 잘하지만 쉬기도 잘한다. 일을 할 때는 열심히 일을 하고 쉴 때는 다리를 쭉 뻗고 쉬기 때문이다. 게으른 사람은 남들이 일을 할 때는 빈둥거리고 남들이 놀 때는 일을 한다고 호들갑을 떨고 다닌다. 일도 잘하고 쉬기도 잘하는 삶을 살도록 하자.

忘 : 잊을 망	坐 : 앉을 좌	歇 : 쉴 헐
陰 : 그늘 음	聽 : 들을 청	聲 : 소리 성

147. 네 길, 내 길이 다른데

後我幾人이 先我去나
후 아 기 인　　선 아 거

各歸其止니 又何爭이리오.
각 귀 기 지　　우 하 쟁

내 뒤를 따라 오던 몇 사람이 나를 앞질러 먼저 간다고 해도 각기 가는 곳이 다른데 무엇 때문에 다시 다투겠는가?

조선시대 시인인 송익필宋翼弼선생이 쓴 「산행山行(산길을 가며)」이라는 시의 끝 두 구절이다. 산길을 가다가 잠시 쉬노라면 뒤에 오던 몇 사람이 나를 앞질러 가는 경우를 흔히 만나게 된다. 이런 경우 어떤 사람은 조바심을 내며 빨리 가자고 하고, 어떤 사람은 뒤에 오던 사람이 앞서 가든 말든 우리는 우리의 처지와 기분에 따라 쉴 만큼 쉬고 가자고 한다. 이왕 세속의 때를 씻고 마음을 편하게 갖기 위해서 찾은 산이라면 나를 앞질러 가는 사람을 의식하여 길 가기를 서두를 필요는 없을 것이다. 그 사람이나 나나 영영 산에서 살 게 아니고 어차피 다시 산을 내려와서 사회의 일원으로 살아가는 세상길은 그 사람이 가는 길과 내가 가는 길이 다를 텐데 굳이 산길을 가면서까지 앞뒤를 다툴 일이 없는 것이다. 그런데 사람은 그렇게 살기가 쉽지 않은가 보다. 서로 다른 목적 아래 전혀 다른 길을 가면서도 잠시 내 앞에 누가 앞서 가는 꼴을 보지 못하는 사람이 있다. 고속도로를 달리면서 내 차를 추월해서 가는 차가 있으면 단지 추월을 당했다는 이유만으로 사고의 위험을 무릅쓰고 다시 그 차를 앞질러 가는 사람이 바로 그런 사람이다. 그렇게 다투려는 생각을 가질 필요가 무엇이겠는가? 마음의 여유를 가지고 묵묵히 내 길을 가는 사람이 가장 알차고 행복한 사람임을 알아야 할 것이다.

幾 : 몇 기	去 : 갈 거
各 : 각기 각	歸 : 돌아갈 귀
止 : 그칠 지	爭 : 다툴 쟁

148. 앵무새도 말은 하지만

鸚鵡能言이나 而不可使長은 是何오?
앵 무 능 언 　 이 불 가 사 장 　 시 하

則得其所言이나 而不得其所以言이라.
즉 득 기 소 언 　 이 부 득 기 소 이 언

앵무새도 말은 하지만 앵무새로 장長(명령자)을 삼을 수 없는 까닭은 무엇인가? 앵무새는 말을 할 줄 알지만 말을 하는 까닭을 알지는 못하기 때문이다.

『회남자淮南子』 「설산훈편說山訓篇」에 나오는 말이다. 세상에는 왜 그 일을 해야 하는지 까닭을 모르는 채 그저 앵무새가 말을 따라하듯이 따라하기만 하는 사람이 있다. 전례를 따르고, 관습을 따르고, 명령을 따르고, 남의 경우를 따르고……. 이런 사람은 자기 자신의 혼이 없는 사람이다. 이런 사람이 많은 집단이나 사회는 무사안일無事安逸에 빠져 발전도 없고 생기도 없다. 지금 우리 교육은 날마다 입이 닳도록 창의력 신장을 외치고 있다. 그런데 그렇게 외치는데도 불구하고 학생들의 창의력은 전혀 신장되지 않고 있는 것 같다. 대학 강의실에서 만나는 학생들도 갈수록 '우두커니'가 많아지고 있다. 아무리 열심히, 그리고 재미있게 강의를 하며 함께 생각해 볼 것을 요구해도 그저 귀찮다는 표정으로 '우두커니' 앉아 있는 학생들이 늘어나고 있다. 너무 편하기 때문일까? 그저 남이 하는 대로 유행 따라 머리 염색하고, 휴대전화 가지고 장난치고, 빠른 음악 들으며, 뛰고 놀고……. 나이 20이 넘은 성인이 되어서도 소신도 갖지 못하고 뭔가 새로운 가치를 찾아보려는 마음도 없이 그저 유행만 따라하는 요즘 학생들을 보면, 말하는 까닭을 모르는 채 사람의 말을 따라하는 앵무새를 떠올리게 된다.

鸚 : 앵무새 앵	鵡 : 앵무새 무	使 : 하여금 사
長 : 어른 장	所 : 바 소, 까닭 소	

149. 거울은 죄가 없다

鏡無見疵之罪하고 道無明過之惡이라.
경 무 현 자 지 죄 　 도 무 명 과 지 악

거울은 얼굴의 티를 드러나게 했다고 해서 죄가 있는 게 아니고, 도道(바른 이치)는 잘못을 밝혀냈다고 해서 악이 있는 게 아니다.

『한비자』 「관행편觀行篇」에 나오는 말이다. 이 문장의 뜻을 분명히 하기 위해 해당 부분의 원문을 보다 더 많이 옮겨보면 다음과 같다. '사람의 눈은 자신의 모습을 볼 수 없는 단점이 있기 때문에 거울에 얼굴을 비쳐보고, 사람의 지혜는 스스로를 알 수 없는 단점이 있기 때문에 도道에다 자신을 비쳐봄으로써 자신을 바르게 한다. 그러므로 거울이 얼굴의 티를 드러나게 했다고 해서 죄가 있는 게 아니고, 도道가 잘못을 밝혀냈다고 해서 악이 있는 게 아니다. 눈이 거울을 잃으면 자신의 얼굴을 바르게 할 수 없고, 몸이 도를 잃으면 미혹됨을 알 길이 없다(人目短于自見, 故以鏡觀面, 智短于自知, 故以道正己, 故鏡無見疵之罪, 道無明過之惡. 目失鏡則無以正顔眉, 身失道則無以知迷惑).' 세상에는 거울에 비친 자신의 모습을 보면서 자신의 모습이 아니라고 억지를 부리는 사람이 있다. 심지어는 거울에 비친 제 모습이 싫다며 거울을 깨부수는 사람도 있다. 정말 가긍한 사람이다. 거울은 죄가 없다. 있는 그대로를 비춰 보여주었을 뿐이다. 거울을 탓하기 전에 자신의 모습을 돌아볼 일이다. 거울에 비친 제 모습이 싫다며 애꿎은 거울을 깨기 전에 제 모습을 깨끗하고 아름답게 가꿀 일이다. 당신이 아름다우면 거울은 언제라도 당신의 아름다운 모습을 보여줄 테니 말이다.

鏡 : 거울 경　　疵 : 티끌 자
罪 : 허물 죄　　過 : 과실 과
惡 : 나쁠 악

150. 달은 어디에서라도 밝다

君能洗盡世間念이면 何處樓臺無月明이리오?
군 능 세 진 세 간 념 하 처 루 대 무 월 명

그대가 만약 세간의 여러 생각들만 깨끗이 씻어내 버린다면 어느 누대인들 달이 밝지 않겠소?

중국 남송시대의 애국 시인으로 유명한 육유陸游가 쓴 「배민排悶(답답함을 털어 내려)」 시의 3, 4구이다. 세상의 잡된 일에 마음을 빼앗겨 쓸데없는 일을 골똘히 생각하며 사는 사람은 아내나 자식 한번 제대로 쳐다보거나 이야기 한번 제대로 들을 시간이 없다. "요즈음 너무 바빠서……"라는 말만 되돌아올 뿐. 사실 일상을 들여다보면 정말 헛된 일을 하느라 바쁜 경우가 대부분이다. 잠시 다녀오면 그만일 상가임에도 초등학교, 중학교 동창 다 모아 쫓아가서 밤새 화투놀이 하느라 바쁘고, 선거철만 되면 입후보자에게 특별히 도움이 되는 인물도 아니면서 그저 스스로 바쁘게 움직이느라 바쁘고, 남의 일에 끼어들어 이른바, 'Behind Story'는 혼자 다 아는 양 떠들며 싸움을 말린다는 게 오히려 붙이고 다니느라고 바쁘다. 자기 분수를 모르는 채 세상의 잡일에다 정신을 팔고 다니느라 아내와 자식 한번 제대로 보지 못하고 사는 사람이 많다. 진정으로 유익하게 바쁜 사람은 바쁘다는 말도 하지 않고 오히려 가정을 잘 챙긴다. 어느 누대에나 달은 항상 밝게 떠 있다. 그 달을 보지 못하는 까닭은 나에게 있다. 세간의 여러 쓸데없는 생각들만 깨끗이 씻어내 버린다면 우리는 언제라도 밝은 달을 볼 수 있을 것이다. 달을 보자. 그래야 내 소중한 가족들이 보인다.

君 : 그대 군	洗 : 씻을 세	盡 : 다할 진
念 : 생각 념	樓 : 다락 루(누)	臺 : 누대 대

151. 월越나라 사람의 활쏘기

越人學遠射에 參天而發하여
월 인 학 원 사 참 천 이 발

適在五步之內로도 不易儀也라.
적 재 오 보 지 내 불 역 의 야

월나라 사람이 멀리 활쏘기를 배움에 있어서 하늘을 향해 쏘니 그 화살이 쏜 사람으로부터 다섯 걸음 안에 떨어지는데도 그런 식의 활 쏘는 법을 바꾸지 않았다.

『회남자淮南子』「설산훈說山訓」에 나오는 말이다. 월나라 사람은 주변에 물이 많아 물에는 익숙하여 수영은 잘 하였지만 활쏘기는 습관이 되지 않았다. 그들은 45° 각도로 활을 쏘아야 가장 멀리 나간다는 사실을 모르기 때문에 활을 멀리 쏜다는 게 고작 하늘을 향해서 쏘는 것이었다. 그렇게 하늘을 향해 쏘아 올린 화살이 멀리 날아갈 리 없다. 대개 반경 다섯 걸음 안에 떨어지고 만다. 미처 깨닫지 못했을 경우 사람은 누구라도 이처럼 아둔한 짓을 할 수 있다. 나중에 깨우쳐 지난날을 돌아보면 얼마나 창피하고 부끄러운 일이겠는가? 월나라 사람 중에 누구도 멀리 활을 쏘는 방법을 깨닫지 못했다면 다 같이 그런 방법으로 활을 쏠 수밖에 없다. 그러나 그 중 한 사람이라도 제대로 활을 쏘는 법을 터득한 사람이 있으면 머지않아 월나라 사람 전체가 활 쏘는 법을 바꾸게 될 것이다. 선각자의 역할은 이처럼 중요하다. 하지만 선각자의 계도에도 불구하고 여전히 아집에 빠져 옛 방법만을 고집하고 있는 사람이 있다. 특히 여러 사람에게 영향력을 행사할 수 있는 지도자적 위치에 있는 사람이 그렇게 막혀 있으면 결국 피해는 아래 사람들이 당하게 된다. 지도자들은 정말 자신의 주장과 선택이 국민들을 오도하고 있는 건 아닌지 활 쏘는 법은 잘 살펴야 할 것이다.

越 : 월나라 월	遠 : 멀 원	射 : 쏠 사
參 : 나란히 할 참	適 : 나아갈 적	儀 : 거동 의

152. 나만 특별히 고달픈 게 아닐진대

看盡人間興廢事면 不曾富貴不曾窮이라.
간 진 인 간 흥 폐 사　　부 증 부 귀 부 증 궁

인간 세상의 흥하고 망하는 일을 두루 살펴보면 처음부터 부귀한 사람이 따로 있고 곤궁한 사람이 따로 있었던 것이 아님을 알 수 있다.

송나라 때 시인 육유陸游의 「일호가一壺歌」의 한 구절이다. 사람은 누구라도 어려움에 처해 있을 때는 '왜 나만 이렇게 힘이 들까?'하는 생각을 할 수 있다. 내 자신이 처한 상황이 어렵다고 생각할수록 남들이 처한 환경이 나보다 훨씬 나아 보이기만 하는 것이다. 그러나 어려움의 터널을 빠져 나와 다시 열린 넓은 세상을 둘러보면 나만 그렇게 어려웠던 게 아님을 발견할 수 있다. 누구라도 그런 어려운 고비를 한번쯤 넘기며 살아왔고 또 지금도 그렇게 어려움의 고개를 넘고 있는 사람이 많다는 것을 발견할 수 있는 것이다. 인생은 처음부터 행복하기만 하기로 보장받은 사람도 없고, 언제까지나 불행하기만 하기로 저주를 받은 사람도 없다. 인생은 마치 개었다 흐렸다 하는 날씨처럼 끊임없이 순환하는 것이고, 누구라도 크든 작든 근심거리 하나쯤은 가지고서 살아가고 있다. 그리고 어려운 상황에서도 가끔 한번씩은 위안 받을 만한 일이 생기곤 한다. 이렇게 순환하는 인생을 살면서 어떤 사람은 '특별히 나만 이렇게 불행하다'는 생각을 하면서 살고, 어떤 사람은 '그래도 나는 행복한 편이다'라는 생각을 가지고 산다. 결국 행복은 마음에 달려 있는 것이다. 스스로 불행하다고 생각하는 사람은 항상 불행하고, 스스로 행복하다고 생각하는 사람은 항상 행복하다. 행복하다고 생각하는 오늘부터 우리는 정말 행복해질 수 있는 것이다.

看 : 볼 간	盡 : 다할 진	興 : 흥할 흥
廢 : 폐할 폐	曾 : 일찍 증	窮 : 궁할 궁

153. 옹기 기와 굽는 사람

陶盡門前土로도 屋上無片瓦라
도 진 문 전 토 옥 상 무 편 와

十指不霑泥라도 鱗鱗居大廈커늘.
십 지 불 점 니 인 인 거 대 하

문 앞의 흙을 다 퍼다 옹기 기와를 구웠건만 내 집 지붕은 조각기와 한 장도 얹지 못했네. 열 손가락에 진흙 한 점 묻히지 않고도 고기비늘처럼 번들거리는 기와집에 사는 사람도 있는데.

송나라 사람 매요신梅堯臣이 쓴 「도자陶者(옹기 굽는 사람)」라는 시이다. 고래등 같은 기와집에 사는 사람이라고 해서 무조건 다 비난해서는 안 된다. 성실히 일하여 정당하게 번 돈으로 그렇게 산다면 오히려 박수를 보내야 한다. 반대로 애써 기와를 굽고서도 자기집 지붕에는 기와 한 장 얹지 못하는 도공이라고 해서 모두 다 동정을 할 필요는 없다. 애써 기와를 구워 번 돈으로 도박을 한다거나 무절제하게 낭비하여 가난을 면하지 못하는 사람이라면 동정을 받기는 커녕 오히려 벌을 받아야 할 것이기 때문이다. 최악의 경우는 일을 하지 않고서도 돈을 모으는 경우와, 열심히 일하고 절약하며 사는데도 가난을 면할 가능성이 없어 보이는 경우이다. 그러한 사회에서는 애써 일할 마음이 생기지 않는다. 나는 아무리 열심히 일을 해도 가난을 면할 희망이 전혀 없는데, 다른 한 편에서는 실컷 놀고서도 떵떵거리며 사는 사람들이 있다면 누가 일을 하려 들겠는가? 지금 우리 사회는 돈만 있으면 쉽게 더 많은 돈을 벌 수 있는데 반해 돈이 없이는 다른 방법이 없이 '몸으로' 벌어서 입에 풀칠해야 하는 이른바 '빈익빈 부익부' 현상이 심화되고 있다. 못 가진 자의 분발과 노력도 필요하지만 가진 자의 양보와 함께 정부의 조정도 매우 필요한 때인 것 같다.

陶 : 질그릇 도　　盡 : 다할 진　　瓦 : 기와 와
霑 : 적실 점　　泥 : 진흙 니(이)　　鱗 : 비늘 인(린)
廈 : 큰집 하

154. 노익장

丈夫爲志에 窮當益堅하고 老當益壯이라.
장 부 위 지　　궁 당 익 견　　노 당 익 장

대장부가 뜻한 바를 실천함에 있어서 곤궁할수록 응당 그 뜻은 더욱 굳세어졌고 나이가 들수록 기운은 더욱 씩씩해졌다.

『후한서後漢書』「마원전馬援傳」에 나오는 마원의 말이다. 대장부로 태어나 능히 뜻한 바를 실천하고 죽음을 맞는다면 그보다 행복한 일은 아마 없을 것이다. 하지만 때로는 본인의 변절로 인하여 뜻 이루기를 포기하기도 하고, 때로는 주위 사람 특히 가장 가까운 가족의 만류로 인하여 뜻을 이루지 못하기도 한다. 그러므로 사실 따지고 보면 물질적인 지원이 부족하여 뜻을 이루지 못하는 경우는 많지 않다. 대부분이 스스로 포기하여 뜻을 이루지 못하거나 사사로운 정에 이끌려 세운 뜻을 굽히고 만다. 안중근 의사나 윤봉길 의사에게도 뜨거운 정을 나눌 가족이 있었고, 모진 고생을 집어치우고 편안하게 살고 싶은 욕망이 있었을 것이다. 그러나 그분들은 끝까지 사사로운 정이나 개인의 안락함 앞에서 세운 뜻을 굽히지 않았다. 그래서 그분들은 만고의 청사에 빛나는 의사가 된 것이다. 뜻을 관철시키기 위해서는 곤궁한 처지에 처할수록 뜻을 더욱 굳게 가져야 하고, 나이가 든다고 해서 나이를 핑계로 뜻을 접을 게 아니라 더욱 힘차게 일을 추진해 나가야 한다. 그게 바로 노익장의 정신이다. 잘 먹고 잘 관리하여 좋은 체력만 가졌다고 해서 '노익장'이 아니다. 가슴 안에 아직도 청년과 같이 뜨거운 피가 흘러서 불의와 회유에 맞서 세운 뜻을 관철하려고 하여야 진정한 노익장인 것이다.

丈 : 어른 장, 길이 장　　窮 : 궁할 궁　　益 : 더할 익
堅 : 굳셀 견　　壯 : 씩씩할 장

155. 전문가

耕則問田奴하고 絹則問織婢하라.
경 즉 문 전 노　　견 즉 문 직 비

밭갈이는 밭을 가는 머슴에게 묻고 비단은 베를 짜는 여종에게 물어라.

『북사北史』「형만전邢巒傳」에 나오는 속담이다. 세상의 모든 일에는 전문가가 있다. 그리고 전문가 중에는 책으로 배운 이론적인 전문가가 있고, 실천을 통해 몸으로 배운 실천적 전문가가 있다. 이론적 전문가도 물론 필요하지만 실천적 전문가야말로 실지 생활에 직

접적인 도움을 줄 수 있는 가장 확실한 실력가이다. 그런데 이러한 실천적 전문가는 대개 학력이나 지위가 낮은 경우가 많다. 그래서 더러 그가 가진 알찬 실력을 제대로 인정받지 못하는 일이 생기곤 한다. 잘못된 권위가 판세를 좌지우지하는 권위주의적인 사회일수록 이러한 사람들이 제대로 대접을 받지 못한다. 그런 위선적인 사회는 발전할 수가 없다. 진정한 실력자를 실력자로 대접해 주는 사회라야 제대로 발전할 수 있다. 명문대학을 졸업한 사람이 대개 실력이 좋은 건 사실이다. 그러나 지방대학을 다녔다고 해서 지방대학을 다닌 모두가 반드시 명문대학 졸업자에 비해 뒤떨어지는 것은 아니다. 하지만 우리 사회는 아직도 '명문'이라는 추상적 권위로 실질적 실력을 무참하게 짓밟아버림으로써 '명문'이 아닌 곳에 대해서는 눈길마저 주려고 하지 않는 경향이 있다. 심지어는 파당을 지어 먼저 확보한 추상적 권위를 더욱 강화하려고 안간힘을 다하기도 한다. 농학박사의 권위도 인정되어야 하지만 밭갈이하는 머슴의 경험도 존중하는 사회가 되어야 할 것이다.

耕 : 밭갈 경
奴 : 남자 노예 노
絹 : 비단 견
織 : 베짤 직
婢 : 여자 노예 비

---

156. 부처님이 따로 있나?

放下屠刀면 立地成佛이라.
방 하 도 도 입 지 성 불

도살꾼도 칼만 놓으면 그 자리에서 부처가 될 수 있다.

『오등회원五燈會元』 권19에 나오는 말이다. 수년 전에 일본을 떠들썩하게 했던 화제의 한 여성이 있었다. 고등학교 시절에 가출하여 조직폭력배 생활을 하다 마지막엔 창녀가 되어 몸과 마음이 다 피폐해진 여성이 어느 날 과거를 청산하고 인생을 다시 살기로 결심한 후 열심히 공부하여 고등고시에 합격함으로써 당당한 법조인이 된 사실이 전 일본을 온통 뒤흔들어 놓은 것이다. 이 이야기는 우리나라에도 알려져 많은 사람들에게 큰 감동을 주었다. 사람은 어떻게 마음을 먹느냐에 따라 이렇게 달라질 수가 있다. 아무리 큰 죄악의 칼을 휘두르던 사람이라고 할지라도 악의 칼을 놓는 순간 그는 선한 사람으로 바뀔 수 있다. 가장 무서운 것은 자포자기이다. '이렇게 죄를 많이 지은 내가 이제 와서 다시 무엇을 한단 말인가?'라고 자포자기하는 한 그 사람은 영원히 악의 구렁텅이에서 빠져 나올 수 없다. 그러나 새롭게 살고자 하는 용기와 의지가 있는 한 누구라도 새 삶을 살 수 있다. 내가 지금 잘 살고 있는지를. 잘 살고 있노라고 자만하지 말고 냉철하게 돌아볼 일이다. 그리하여 잘못된 삶을 살고 있다는 생각이 들거든 그 자리에서 고치도록 할 일이다. 마음만 비운다면 그 일본 여성과 같이 잘못은 얼마든지 청산할 수 있다. 지금, 바로 지금이 바로 최적의 기회이다. 과감하게 지금 고치려는 용기를 갖도록 하자.

放 : 놓을 방　　屠 : 잡을 도, 죽일 도　　刀 : 칼 도

157. 진짜 잘못

過而不改 是謂過矣
과 이 불 개　시 위 과 의

잘못하고서도 고치지 않으면 그게 바로 잘못이다.

『논어論語』「위령공편衛靈公篇」에 나오는 공자의 말이다. 처음부터 잘못을 저지르지 않는 것이 가장 바람직한 일이다. 그러나 사람은 누구라도 잘못을 저지를 수 있는 존재이다. 잘못을 저지른 다음이 중요하다. 어떤 사람은 곧바로 잘못을 인정하고서 다시는 그런 잘못을 되풀이하지 않으려고 노력하는가 하면 어떤 사람은 끝까지

잘못을 인정하려 들지 않고 계속 변명으로 일관한다. 이런 사람은 평생 동안 단 한 순간도 떳떳한 삶을 살 수 없는 사람이다. 잘못을 저지른 것도 이미 큰 죄악인데 다시 그 잘못을 덮기 위해 온갖 거짓말을 하게 되면 어느 세월에 단 한 순간이라도 떳떳할 때가 있겠는가? 요즈음 우리 사회를 보면 사람들이 너무 속이 보이는 말도 많이 하고, 너무 이중적인 일도 많이 한다. 진정으로 옳고 그름을 따지려는 마음은 없고 어떻게 하는 것이 우리 편과 나에게 이로울 것인지만을 생각한다. 그리고 그 이로움을 챙기기 위하여 삼척동자도 이미 알만한 이야기에 다시 변명을 붙여 사람들 앞에 내놓는다. 엉덩이를 다 내놓은 채, 제 눈만 가리고서 모든 것을 다 가렸으니 내 엉덩이 볼 사람이 없을 것이라고 생각하는 사람들이 혹시 내 모습은 아닌지 되돌아 볼 일이다.

過 : 허물 과	改 : 고칠 개
是 : 이(이것) 시	謂 : 이를 위
矣 : 어조사 의	

158. 고정 관념

商無十倍之價하고 農無百斛之望이라 하니
상무십배지가 농무백곡지망

此는 守常而不變者也.
차 수상이불변자야

장사에는 열 배의 값을 받는 일이 있을 수 없고 농사에는 한 필지에 백 섬의 소득을 올릴 희망은 없는 것이라고들 하니 이런 사람은 일상을 지킬 뿐 변하려는 생각을 하지 않는 사람이다.

진晉나라 사람 혜강嵇康이 쓴 「양생론養生論」에 나오는 말이다. 장사를 하면서 부당한 방법으로 폭리를 취하는 것은 매우 나쁜 일이다. 그러나 정당한 방법으로 많은 이윤을 낼 수 있다면 그것은 매우 바람직한 일이다. 장사의 목적은 돈을 버는 일이니만큼 방법이 정당하여 다른 사람에게 피해를 주지 않는다면 10배, 아니 100배의 이윤을 남기는 장사라고 한들 나무라야 할 일이 전혀 없는 것이다. 농사도 마찬가지다. 새로운 농사법을 연구하여 2배, 3배, 10배, 100배의 소득을 올릴 수 있다면 그것을 탓할 사람이 어디에 있겠는가? 세상에는 10배, 100배의 이윤을 남길 수 있는 사업이 얼마든지 있을 수 있고, 2배, 3배의 소득을 올릴 수 있는 영농법이 얼마든지 있을 수 있는 것이다. 그러나 만약 사람들이 그런 일은 절대 있을 수 없는 일로 간주해버리면 그런 일은 정말 있을 수 없는 일이 되고 만다. 우리는 고정관념을 가져서는 안 된다. 지금까지 있었던 일을 변화시켜 새로운 것을 창조할 수 있다는 생각을 하면 언젠가는 새로운 것을 만들어 낼 수 있다. 그러나 타성에 젖어 늘 그렇게 해왔던 대로 생각하고 행동하면 영원히 그 자리에 머물러 있을 수밖에 없다. 21세기는 창의력의 시대라고 한다. 허황한 망상이 아닌 진정한 창의력을 발휘하여 2배, 3배, 10배의 소득을 올리는 농사와 장사를 창안할 생각을 하도록 하자.

商 : 장사 상	倍 : 더할 배
價 : 값 가	農 : 농사 농
斛 : 휘(벼 가마 세는 단위) 곡	常 : 항상 상

159. 중심 잡고 살아야지

安危에 不貳其志하고 險易에 不革其心하라.
안위 불이기지 험이 불혁기심

편안할 때든 위험할 때든 그 뜻을 둘로 가지지 않으며 어려울 때든 쉬울 때든 그 마음을 바꾸지 않는다.

당나라 사람 위정魏征이 쓴 『군서치요群書治要』 「창언편昌言篇」에 나오는 말이다. 우리 속담에 '화장실 갈 때 마음과 갔다 올 때 마음이 다르다'는 말이 있다. 그만큼 사람의 마음이 변하기 쉽다는 뜻이다. 지조가 있는 사람은 급하다고 해서 함부로 애걸복걸하지 않고, 여유가 좀 있다고 해서 거드름을 피우지 않는다. 항상 한결같은 마음으로 살아간다. 이런 사람은 평소에 자신의 신념대로 항상 준비하면서 살기 때문에 위급함에 처할 일이 거의 없다. 그렇기 때문에 항상 의젓하고 당당할 수 있다. 그러나 지조가 없는 사람은 소신이라곤 전혀 없이 허겁지겁 되는 대로 살아가다가 조금만 어려운 일을 만나면 아무나 붙잡고서 애걸복걸 사정을 한다. 그렇다가 조금만 일이 잘 풀리는 성싶으면 금세 안하무인眼下無人의 오만한 태도를 보인다. 인생을 아름답게 하는 것도 자기 자신이고, 추하게 하는 것도 자기 자신이다. 편안할 때든 위험할 때든 어려울 때든 쉬울 때든 한결같은 마음으로 중심을 잡는 것이 바로 인생을 아름답게 하는 초석이 될 것이다.

危 : 위태로울 위　　貳 : 두 이　　險 : 험할 험
易 : 쉬울 이　　革 : 바꿀 혁

160. 손에 달라붙어 있는 책

光武는 當兵馬之務에도 手不釋卷이라.
광무 당병마지무 수불석권

광무황제는 병마를 다루는 전쟁의 임무를 수행하는 와중에서도 손에서 책을 놓지 않았다.

중국 서진西晉사람 진수陳壽가 엮은 『삼국지三國志』「오서吳書」의 「여몽전呂蒙傳」에 나오는 말이다. 광무는 후한의 제1대 군왕인 광무제光武帝 유수劉秀를 말한다. 그는 왕망王莽에게 빼앗긴 한나라를 15년 만에 되찾아 한나라의 황통을 다시 이은 훌륭한 군주였는데, 그는 왕망의 신新나라를 몰아내기 위해 많은 싸움을 치러야 했다. 그런데 그러한 싸움판에서도 그는 책을 놓지 않았다. 그러한 독서가 있었기에 한나라의 황통을 다시 잇는 위업을 달성한 것이다. 세상에 독서처럼 큰 힘이 되는 건 없다. 잘 알고 잘 닦여진 사람 앞에서는 누구라도 고개를 숙일 수밖에 없기 때문이다. 독서가 그처럼 큰 힘을 가지고 있음을 잘 알면서도 우리는 독서를 게을리 한다. 바쁘다는 이유로 독서를 게을리 하고 주변이 안정되어 있지 않다는 이유로 독서를 미룬다. 그런데 바쁘기로는 전쟁터보다 더 바쁜 곳이 없을 테고, 주변이 안정되지 않아 소란스럽기로도 전쟁터 같은 곳이 없을 텐데 광무제는 그런 전쟁터에서도 항상 책을 읽었다. 그리고 이순신 장군은 그렇게 치열한 전쟁의 와중에서도 꼬박꼬박 일기를 셨다. 독서를 미루기 위해 대는 이유는 모두 핑계에 불과하다. 봄이든 가을이든 놀려고 생각하면 놀기에 딱 좋은 날씨지만 독서하려고 마음을 먹으면 독서를 하기에도 더없이 좋은 날씨이다. 봄에는 꽃이 피어서 독서하기에 좋고, 여름엔 바람이 불어서 독서하기에 좋으며, 가을은 달이 떠서 독서하기에 좋고, 겨울은 눈이 내려서 독서하기에 좋다. 어느 때인들 독서하기에 불편한 시간이 있겠는가?

當 : 당할 당	務 : 힘쓸 무, 업무 무
釋 : 놓을 석	卷 : 책 권

161. 군자의 허물

君子之過也는 如日月之食焉하여
군 자 지 과 야　여 일 월 지 식 언

過也에 人皆見之하고 更也에 人皆仰之니라.
과 야　인 개 견 지　경 야　인 개 앙 지

군자의 허물은 마치 해나 달에 있는 일식이나 월식과 같아서 허물이 있으면 사람들이 다 그 허물을 보려 들고, 허물을 고치면 다시 사람들이 다 우러러 본다.

『논어論語』「자장편子張篇」에 나오는 공자의 말이다. 태양이나 달에 대해 고마운 마음을 가지지 않는 사람은 없을 것이며 그 무조건적인 사랑과 위대한 힘을 우러러보지 않을 사람도 없을 것이다. 그러나 사람들은 평소엔 해나 달의 고마움을 거의 잊고 산다. 그러므로 평소에 해와 달을 우러러 쳐다보는 일은 별로 없다. 그러나 만약 해와 달에 어떤 이상이 생기면 걱정하는 마음으로 해와 달을 주목하게 된다. 해와 달에 생기는 이상이란 다름이 아니라 바로 일식과 월식을 말한다. 군자의 덕도 마찬가지이다. 평소에 군자의 덕행에 큰 관심을 보이는 사람은 별로 없다. 그러나 만약 군자에게 허물이 있는 것이 드러나면 사람들의 시선은 군자에게 집중된다. 때로는 욕하고 때로는 연민하면서 마치 일식이나 월식을 구경하듯이 군자의 허물을 세밀하게 지켜본다. 이렇게 모두가 나서서 지켜보기 때문에 군자는 허물을 범하고서는 빠져나갈 틈이 없다. 오로지 반성하고 고치는 길밖에 없다. 허물을 고치고 다시 군자의 의연한 모습을 갖추면 사람들의 시선은 다시 평상으로 돌아간다. 평소의 해와 달을 보듯이 특별히 관심을 갖지 않으면서도 군자의 덕을 우러르게 되는 것이다.

過 : 허물 과	焉 : 어조사 언	皆 : 다 개
更 : 고칠 경	仰 : 우러를 앙	

162. 오늘부터

學問須從今日始하여 算前顧後莫悠悠하라.
학 문 수 종 금 일 시 　 산 전 고 후 막 유 유

공부는 오늘부터 시작해야 한다. 앞으로 재고 뒤로 따지며 느긋하게 시작해서는 안 된다.

일본의 시인 이토 진사이伊藤仁濟(1627-1705)가 지은 「학문學問」 시의 처음 두 구절이다. 공부를 잘하는 학생일수록 준비 작업이 별로 필요하지 않다. 아무 때, 아무 곳에서나 책만 들면 쉽게 공부에 몰입한다. 이와 반대로 공부를 잘하지 못하는 아이일수록 준비 과정이 요란하다.

일요일 아침, 큰 결심을 한 양 세밀하게 계획표를 짠다. 그리고는 방과 책상을 정리한다. 다 치우고 나면 다소 힘이 들고 땀이 난다. 커피를 한 잔 타서 마신다. 다음엔 계획표에 따라 영어 책을 펴놓고 공부를 시작한다. 첫 단원인 명사에 대해서 공부하다보니 모르는 게 너무 많다. 아무래도 영어는 친구랑 같이 하면서 물어봐야 할 것 같다. 그래서 영어 책을 덮어두고 수학 책을 폈다. 집합에 관한 문제를 두어 개 풀고 나니 그 다음부터 막히기 시작한다. 아무래도 이 부분은 보다 쉬운 참고서를 사서 그걸 먼저 풀어봐야 할 것 같다. 그래서 수학 책도 덮고 나니 약간 졸린다. 한숨만 자고 나서 맑은 정신으로 기초가 없어도 할 수 있는 암기 과목을 열심히 해야겠다는 생각으로 자리에 누웠다. 깨어보니 어느덧 해가 서산으로 기울고 있다. 다시 내일부터는 열심히 공부를 해야겠다고 결심한다.

공부는 한가하게 미룰 일이 아니다. 아무리 어려운 문제라도 지금 해결하고 넘어가야 한다. 핑계대어 하루를 미룬 공부가 평생 미룸이 된다는 점을 깨달아야 할 것이다.

須 : 모름지기 수	從 : ~로부터 종	始 : 시작할 시
算 : 계산할 산	顧 : 돌아볼 고	悠 : 한가할 유

163. 어리석은 자와 지혜로운 자

愚者는 暗於成事하고 知者는 見於未萌이라.
우 자 암 어 성 사 지 자 견 어 미 맹

어리석은 사람은 다 이루어진 일에도 어둡고 지자는 싹트기도 전에 미리 보느니라.

『상군서商君書』「경법更法」조에 나오는 말이다. '쥐어 줘도 모른다'는 말이 있다. 알아들을 수 있을 만큼 충분히 설명해주었는데도 불구하고 전혀 기미를 알아채지 못할 때 쓰는 말이다. 이와 반대로 '척 하면 삼천리'라는 말도 있다. 눈치가 빨라서 변죽만 울려줘도 전체를 읽어내는 사람을 두고 하는 말이다. 사람 중에는 선천적으로 다소 노둔한 사람도 있고, 반대로 남달리 영리한 사람도 있다. 그러나 이러한 차이는 별로 문제가 되지 않는다. 선천적으로 약간 노둔하여 한 박자씩 늦는 사람은 천진성도 있고 귀여운 데도 있다. 그리고 약삭빠르다고 해야 할 정도로 눈치가 빨라서 쏙쏙 자기 이익을 챙기는 사람은 얄밉기는 하지만 역시 귀여운 구석이 있다. 이들 사이에는 큰 차이가 있는 것처럼 보이지만 사실 이들은 비슷한 부류의 사람들이다. 서로 도와 가며 어울려 살 수 있는 사람들인 것이다. 정말 '쥐어 줘도 못 알아듣는 사람'은 따로 있다. 욕심과 아집으로 인하여 남의 이야기를 들으려 하지 않는 독선적인 사람이 바로 그런 사람이다. 그러므로 사람은 선천적으로 어리석은 사람과 지혜로운 사람이 나뉘어 있는 게 아니다. 자기 생각으로 자기 눈을 가려 아무것도 보지 못하는 사람이 바로 어리석은 사람이고, 자기 생각을 접고서 남의 이야기를 들으려 하여 싹도 돋기 전에 다 볼 수 있는 사람이 현명한 사람인 것이다.

愚 : 어리석을 우	暗 : 어두울 암
於 : 어조사 어	萌 : 싹틀 맹

164. 말하지 않아야 할 것

無道人之短하고 無說己之長하라.
무 도 인 지 단　　무 설 기 지 장

다른 사람의 단점을 말하지 말고 자신의 장점을 이야기하지 말라.

중국 남조시대 양나라 사람 소역蕭繹이 쓴 『금루자金樓子』라는 책의 「계자편戒子篇(자식을 가르치기 위해 쓴 글)」에 나오는 말이다. 『천자문』에도 이와 비슷한 말이 있다. '靡信己長, 罔談彼端'이라는 구절이 바로 그것인데 뜻인즉 '자신의 장점을 너무 믿지 말고, 저(다른) 사람의 단점을 말하지 말라'이다. 사람은 자신의 단점을 보기가 쉽지 않다. 아마 자신의 단점을 보기는 누구보다도 자신이 가장 정확하게 잘 보면서도 그 단점을 드러내 놓고 인정하기가 싫어서 못 본 척할 뿐일 것이다. 이렇게 자신의 단점을 감추려 하는 사람들이 조금이라도 자신에게 장점이 있다고 생각되면 그것은 기어이 남에게 알리려고 한다. 게다가 남의 단점이 눈에 띠면 그 때는 그 단점을 입에 물고 다니면서 동네방네 소문을 내려고 안달을 한다. 남의 단점을 함부로 말했다가 평생을 망칠 수도 있다. 남을 밟고서 그 위에 내가 올라서려는 생각을 말아야 한다. 밟힌 사람이 항상 밟힌 채로만 있겠는가? 언젠가 발아래에서 심하게 요통을 치면 밟고 올라섰던 사람은 넘어질 수밖에 없다. 그런 날이 올까 두려워서라도 남의 말은 함부로 할 게 아님을 명심해야 할 것이다.

無 : 말 무	道 : 말할 도	短 : 짧을 단
說 : 말할 설	長 : 긴 장	

165. 옮기지도 반복하지도 말아야 할 것

不遷怒하고 不二過하다.
불천노 불이과

성냄을 옮기지 않고 잘못을 거듭하지 않는다.

『논어論語』「옹야편雍也篇」에서 공자가 그의 제자인 안회顔回를 평하여 한 말이다. '성냄을 옮기지 않고 잘못을 거듭하지 않는다'는 말의 의미를 주자朱子는 '갑에서 화난 것을 을로 옮기지 않고 앞서 잘못한 것을 뒤에서 다시 저지르지 않는 것'이라고 설명하였다. 노여움은 내가 아닌 외물外物의 자극으로 인하여 생기는 것이니 내가 외물의 노예가 아닌 바에야 내 마음 안에 외물의 자극을 담아 다시 다른 곳으로 옮겨야 할 이유가 무엇이겠는가? 거울과 같이 일이 오면 오는 대로 맞고, 일이 가면 가는 대로 비우는 것이 군자의 마음이다. 안회는 늘 그런 군자의 마음으로 살려고 노력하여 마음 안에 노여움의 찌꺼기라곤 남아 있지 않았으니 얼마나 배우기를 좋아한 사람인지 짐작하고도 남음이다. 뿐만 아니라 안회는 잘못을 반복하는 일도 없었다. 굳은 심지로 늘 자신을 반성함으로써 잘못을 반복하는 일이 없었으니 이 또한 얼마나 배우기를 좋아한 사람의 자세인가? 배움은 다름이 아니라 나의 몸과 마음을 닦는 일이다. 거울같이 맑은 나를 만들어 진정한 인격을 높이며 살려고 노력하는 것이 바로 공부이다. 밖에서 난 화를 집안으로 가지고 들어와 공연히 가족에게 신경질 부리는 속 좁은 사람이 되지 않도록 하자. 그리고 제 마음 하나 제대로 지키지 못하여 걸핏하면 잘못을 반복하고서 매일 빌고 사과하며 사는 일도 없도록 하자.

遷 : 옮길 천　　怒 : 성낼 노　　過 : 허물 과

166. 호사다마

從來好事多磨難이라.
종 래 호 사 다 마 난

예로부터 좋은 일에는 갈림磨(시달림)의 어려움이 많이 있다.

송나라 사람 조단례晁端禮가 쓴 「공안자公安子」라는 사詞에 나오는 말이다. 우리는 일상에서 흔히 '호사다마'라는 말을 쓰는데 대개 "이 사람아, 호사다마라고 했어. 아직 함부로 이야기하지 말게나"라는 식으로 쓴다. 이 때의 '호사다마'를 한자로 쓰면 '好事多魔'이다. '魔'자가 '마귀 마'자이다. 따라서 이 때의 '호사다마'는 '좋은 일에는 마귀의 농간이 많이 있을 수 있다'는 뜻이며, 그러므로 일이 완전히 성사될 때까지는 마귀가 알아채지 못하도록 입을 조심하자고 할 때에 이 '好事多魔'라는 말을 많이 사용한다. 그러나 '호사다마'의 '마'는 '磨'로 쓰는 것이 원래의 표현이다. 이 때의 '磨'는 '문질러 간다, 갈림을 당한다'는 뜻으로서 '어렵고 고달픈 시련'이라는 뜻이다. 따라서 '磨'자를 쓰는 '호사다마'는 '좋은 일이 있기까지는 많은 어려움을 겪기 마련이다'라는 뜻이며, 그러므로 큰 어려움이 닥치더라도 좋은 일을 맞이할 전주곡으로 여기고 열심히 해 나가자고 할 때에 이 '好事多磨'라는 말을 사용한다. 그러나 따지고 보면 '磨(갈림)'를 당하는 것도 하나의 어려움이고, '魔(마귀의 농간)'를 당하는 것도 하나의 어려움이다. 그래서 나중에는 '好事多魔'와 '好事多磨'를 별 구분 없이 사용하게 되었다. 어려운 일이 갑작스레 닥칠 땐 좋은 일이 생길 전주곡으로 여기고서 슬기롭게 헤쳐 나가야 할 것이다.

從 : 좇을 종 , ~로부터 종	從來 : 예로부터
磨 : 갈 마	難 : 어려울 난

---

167. 어려움 없이 되는 일이 어디 있으랴

好事盡從難處得이니 少年無向易中輕하라.
호 사 진 종 난 처 득　　소 년 무 향 이 중 경

좋은 일은 거의 다 어려운 곳에서 얻는 법이니, 젊은이들이여! 쉬운 가운데 가볍게 할 수 있는 일만 지향하려고 하지 말아라.

중국 당나라 사람 이함용李咸用이 쓴 「송담효렴부거送譚孝廉赴擧(과거보러 가는 담효렴을 보내며)」라는 시의 3, 4구이다. 특별한 사연이 있는 사람이 아니라면 누구라도 한번쯤은 등산을 해보았을 것이다.

아픈 다리를 끌고 숨을 몰아쉬며 '고지가 바로 저긴데 예서 말 수는 없다'는 생각 하나로 허위허위 올라온 산, 그 산의 정상에 섰을 때 맛보는 상쾌함이란 이루 말할 수가 없다. 올라올 때 밀려들던 고통들을 이겨내지 못했다면 그런 상쾌함을 어찌 맛볼 수 있겠는가? 우리네 인생은 등산과 매우 흡사하면서도 또 다른 점이 있다. 어려움을 참고 정상에 올라서야만 상쾌함을 맛볼 수 있다는 점에서는 매우 흡사하다. 그러나 반드시 그렇게 해야 하는가의 문제에 있어서는 다른 점이 있다. 어떻게 다른가? 산을 오르는 등산은 선택 사항이지만 인생의 산길을 오르는 등산은 안 올라서는 안 되는 필수사항이라는 점이 다르다. 필수사항인 인생의 등산을 도중에 포기할 수는 없다. 그래서 우리는 온갖 난관에 부딪치면서도 앞으로 나아가기를 계속한다. 요즈음 청소년들은 인생의 등산 앞에서 너무 쉽게 좌절하고 포기하는 것 같다. 우리의 아이들을 보다 강하게 키울 수는 없을까? 피할 수 없다면 입시지옥에서 아이들을 해방시킬 것이 아니라 인생은 본디 그렇게 피나는 시험을 보면서 사는 것이라고 강하게 가르치는 게 낫지 않을까 싶다.

盡 : 모두 진	難 : 어려울 난
處 : 곳 처	向 : 향할 향
易 : 쉬울 이	輕 : 가벼울 경

168. 가난과 재앙을 이기는 길

力能勝貧하고 謹能勝禍라.
역 능 승 빈 　　 근 능 승 화

'힘써 일함'은 가난을 이겨내고 '조심함'은 재앙을 이겨낸다.

중국의 남북조시대 북위의 학자인 가사협賈思勰이 쓴 『제민요술濟民要述(백성을 구제하는 방법)』의 서문에 나오는 말이다. 같은 마을에 사는 부자를 몹시 부러워 한 가난한 청년이 있었다. 어느 날 그 부자를 만난 청년은 돈을 버는 방법을 가르쳐 줄 것을 간곡하게 청했다. 그랬더니 그 부자는 "쉿"하고 입에 손가락을 갖다 대며 "그렇게 중요한 사항을 이렇게 사람이 많은 곳에서 물으면 어떻게 하느냐"며 이따 자기 방으로 조용히 찾아오라고 했다. 그래서 청년은 '옳거니, 이제는 나도 돈을 벌게 되었구나'하는 생각에 흥분을 감추지 못하며 다른 사람의 눈에 띄지 않도록 조용히 부자의 방으로 찾아갔다. 부자는 한참동안 뜸을 들이더니 가까이 와서 귀를 대라고 했다. 부자에게 다가가 귀를 댄 젊은이에게 부자는 아주 나지막한 목소리로 이렇게 말했다. "열심히 일하고 낭비 안 하면 버는 거야." 돈 벌어 부자 되는 방법은 이처럼 쉬운 데에 있다. 3D 업종의 어려운 일이라는 이유로 일자리를 팽개치고, 벌이라고는 한푼도 없는 처지에 카드를 만들어 쓰기만 하면 어찌 부자가 될 수 있겠는가? 힘써 일하면 가난을 이겨낼 수 있고, 항상 조심하면 재앙을 막을 수 있다는 평범한 진리를 다시 한번 새기며 뱃속에 든 헛된 바람을 빼내 버리고 오늘 당장 노동의 삽을 들도록 하자.

勝 : 이길 승	貧 : 가난할 빈
謹 : 삼갈 근	禍 : 재앙 화

169. 발돋움과 건너뛰기

企者는 不立하고 跨者는 不行이라.
기 자 불 립 과 자 불 행

발돋움하고 서서는 오래 서있을 수 없고 건너뛰듯이 서둘러 걷는 걸음으로는 멀리 갈 수 없다.

노자老子 『도덕경道德經』 24장에 나오는 말이다. 60~70년대에 사람들은 '착실한 전진'이라는 구호를 내걸고서 열심히 일을 한 적이 있다. 물론 그 구호가 이른바 '개발 독재'를 주도한 박정희 대통령에 의해 내세워진 구호라서 독재의 기미를 눈치 챈 후로는 그 구호로 인해 허탈에 빠지기도 하였지만 어쨌든 이따금씩 당시의 그 '착실한 전진'이라는 구호에 대해 아련한 향수를 느낀다. 가난하고도 가난하게 살던 그 시절, 농한기에 섬진강 물을 호남평야로 끌어들이는 관개수로 공사를 벌여 누구라도 작업장에 나와 일만 하면 하루에 미국에서 원조식량으로 들어온 밀가루 한 포대씩을 주었으니 사람들은 그 밀가루를 통해 희망을 보았다. 그리고 착실하게 일하면 나도 굶지 않고 잘 살 수 있다는 생각에 작업장의 스피커에서 흘러나오는 「일하는 해 노래」도 열심히 따라 불렀다. '착실한 전진'이라는 구호를 실감하며 그렇게 즐겁게 일을 했던 것이다. 그런데 요즈음에는 '착실한 전진'을 생각하는 사람은 거의 없고 오히려 그런 사람을 바보로 취급하는 경향이 있다. 한푼 두푼 버는 돈은 돈으로 보려하지 않고 일확천금을 꿈꾸고 있는 사람이 많다. 발돋움하고 서서는 오래 서있을 수 없고, 건너뛰듯이 서둘러 걷는 걸음으로는 멀리 갈 수 없다는 진리를 깨달아야 할 것이다.

企 : 발돋움 할 기　　跨 : 건너뛸 과　　行 : 길 갈 행

170. 삶은 셈이 아니외다

謀事는 在人하고 成事는 在天이니 不可强也라.
모사 재인 성사 재천 불가강야

일을 꾀하는 것은 사람에게 있지만 일이 이루어지는 것은 하늘에 달려 있어서 억지로 할 수 있는 것이 아니다.

나관중이 쓴 『삼국연의』 134회에 나오는 말이다. 세상에는 너무 운명을 믿은 나머지 노력은 등한시 하고서 '운이 있으면 잘 되겠지 뭐'하고 기다리고만 있는 사람이 있는가 하면, 어떤 사람은 그야말로 '운명아, 비켜라! 내가 간다'고 외치면서 매사에 대해 '하면 하는 게지 못할 게 뭐냐'는 자세로 덤벼드는 사람도 있다. 전자는 너무 소극적이고 후자는 너무 적극적이다. 운명을 너무 믿어도 안 되지만 거역해서도 안 된다. 우리가 신이 아닌 바에야 사람의 도리를 다 하고서 겸손하게 하늘의 뜻을 기다리는 것이 가장 현명한 삶이다. 물론 인생은 치밀하게 설계하고 성실하게 실천할 필요가 있지만 또 한편으로는 인생은 아무리 치밀하게 계산을 했어도 산수의 셈처럼 그렇게 정확하게 맞아 떨어지지 않는다는 점도 받아들여야 한다. 인생이 계산한 대로 다 이루어진다면 잘 살지 못할 사람이 어디 있겠는가?

"그 때 당신이 그렇게 하지 않았더라면 지금 우리가 이렇게 살지 않아도 됐을 거야"라는 말을 자주 사용하는 부부는 싸울 수밖에 없다. 그러나 그때 그렇게 하지 않았더라면 지금 어떻게 되었을지는 아무도 모르는 일이다. 헛되이 싸우지 말고 지금까지 살아온 삶이 최선의 삶이었고, 지금의 내 자리가 가장 아름다운 자리임을 깨닫는 그때에야 비로소 당신은 마음속으로 진정한 행복함을 느낄 수 있을 것이다.

謀 : 꾀할 모 在 : 있을 재 強 : 강할 강, 억지 강

---

171. 떡잎 적부터

直從萌芽拔하고 高自毫末始라.
직 종 맹 아 발 고 자 호 말 시

곧음은 싹틀 때부터 그 조짐을 내보였고 높이 자라는 것도 털 끝 같던 씨앗 때부터 비롯되었다.

당나라 때의 시인 백거이白居易의 「운거사고동雲居寺孤桐(운거사에 서있는 한 그루 오동나무)」 시의 한 구절이다. 오동나무는 흔히 천년

의 음악을 간직하고 있는 나무라고 한다. 나무의 성질이 가벼우면서도 무르지 않고 또 울림이 좋아서 가야금, 거문고 등 울림통이 있는 악기는 대부분 오동나무로 만들기 때문에 하는 말이다. 그런가 하면 예전엔 딸을 낳으면 오동나무를 심었다고 한다. 딸이 자라서 시집가게 됐을 때 장롱을 짜주기 위해서라고 한다. 이처럼 오동나무는 악기나 가구의 재료로서 크게 환영을 받는 귀한 나무이다. 그런데 이처럼 쓸모가 많은 귀한 나무라고 해도 그것이 제대로 쓰이기 위해서는 자랄 때 잘 자라야 한다. 사람도 마찬가지이다. 아무리 집안이 좋고, 주위에 도와줄 사람이 많다고 해도 자신이 잘 자라지 못하고서는 제 역할을 할 수 없다. 부모가 천년만년 함께 살며 도와 줄 수도 없고, 대신 살아 줄 수도 없고, 자신이 잘 자라야 한다. 그런데 요즈음 일부 돈을 많이 가진 계층의 사람들을 보면 정작 제대로 키워야 할 자식은 제대로 키우지 못하고 마치 부모가 자식의 삶을 끝까지 대신해서 살아줄 듯이 행동한다. 가긍한 일이다. 귀한 자식일수록 떡잎 적부터 잘 키워야 하늘 높이 치솟는 제대로 된 재목으로 성장할 수 있음을 명심해야 할 것이다.

直 : 곧을 직　　從 : ~로부터 종　　萌 : 싹틀 맹
芽 : 싹 아　　拔 : 뽑을 발　　毫 : 털 호
末 : 끝 말

172. 씨앗이 따로 있나?

將相은 本無種이니 男兒는 當自强하라.
장상 본무종 남아 당자강

장군이나 재상은 씨가 따로 있는 것이 아니니 남자라면 응당 스스로 힘쓰도록 하라.

송나라 사람 왕수汪洙가 쓴 「신동시神童詩」의 한 구절이다. 위인들 중에는 더러 출생에 신비한 점이 있어서 그야말로 '타고난 사람'이라는 생각을 갖게 하는 사람이 있다. 이런 경우라면 '씨가 따로 있다'는 말이 있을 법도 하다. 그런데 세상에는 타고난 신령성이라고는 전혀 없음에도 '남다른 부류'임을 과시하는 사람이 있다. 예를 들어 졸부가 바로 그런 사람이다. 그들은 성과에 관계없이 자식을 위해 고액과외를 한다는 그 자체만으로도 우쭐대고 미국의 최고 비싼 교육기관에 등록을 했다는 사실만으로 벌써 자식이 '다른 종자'임을 과시한다. 한양대학교에서 학생들을 대상으로 조사한 결과 고액의 학원강의나 과외에 의지하여 공부한 학생들일수록 스스로 공부하는 능력이 부족하여 대학에 들어온 후로는 지진아가 된다고 한다. 현대판 별종인 '특별한 부류'의 꿈을 깨게 하는 의미 있는 조사였다. 부모가 먼저 '내 아이는 특별하다'는 생각을 버려야 한다. 내 자식을 씨가 다른 '특별한 부류'에 속하는 자식이라고 생각할수록 그 아이는 정말 특별한 부류의 저능아가 되거나 부적응아가 된다는 사실을 깨달아야 한다. 그리고 보통의 평범한 우리 젊은이들은 '특별한 사람' 대우를 받고 싶어 하는 그런 사람들 앞에서 기가 죽을 필요가 없다. 스스로의 힘으로 열심히 살아가는 자신이 가장 강자임을 인정하고 큰 자부심을 가져야 할 것이다.

將 : 장수 장	相 : 재상 상	種 : 씨앗 종
當 : 마땅 당	强 : 강할 강	

173. 진짜 잘 배운 사람

善學者는 志在乎聖人이나 而行無忽乎卑近이라.
선학자 지재호성인 이행무홀호비근

진실로 잘 배운 사람은 뜻은 높이 성인이 되는 것에 두면서도 행동은 비천하고 가까운 것도 소홀히 하지 않는다.

청나라 사람 황종의黃宗義가 쓴 『송원학안宋元學案』에 나오는 말이다. 중국에서는 완인完人, 즉 완전한 사람을 '성인聖人'이라는 말로 표현해 왔다. 안으로 자신을 갈고 닦아서 완전한 인품을 이루면 자연스럽게 다른 사람들로부터 성인으로 추앙 받게 되었고 그런 성인이 자신이 닦은 훌륭한 인품을 밖으로 내보임으로써 남을 교화해나갈 때 사람들은 그를 일컬어 '왕王'이라고 불렀다. 이것이 곧 '안으로 성인의 자격을 갖추어 밖으로 왕의 역할을 한다'는 '내성외왕內聖外王'의 개념이다. 진실로 잘 배워서 성인이 되고자 하는 사람은 성인을 지향하는 큰 뜻을 품고 있다는 이유로 작은 것을 결코 소홀히 하지 않는다. 오히려 작은 것부터 잘 하려고 노력하고, 천한 일도 귀하게 여긴다. 아주 기본이 되는 일부터 빠뜨리지 않고 착실히 배우고 성실하게 실천하려고 노력하는 것이다. 이와 반대로 잘못 배우는 사람은 가슴에 큰 뜻을 품고 있다는 이유로 작은 일을 하찮게 여긴다. 큰일을 한다는 이유로 작은 일을 소홀히 여기고 높은 사람을 만나야 한다는 이유로 옛 친구를 홀대한다. 이런 마음으로 큰일을 하려 드는 사람은 결코 큰일을 이룰 수 없다. 허풍만 떠는 건달로 일생을 마치기가 쉽다. 진정한 큰일은 가까운 내 발 밑에서부터 이루어진다는 평범한 진리를 잊지 말아야 할 것이다.

善 : 잘할 선	志 : 뜻 지
聖 : 성인 성	忽 : 소홀할 홀
卑 : 낮을 비	近 : 가까울 근

174. 다섯 수레의 책

富貴必從勤苦得이니 男兒須讀五車書라.
부 귀 필 종 근 고 득 남 아 수 독 오 거 서

부귀는 반드시 고생을 참아가며 부지런히 일하는 것으로부터 얻어지는 것이니 남자라면 모름지기 다섯 수레의 책은 읽어야 할 것이다.

중국 당나라 때의 시인 두보杜甫의 시 「제백학사모옥題柏學士茅屋(백학사의 띠 집에 제하여)」 시의 두 구절이다. 일 중의 힘든 일이 공부하는 일일 것이다. 소설책이나 수필집을 읽는 일이야 힘들기는커녕 오히려 재미있는 일이겠지만 시험을 보기 위해서 하는 독서는 어떤 일보다도 어려운 일이다. 수능시험을 준비하고 있는 고등학생은 물론, '고시공부'를 하고 있는 사람이나 교원 임용고시를 준비하고 있는 사람 등 시험을 보기 위해서 공부를 하고 있는 사람은 누구라고 할 것 없이 다 남다른 고생을 하고 있는 사람임을 인정해야 할 것이다. 시험에 합격하면 그만큼 큰 영광을 누릴 수 있고 또 장래의 직업도 보장받을 수 있기 때문에 사람들은 고생을 참아가며 그렇게 힘든 시험공부를 하고 있다. 공부를 이렇게 어려운 일로 여긴 것은 어제 오늘의 일이 아니다. 두보의 시대에도 공부는 힘든 일이었기 때문에 두보는 그 힘듦을 전제한 후에 아무리 힘이 든다고 하더라도 남자로서 성공하기 위해서는 다섯 수레의 책은 읽어야 한다고 한 것이다. 시험, 안 치르고 살 수 있으면 얼마나 좋으랴. 그러나 인류의 역사를 통해서 볼 때 '시험 없는 세상'은 없었다. 시험은 치를 수밖에 없는 매우 필요한 제도인 것이다. 시험의 지옥은 천국으로 가는 관문이다. 노력하자.

富 : 부자 부	貴 : 귀할 귀
勤 : 부지런할 근	苦 : 괴로울 고
須 : 모름지기 수	車 : 수레 거

175. 농부의 마음, 상인의 뜻

良農은 不爲水旱不耕하고
양농 불위수한불경

良賈는 不爲折閱不市라.
양고 불위절열불시

훌륭한 농사꾼은 날이 가문다고 해서 밭갈이를 그만 두지 않고 훌륭한 장사꾼은 밑지는 장사라고 해서 장사를 그만 두지 않는다.

『순자荀子』「수신편修身篇」에 나오는 말이다. '절열折閱'은 밑지고 판다는 뜻이고, '시市'는 시장市場이라는 명사로 쓰인 게 아니라 '장사한다'는 동사로 쓰였다. 우리는 TV를 통하여 작황이 매우 좋지 않다거나 불합리한 농업정책으로 인하여 애써 농사를 지은 농민들만 피해를 보고 보상도 제대로 받지 못하는 상황에서 농민들이 더러 지어놓은 농작물을 수확하지 않고 갈아 엎어버리거나 태워버리는 사태를 본다. 그리고 손해를 보면서도 어쩔 수 없이 물건을 팔아 해치워야 하는 상인들을 보기도 한다. 안타까운 상황들이다. '오죽 속이 상할까'하는 생각에 보는 이도 가슴이 아프다. 실의에 젖어 있는 농부의 모습을 보노라면 다시는 농사를 짓지 않겠다고 할 것 같다. 그러나 이러한 아픔을 당하고서도 이듬해 봄이 되면 다시 삽과 괭이를 들고서 씨를 뿌리러 나가는 게 농부이다. 이런 농부의 마음을 어찌 '한탕'을 노리는 부동산 투기꾼에게 비하겠는가? 시장 안의 조그마한 가게에 하루 종일 앉아 있어본들 남는 게 별로 없는 줄을 알면서도 진정한 장사꾼은 다음의 사업이 구상될 때까지는 그 자리를 지키고 앉아있다. 이 선량한 장사꾼을 어찌 폭리를 꿈꾸는 사기꾼에 비하겠는가? 아직도 우리 주위에는 '물론 돈도 중요하지만 일을 해야 하기 때문에 일을 한다'는 착한 사람들이 많이 있음을 잊지 말아야 할 것이다.

良 : 좋을 양(량)	旱 : 가물 한	耕 : 밭갈 경
賈 : 장사 고	折 : 꺾을 절	閱 : 볼 열

176. 잘 듣고 잘 보고, 진실로 이기는 사람

反聽之謂聰하고 內視之謂明하며
반 청 지 위 총 내 시 지 위 명

自勝之謂强이라.
자 승 지 위 강

귀로 듣는 게 아니라 마음으로 듣는 것을 귀가 밝다고 하고 안으로 자신을 살피는 것을 밝게 본다고 하며 자신을 이기는 것을 강하다고 한다.

사마천이 쓴 『사기』의 「상군열전商君列傳」에 나오는 말이다. '반청反聽'이라는 말은 말로 표현된 소리만 듣는 게 아니라 말로 표현된 말의 반면反面의 소리까지를 듣는다는 뜻이다. 이러한 소리를 듣는 사람이야말로 진정으로 귀가 밝은 사람이다. 상대방의 뜻이 어디에 있는 줄을 뻔히 알면서도 말로 표현하지 않았다는 이유로 모른 척하는 것은 참으로 비정한 태도이다. 그런데 갈수록 세상에는 그런 비정한 사람이 많아지는 것 같다. 심지어 부부 사이에도 말을 하지 않았다는 이유로 상대의 마음을 헤아리려고 하지 않는 경우가 많은 것 같다. 모두들 계약과 약속에만 익숙해져서 말로 표현되지 않은 것에 대해서는 가치를 부여하려고 하지 않는다. 명문화된 법대로 살고, 말로 정해둔 규칙대로 사는 세상이 언뜻 보기에는 매우 명쾌

하고 밝은 세상인 것 같지만 사실은 그러한 세상처럼 어두운 세상이 없다. 마음을 헤아리지 못하는 밝음이 무슨 의미가 있겠는가? 귀는 마음의 소리를 듣기를 기피하고, 눈은 자신의 안을 냉철하게 들여다보기를 거부하며, 절제력이 부족하여 자신을 이기지 못하는 사람이 많은 사회일수록 독선과 이기주의가 팽배할 수밖에 없다. 우선 나부터 잘 살피도록 하자.

反 : 돌이킬 반
視 : 볼 시
強 : 강할 강
聽 : 귀 밝을 총
勝 : 이길 승

177. 함부로 내놓지 않아야 될 것

良工은 不示人以璞이라
양공 불시인이박

慮以未成之作은 誤天下學者니라.
려이미성지작 오천하학자

훌륭한 장인은 다듬지 않은 미완未完의 옥을 사람들에게 내보이지 않는다. 생각만 하고 있을 뿐 아직 완성되지 않은 작품은 천하의 학자들을 오도할 수 있기 때문이다.

청나라의 학자인 고염무가 쓴 「휼고譎觚」라는 글에 나오는 말이다. '박璞'은 아직 다듬지 않은 천연의 옥을 이르는 말이다. 잘 다듬으면 장차 훌륭한 작품이 될 좋은 재료를 얻는 것은 실로 큰 기쁨이 아닐 수 없다. 사람들은 이런 기쁜 일이 생기면 우선 그 기쁨을 사람들에게 알리고 싶어서 어쩔 줄을 모른다. 그래서 아직 작품이 다 이루어지지도 않은 옥덩이를 세상에 내보이는 경우가 허다하다. 그러나 아직 다듬어지지 않은 옥을 세상에 내놓는 것은 위험한 일이다. 그 옥에 눈독을 들여 우르르 몰려드는 사람으로 인하여 자칫 그 옥은 훌륭한 장인의 손에서 채 다듬어지기도 전에 훼손을 당하는 경우가 있기 때문이다. 어찌 옥만 그러하랴. 장차 큰 동량이 될 만한 인재를 발견했으면 그 인재가 제대로 성장할 때까지는 꼭꼭 숨겨놓고서 잘 가르쳐야 한다. 미리 내놓아 세상 사람들의 눈에 띄면 그 인재의 재주는 사람들의 구미에 맞춰 한낱 흥미를 제공하는 데 쓰이고 만다. 그리고 이미 유명인이 된 인재는 더 이상 공부를 하려고 하지 않는다. 한때 신동이라고 불리던 아이들이 제 재주를 다 펴지 못하고 중간에 시들어 버리는 경우가 바로 그러한 경우이다. 아직 검증되지 않은 아이디어로 세상을 희롱하지도 말고 아직 자라지 않은 인재를 영업(?)에 이용해서도 안 될 것이다.

良 : 좋을 양	工 : 장인 공	示 : 보일 시
璞 : 옥돌 박	慮 : 생각 려(여)	誤 : 그르칠 오

178. 침묵의 공

萬言萬中이라도 不如一黙이라.
만언만중 불여일묵

만 마디의 말이 만 번 다 적중한다고 하여도 한번 침묵함만 못하다.

명나라 사람 원충袁衷이 쓴 『정위잡록庭幃雜錄』 하下편에 나오는 말이다. 원충은 말하였다. "옛 사람들은 비단 예禮에 맞지 않는 나쁜 말만 삼간 게 아니라 효도나 충성이나 믿음 등에 관한 좋은 말도 극히 조심해서 내놓았다." 그렇다. 아무리 좋은 말이라고 해도 쉽게 내놓아서는 안 된다. 아무리 좋은 뜻으로 한 얘기라도 얼마든지 오해를 불러일으킬 수 있고, 심지어는 상대에게 치유하기 어려운 큰 상처를 줄 수 있기 때문이다. 따지고 보면 세상의 모든 갈등은 말로 인해서 생겨난다고 할 수 있다. 정치적인 갈등도 외교적인 분쟁도 다 말 때문에 생기는 것이며, 이웃 간의 다툼이나 부부 간의 불화도 실은 말로 인해서 시작되는 것이다. 그러므로 말은 백 번 조심해도 결코 지나칠 게 없다. 그래서 원충이라는 사람도 '만 마디면 만 마디, 하는 말마다 다 옳은 말만 한다고 하여도 침묵을 지키는 것만 못하다'고 한 것이다. 마음으로 하는 말을 알아들으려고 노력한다면 입으로 하는 말은 그다지 필요하지 않다. 그런데 사람들이 마음으로 하는 말을 헤아리려고 하지 않기 때문에 세상에는 말이 자꾸 많아지고 말이 많아질수록 분쟁도 많아지게 되는 것이다. 말은 없을수록 좋다. 우리의 옛 시조 한 수를 보자.

'말하기 좋다하고 남의 말을 말을 것이 내가 남의 말하면 남도 내 말 하는 것이 말로써 말 많으니 말 말을까 하노라'

萬 : 일만 만　　　　中 : 맞을 중('的中'이라는 뜻)
默 : 침묵할 묵

---

179. 성공한 후

成功之下는 不可久處라.
성 공 지 하　　불 가 구 처

성공한 후의 그 자리는 오래 처할 곳이 아니다.

사마천이 쓴 『사기史記』 「범수채택열전范睢蔡澤列傳」에 나오는 말이다. 다른 사람들로부터 '성공했다'는 평을 들을 수 있는 자리에까지 오르기란 결코 쉽지 않다. 그런 위치에 서려면 남다른 노력도 필요하고 많은 어려움도 겪어야 한다. 그런 노력과 겪은 어려움에 대해 보상을 받고 싶은 심리 때문일까? 대부분의 사람들은 이른바 '성공한 자리'에 오르고 나면 그 자리에서 떠날 생각을 하지 않는다. '어떻게 해서 오른 자리인데 이 좋은 자리를 남에게 내준단 말인가?' 바로 이러한 생각으로 인하여 어떻게 해서든 자리를 오래 지키고 앉아 있을 생각을 하는 것이다. 어느 시인은 말하였다. '떠나야 할 때가 언제인지를 알고 떠나는 이의 뒷모습은 얼마나 아름다운가?'라고. 성공하기까지의 과정보다도 더 어려운 게 성공한 후에 그 자리에서 내려오는 일이다. 져야 할 때에 지지 못하고 한 겨울까지 잔풍殘楓을 매달은 채 눈을 맞고 있는 단풍나무를 보라. 얼마나 추한 모습인가? 추하지 않기 위해서는 가을 한철을 열정적으로 물들인 다음엔 미련 없이 져야 한다. "노래방 마이크와 권력은 한번 잡으면 놓을 생각을 않는 게 한국 사람이다"라는 말을 들은 적이 있다. 잡기도 잘해야 하지만 놓기도 잘해야 함을 명심하도록 하자.

成 : 이룰 성　　功 : 공 공　　久 : 오래 구　　處 : 처할 처

180. 입신立身의 길

立身之道는 唯謙與學이라.
입 신 지 도　　유 겸 여 학

세상에 나의 존재를 세워 출세하는 길은 오직 '겸손'과 '배움' 뿐이다.

중국 남조시대 양나라 사람 소역蕭繹이 쓴 『금루자金樓子』라는 책의 「입언편立言篇」에 나오는 말이다. 입신立身은 세상의 어느 한 곳에 나의 존재를 세우는 일이다. 우리는 흔히 '입신양명'이라는 말을 쓰는데 그것은 '세상의 어느 한 자리에 나의 몸을 떳떳하게 세워서 내 이름을 드날린다'는 뜻이다. 사람으로 태어난 이상 누구라도 이러한 입신양명을 꿈꿀 것이다. 하지만 어떤 이는 입신양명의 뜻을 품고 동분서주 노력하였으나 결국은 아무런 공도 세우지 못하고 남의 심부름만 하다가 일생을 마치기도 하고, 어떤 이는 입신양명하는 듯이 보였는데 어느 날 갑자기 패가망신하여 설 자리를 깡그리 잃기도 한다. 왜 그처럼 자기 자리를 떳떳이 갖지 못하게 되는 것인가? 그 주된 원인은 겸손한 마음과 성실한 배움의 태도를 상실하는 데에 있다. 마음으로부터 겸손함이 사라지고 나면 몸에는 온통 오만이 끼게 되고, 몸에 오만이 자리하게 되면 탐욕과 불신과 폭거 등 나타나지 않는 증상이 없이 다 나타난다. 그리고 착실히 배우려는 자세를 잃게 되면 만용과 함께 아집이 찾아든다. 오만과 탐욕과 불신과 폭거와 만용과 아집을 다 갖춘 사람이 설 자리가 어디에 있겠는가? 이런 사람은 결국 설 자리를 잃고서 나락으로 떨어지게 된다.

立 : 세울 입(립)	道 : 길 도
唯 : 오직 유	謙 : 겸손할 겸
與 : 더불어 여	

---

181. 훔쳐 배운 공부

盜道無師면 有翅不飛라.
도 도 무 사 　 유 시 불 비

스승의 가르침이 없이 스스로 훔쳐 배운 도술로는 날개가 있어도 날지 못한다.

중국 북송北宋시대의 학자인 이방李昉이 중심이 되어 편찬한 『태평광기太平廣記』라는 책의 「여선전女仙傳」에 나오는 말이다.

필자는 전에 서예를 가르쳐 본 경험이 있고 지금도 더러 가르쳐야 할 때가 있다. 그런데 제일 가르치기 어려운 사람은 수년간 혼자서 체본을 보고 열심히 연습하여 이미 자기식의 필체를 형성한 사람이다. 처음 배우는 사람은 오히려 가르치는 대로 따라서 배우기 때문에 가르치기가 쉬운데 혼자서 해온 연습으로 이미 자기 필체를 형성한 사람은 그 필체를 버리기도 쉽지 않을 뿐 아니라 스스로 '일가一家'를 이루었다는 생각을 가지고 있기 때문에 가르침을 쉬이 받아들이려 하지 않는다. 그래서 가르치기가 정말 어렵다. 그 뿐 아니라 가르쳐본들 성과가 별로 없다. 서예뿐이 아닐 것이다. 운동이나 음악, 미술 등 모든 예능 분야가 다 그러할 것이며, 각 분야의 학문 역시 마찬가지일 것이다. 따라서 선생님은 반드시 필요하다. 물론 책만 보고서 배워도 큰 탈이 없는 분야도 있기는 하지만 전문성을 요하는 학문이나 예술 혹은 운동은 반드시 처음에 배울 때 제대로 배워야 후에 제 역할을 할 수 있다. 제대로 배우지 않으면 영원히 '사이비' 신세가 되고 만다. 날개가 있어도 날지 못하는 사이비가 되지 않기 위해서는 겸허한 마음으로 처음부터 제대로 배워야 한다.

盜 : 훔칠 도　　道 : 기술 도
翅 : 날개 시　　飛 : 날 비

---

182. 독 선

拒諫者는 塞하고 專己者는 孤라.
거간자 색 전기자 고

남의 말 듣기를 거부하는 사람은 막히고 오로지 자기 뜻대로만 하는 사람은 외톨이가 된다.

중국 한나라 사람 환관桓寬이 쓴 『염철론鹽鐵論』「자의편刺議篇」에 나오는 말이다. 세상의 어려운 일 중의 하나가 남의 말에 귀를 기울여 듣는 일이다. 사람마다 자기 생각이 있기 때문에 자기 생각에 반하는 남의 의견에 귀를 기울이기가 쉽지 않다. 따라서 세상에는 자기 주장을 내세우는 웅변가는 많아도 남의 의견을 존중하여 남의 의견으로 제 생각을 대신하는 사람은 결코 많지 않다. 특히 최고의 자리에 오른 후에 남의 말을 듣는다는 것은 더더욱 쉽지 않다. 최고의 자리에 오르려고 노력하는 단계에서는 당사자와 참모들 사이는 물론 참모들과 참모들 사이에도 의견 교환이 활발하게 이루어지고 잘못된 것에 대한 건의도 별로 어렵지 않게 이루어진다. 그러나 일단 최고의 자리에 오르고 나면 참모들 사이에도 '잘 보이기' 경쟁이 붙으면서 바른 말보다는 듣기 좋아하는 말만 나오게 되고, 듣는 사람도 구미에 맞는 말만 골라 듣기 쉽다. 이런 현상이 생기면 언로가 막히기 시작하는데 이때부터 높은 자리에 앉아 있는 사람은 자신의 뜻대로 일을 처리해 나간다. 독재가 따로 있는 게 아니다. 자신도 모르게 빠져드는 게 바로 독재라는 함정이다. 독재자는 별 사람이 아니다. '외톨이'가 바로 독재자이다. 그러므로 누구라도 조심해야 한다. 그리고 항상 살펴야 한다. 내 마음이 지금 어느 정도 열려있는지를, 그리고 내 곁에 어떤 사람이 있는지를.

拒 : 내칠 거	諫 : 간할 간	塞 : 막힐 색
專 : 오로지 전	孤 : 외로울 고	

183. 산과 바다가 물 때문에 다툰다면

海與山爭水면 海必得之라.
해 여 산 쟁 수 해 필 득 지

바다와 산이 물로 인해 다툰다면 바다가 반드시 물을 얻게 될 것이다.

중국 전국시대 조趙나라 사람 신도愼到의 저술인 『신자愼子』의 「군인편君人篇」에 나오는 말이다. 산이 높이 솟아 있는데 물이 그 산꼭대기로 기어 올라갈 리가 없다. 물은 아래로 흐르기 때문에. 반면에 바다가 낮은데 물이 바다로 흘러 들어가지 않을 리 없다. 결국 모든 물은 바다로 모여들게 되어 있다. 사람도 자신의 몸을 잔뜩 높이 세워 거만하게 굴면 주위에 사람들이 모여들지 않는다. 몸을 낮추어 항상 겸손해야 사람들이 모여든다. 세상의 모든 일은 결국 사람으로 인하여 이루어진다. 정치도 경제도 교육도 모두 사람으로 인하여 이루어지는 것이다. 컴퓨터가 아무리 발달하고 기계가 모든 일을 대신해 줄 것처럼 보이는 지금뿐 아니라 기계가 더욱 발달하는 미래 사회도 역시 사람을 거쳐야만 일이 이루어지기는 마찬가지일 것이다. 사람의 마음을 사로잡지 못하고서 어떻게 정치가 가능하겠으며, 사람의 심리를 읽지 못하고서 어떻게 경제를 발전시킬 수 있겠는가? 그리고 사람을 감동시키지 못하고서 어떻게 교육이 이루어지겠는가? 아직도 우리는 사람만이 희망임을 알아야 한다. 그러니 어떻게 사람을 멀리하고서 세상을 살아갈 수 있겠는가? 몸을 낮추어 내 주변에 사람이 모여들게 해야 한다. 물이 바다로 모여들 듯 내 주변에 사람들이 모여들 때 나는 비로소 성공도 할 수 있고, 행복한 삶도 영위할 수 있을 것이다.

與 : 더불어 여　　　　爭 : 다툴 쟁　　　　得 : 얻을 득

---

184. 혼자서는 안 돼

大樂之成은 非取乎一音하고 嘉膳之和는
대악지성 비취호일음 가선지화

非取乎一味하며 聖人之德은 非取乎一道라.
비취호일미 성인지덕 비취호일도

훌륭한 음악은 한 가지 음에서 얻은 것이 아니고 맛있는 반찬의 조화로운 맛은 한 가지 맛에서 얻은 것이 아니며 성인의 덕은 한 가지 도에서 얻은 것이 아니다.

중국 한漢나라 사람 서간徐干이 쓴 『중론中論』의 「치학편治學篇」에 나오는 말이다. 아무리 연주 능력이 출중한 연주자들이 모인 오케스트라라고 하여도 각 연주자들 사이에 화음이 이루어지지 않으면 그 오케스트라는 훌륭한 연주를 할 수 없다. 합창단 안에서 혼자 큰 소리로 노래를 부르면 성공적인 합창을 이루기는커녕 오히려 방해만 될 뿐이다. 맛있는 음식은 좋은 재료 한 가지로만 만들어지는 게 결코 아니다. 각종 양념이 제대로 조화를 이루어야 제 맛을 낸다. 사람도 원만한 조화를 이루었을 때 비로소 사람 구실을 할 수 있다. 세상은 한 가지로만 살 수 있는 것도 아니고 혼자서 살 수 있는 곳도 아니다. 흔히 21세기를 개성의 시대라고 한다. 그러나 다른 사람과 조화를 이룰 수 없는 개성은 이미 개성이 아님을 알아야 한다. 혹자는 또 21세기에는 한 가지만 잘하면 살 수 있다는 말을 서슴없이 하기도 한다. 그러나 전혀 기본이 안 된 상태에서 한 가지만 잘 한다고 살아갈 수 있는 것은 결코 아님을 알아야 한다. 사회의 일원으로서 기본적인 도덕과 양식을 갖춘 연후에 어느 한 가지를 잘하면 살 수 있다는 뜻이지 결코 그러한 기본이 안 된 상태에서 기능 하나만 익히면 살 수 있다는 뜻은 아닌 것이다. 세상은 주변과의 조화 속에서 흘러가고 있음을 다시 한번 느끼도록 하자.

樂 : 음악 악	取 : 취할 취	嘉 : 아름다울 가
膳 : 반찬 선	味 : 맛 미	

185. 자 만自慢

自慢九族散하고 匪驕百善尋이라.
자 만 구 족 산 비 교 백 선 심

자만하면 친족들도 흩어지고 교만하지 않으면 많은 좋은 일들이 찾아든다.

송나라 사람 종방鍾放이 쓴 「유몽시諭蒙詩(어리석음을 깨우쳐 주기 위한 시)」의 한 구절이다. 옛날 농경 사회일 때와는 달리 오늘날에는 친형제 자매 사이라 해도 그 사이가 그리 허물없는 사이는 아니다. 혈육이라는 생각은 갈수록 흐릿해지고 가까이에 있는 사회의 일원으로 이해될 때가 많은 것이 현실이다. 따라서 요즈음 세상에서는 형제자매라 해서 나의 잘못을 무조건 이해해주고 덮어주지는 않는다. 내가 잘난 체하고 교만하면 아무리 형제자매라 해도 나를 멀리할 수밖에 없다. 내 주변을 떠나 다 흩어지게 되는 것이다. 형제자매 간이 이러할진대 남이야 일러 말할 필요가 없을 것이다. 반면에 내가 교만하지 않고 항상 겸손하면 사람들이 내 주변으로 몰려든다. 좋은 사람들이 많이 몰려들게 되면 좋은 일은 저절로 많이 생기게 된다. 교만하지 않는 것이 바로 좋은 일을 부르는 가장 큰 힘인 것이다. 잘난 체하며 웅변으로 사람을 모으면 금세라도 많은 사람이 모일 것 같지만 실은 그렇지 않다. 알찬 사람은 말없이 겸손한 사람에게로 다 모여든다. 자만하지 않아야 한다. 특히 가까운 사이일수록 말이다. 나의 자만으로 인해 생겨난 날카로운 돌기에 아내, 남편 혹은 가족이 찔려 아파하지 않도록 주의하자. 이기려고 들지 않고, 먼저 져주는 것이 훨씬 행복한 일임을 알게 될 것이다.

慢 : 거만할 만　　散 : 흩어질 산　　匪 : 아닐 비
驕 : 교만할 교　　尋 : 찾을 심

186. 서두름은 곧 패함이다

事以急以敗者 十常七八이라.
사 이 급 이 패 자 십 상 칠 팔

일은 급하게 서두르다 패하는 경우가 10 중에 항상 7이나 8은 된다.

송나라 때의 성리학자인 양시楊時라는 사람이 쓴 『이정수언二程粹言』의 「논사편論事篇」에 나오는 말이다. 우리나라 사람들이 흔히 사용하는 '빨리빨리'라는 말은 이제 외국인들도 다 알만큼 널리 알려졌다. 그런데 이 '빨리빨리'의 양상도 70~80년대의 '빨리빨리'와 지금의 '빨리빨리' 사이에 다소 차이가 있는 것 같다. 70~80년대에 사용하던 '빨리빨리'라는 말 안에는 '열심히'라는 의미도 어느 정도 담겨져 있었는데 요즈음 사람들이 사용하는 '빨리빨리'라는 말 안에는 '열심히'나 '부지런히'라는 의미는 거의 들어 있지 않고 오로지 성과만 빨리 얻고 싶다는 생각으로 꽉 차 있는 것 같다. 70~80년대에 사용하던 '빨리빨리'라는 말도 결코 바람직한 말은 아닌데 요즈음의 '빨리빨리'는 더 수준이 낮아진 '빨리빨리'가 되어버린 것이다. 일은 하지 않으면서 성과만 빨리 따려고 하는 생각은 정말 위험하다. 우리 교육이 그러한 위험한 생각을 더욱 조장하고 있다. 중·고등학교의 교육이 거의 대부분 시험 훈련을 시키는 얄팍한 교육으로 전락한데 이어 대학의 교육마저도 빠른 시일 내에 하나라도 더 많은 자격증을 따기 위한 직업 교육으로 변질되어 가고 있다. 겉핥기식으로 빨리빨리 이루어지는 교육은 나라를 망치는 지름길이며, 서두름은 곧 패함임을 국민이 먼저 자각해야 할 것이다.

急 : 급할 급　　敗 : 패할 패　　常 : 일상 상

187. 흰옷에 때가 잘 탄다

皓皓者易汚하고 嶢嶢者難全이라.
호 호 자 이 오　　요 요 자 난 전

흰 것은 때가 타기가 쉽고 높은 것은 온전하기가 쉽지 않다.

『신당서新唐書』「위정魏征」전에 나오는 말이다. 같은 오물이 묻어도 흰옷이 훨씬 더 더러워 보이는 게 사실이다. 그리고 선반 위에 높이 얹혀 있는 그릇은 제대로 보존되기가 쉽지 않다. 언젠가는 떨어져서 깨질 가능성이 많다. 지나치게 깔끔하면 오히려 더러움을 부를 수가 있다. 보통 사람이 저지른 일이라면 얼마든지 일상으로 보아 넘길 수 있는 일도 유난히 깔끔하던 사람이 저지르고 나면 그 더러움이 돋보여 금세 말이 되고 사건이 되어 사람들의 입에 오르내리게 된다. 그러므로 사람은 평소에 너무 고결한 듯이 굴지 말아야한다. 몸을 낮추어 평범하게 살아야 몸에 때가 좀 붙어도 붙은 흔적이 나지 않는다. 그리고 진정으로 깨끗하고 고아한 사람은 결코 티를 내지 않는다. 진정한 귀족은 귀족 티를 내지 않는데 '졸부'는 귀족 티를 다 내고 다닌다. 그런 졸부의 귀족 티는 금세 드러나고 만다. 그래서 졸부는 끝내 졸부를 면치 못하는 것이다. 마음이 흰 사람은 굳이 흰옷을 입으려 들지 않고, 뜻이 높은 사람은 애써 몸을 높이려 하지 않는다. 그저 평범하게 다른 사람과 잘 어울려 살아갈 뿐이다. 군중 속에 섞여 있으면서도 빛을 낼 수 있는 사람이 진정한 영웅이다. 흰옷을 입고 백마를 탄 자는 영웅이 되기 전에 표적이 된다는 것을 알아야 할 것이다.

皓 : 밝을 호　　易 : 쉬울 이
汚 : 더러울 오　　嶢 : 높을 요

188. 뿌리가 얕으면

根淺卽末短하고 本傷卽枝枯라.
근 천 즉 말 단　　본 상 즉 지 고

뿌리가 얕으면 끝이 짧고(키가 자라지 못하고) 근본이 상하면 가지가 마른다.

한漢나라 사람 유안劉安이 쓴 『회남자淮南子』 「무칭편繆稱篇」에 나오는 말이다. 뿌리를 깊게 내리지 못한 나무가 무성하게 자랄 리 없다. 그리고 뿌리가 상해 들어가고 있는 나뭇가지가 마르지 않을 수 없다. 우리는 알면서도 이 말을 실천하지 않은 탓에 해마다 산사태나 물난리를 만나야 했고, 삼풍백화점이 무너지고, 성수대교가 내려앉는 부끄러운 일을 당해야 했다. 그럼에도 우리 주변에서 부실은 여전히 사라지지 않고 있다. 이제는 건물이나 경제 구조의 부실만이 문제가 되는 게 아니라 인재 양성의 부실이 더 큰 문제로 다가오고 있는 것 같다. 어떤 환경에 부딪치더라도 길을 찾아가며 스스로 살아갈 수 있는 자생력이 있는 인재를 양성하는 것이 아니라, 단편적으로 배운 기술 몇 가지로 우선 출세하기에 급급한 인재를 양성하고 있는 게 우리 교육의 현실이다. 대학 졸업 후 몇 년만 지나면 학교에서 배운 것은 다 옛 지식이 되어 버리고 자생력이 없는 이들은 길을 찾지 못하고 방황하다가 결국은 무능력자가 되어 권고 퇴직을 당하게 된다. 이른바 '38선'의 위기가 바로 그것이다. 지금 우리 교육은 뿌리째 흔들려 눈앞의 이익만 찾는 부실한 날림 교육으로 치닫고 있다. 뿌리, 정신, 자주적 역량……. 이런 말은 백 번을 강조해도 지나침이 없는 것이다.

根 : 뿌리 근	淺 : 얕을 천
卽 : 곧 즉	短 : 짧을 단
傷 : 상할 상	枯 : 마를 고

189. 수난시대

猛者暴者跋扈處에 瑞獸吉禽受侮多라.
맹 자 포 자 발 호 처　서 수 길 금 수 모 다

사나운 짐승과 포악한 짐승이 날뛰는 곳에선 상서로운 짐승과 길한 새들이 수모를 많이 당하네.

현대 한국화단에서 문인화의 최고 권위자로서 왕성한 활동을 하다가 몇 년 전에 작고한 월전月田 장우성張遇聖 선생이 그린 「쫓기는 사슴」이라는 작품의 화제시에 나오는 구절이다. 수년 전에 덕수궁

미술관에서는 월전 선생과 중국의 이가염李可染 화백의 합동전이 열렸었다. 한국과 중국의 근세를 장식한 두 대가의 작품을 비교해 볼 수 있는 매우 의미 있는 전시였다. 「쫓기는 사슴」은 바로 이 전시에 출품된 월전 화백의 작품인데 작품 속의 사슴을 두고서 월전 선생은 '사나운 짐승과 포악한 짐승이 날뛰는 곳에선 상서로운 짐승과 길한 새들이 수모를 많이 당한다'는 제화시를 붙였다. 짐승의 세계가 이러할진대 인간의 세상은 말할 필요도 없다. 사나운 자와 포악한 자가 판을 치는 세상에서는 선량하고 정의로운 사람이 수모를 당할 수밖에 없다. 과거 군사 독재 시절에 양심을 지키고자 한 선량한 사람들이 휘두르는 몽둥이와 고문 앞에서 얼마나 많은 수모를 당하였던가? 지금은 그런 독재는 없어졌지만, 대신 지나치게 자유로운 탓인지 저급문화를 바탕으로 한 말초적 향락문화가 활개를 치는 세상이 되어 가고 있다. 고아하고 격조 높은 삶이 오히려 향락문화에 의해 조롱을 당하는 세상이 되어 가고 있는 것이다. 고매한 인품이 향락문화에 의해 조롱당하는 수모는 독재자에 의해 짓밟히던 수모만큼이나 치욕적임을 알아야 할 것이다.

猛 : 사나울 맹	暴 : 포악할 포	跋 : 밟을 발
扈 : 막을 호, 통발 호	瑞 : 상서로울 서	獸 : 짐승 수
禽 : 새 금	受 : 받을 수	侮 : 업신여길 모

190. 예 방

毫毛不拔이면 將成斧柯라.
호 모 불 발 　 장 성 부 가

터럭 같은 작은 싹을 뽑아버리지 않으면 장차 도끼 자루로 자라게 된다.

한나라 사람 유향劉向이 쓴 『전국책戰國策』의 「초책楚策」에 나오는 말이다. 싹은 잘 자라게 가꾸어야 할 싹도 있지만 자라지 못하게 뽑아 버려야 할 싹도 있다. 마땅히 미리 뽑아 버렸어야 할 싹을 방치해 두면 그것이 자라서 도끼 자루가 되어 세상의 나무를 다 베려고 덤벼든다. 그 때가 돼서야 후회해본들 무슨 소용이 있겠는가? 한동안 고스란히 그 도끼 자루의 횡포를 당하고 있을 수밖에 다른 방도가 없다. 비참한 일이다. 우리 주변에서 벌어지고 있는 세상일도 비슷하다. 제 때에 가르쳐야 했을 자식의 버릇을 잘못 가르친 탓에 남도 아닌 자식의 횡포 속에서 말년을 보내는 늙은 부모도 있고 심지어는 자식의 칼에 죽는 사람도 있다. 나쁜 버릇의 조짐이 보일 때 바로 잡지 않은 탓에 당하는 비극인 것이다. 가정교육이든 학교교육이든 지금 우리의 교육은 너무 느슨한 게 아닐까? 혼을 내지 않을 수만 있다면 혼을 내지 않는 게 제일 좋겠지만 혼을 내야 할 부분이 분명히 있는데도 '애들이 다 그렇지 뭐'라는 한 마디로 너무 쉽게 넘어

간다. 공중목욕탕에 가보면 아이들이 떠들고 장난을 쳐도 누구 하나 나서서 혼을 내주는 사람이 없다. 설령 누군가가 나서서 약간만 혼을 내도 부모가 나서서 "왜 애들을 기죽이느냐"고 덤벼드니 말이다. 나라에 진정한 어른 노릇을 하는 이가 드물다.

毫 : 털 호	毛 : 털 모
拔 : 뽑을 발	將 : 장차 장
斧 : 도끼 부	柯 : 자루 가

191. 검술과 병법의 차이

劍은 一人敵이라 不足學이니 學萬人敵하리로다.
검 일인적 부족학 학만인적

칼(검술)은 한 사람을 상대로 싸우는 기술이라서 (그것을) 배운다 해도 부족함이 있으니 만인을 상대로 싸우는 법을 배우겠나이다.

사마천이 쓴 『사기史記』의 「항우본기項羽本紀」에 나오는 말이다. 진시황의 진나라가 무너진 후 항우는 초楚나라를 세우고 유방은 한漢나라를 세워 천하를 쟁패하기 위해 싸웠으니 우리는 흔히 이 싸움을 '초楚·한漢 싸움'이라고 부른다. 이 싸움은 참으로 치열하였으며 극적인 면도 많아서 중국 역사에 수많은 이야기와 고사성어를 남겼고 심지어는 '장기'라는 놀이에까지 그 싸움이 옮겨와 장기의 두 궁宮에 각각 '한漢'자와 '초楚'자가 쓰여 있다. 이 싸움에서 유방이 승리하고 항우는 패했다. 항우가 비록 패하기는 했지만 사람들은 그를 '초패왕楚霸王' 혹은 '패왕霸王'이라고 부르며 칭송하고 흔히 '천하장사 항우'라고 부르기도 한다. 그런 항우가 유년 시절에 글과 검술을 배우다가 말고 아버지에게 한 말이 바로 "칼은 한 사람을 상대로 싸우는 기술이니 이제 만인을 상대로 싸우는 법을 배우겠습니다"이다. 여기서 말하는 '만인을 상대로 싸우는 법'이란 병법을 말한다. 유년 시절부터 장군적 자질을 가졌던 항우의 모습을 볼 수 있는 말이다. 전쟁에 이기기 위해서는 개개 병사의 검술도 물론 중요하지만 지휘하는 장군이 쓰는 병법이 더 중요하고 또 큰 작용을 한다. 승리의 관건은 바로 병법을 바탕으로 한 전략에 있는 것이다. 오늘의 우리나라, 정말 각 방면에서 확실하게 짠 핵심적인 국가 전략이 필요한 때이다.

劍 : 칼 검	敵 : 싸울 적	足 : 족할 족

192. 지피지기知彼知己

知彼知己면 百戰不殆요 不知彼而知己면
지 피 지 기　백 전 불 태　부 지 피 이 지 기

一勝一負며 不知彼不知己면 每戰必殆라.
일 승 일 부　부 지 피 부 지 기　매 전 필 태

저편(상대방)을 알고 자기를 알면 백 번 싸워도 질 위험이 없고 저편은 모르지만 자기를 알면 한번은 이기고 한번은 질 수 있으며 저편에 대해서도 모르고 자신에 대해서도 모르면 싸울 때마다 반드시 패할 위험이 있다.

흔히 '손자병법'이라고 부르는 『손자孫子』의 「모공편謨攻篇」에 나오는 말이다. 우리는 일상에서 '지피지기면 백전백승'이라는 말을 많이 쓰지만 원문은 '백전백승'이 아니라 '백전불태'이다. '백전백승百戰百勝'은 '백 번 싸워서 백 번 다 이긴다'는 뜻이고 '백전불태百戰不殆'는 '백 번을 싸워도 질 위험이 없다'는 뜻이다. 둘 다 같은 뜻이기는 하지만 옛 사람들은 지나치게 단정적인 표현은 하지 않았다. 따라서 '백전불태百戰不殆'라는 원문대로 쓰는 것이 보다 더 정확한 표현이라고 할 수 있을 것이다. '지피지기면 백전불태'라는 말도 좋지만 그 다음에 나오는 '저편에 대해서는 모르지만 자기를 알면 한번은 이기고 한번은 질 수 있으며 저편에 대해서도 모르고 자신에 대해서도 모르면 싸울 때마다 반드시 패할 위험이 있다'는 말이 더 재미있고 실감이 난다. 무엇보다도 중요한 것은 나 자신을 잘 알아서 처음부터 싸움에 휘말려 들지 않고 나를 잘 방어하는 일이다. 나를 잘 지킬 수만 있다면 굳이 남을 공격할 필요가 없을 테니 말이다. 항시 문제는 무조건 상대를 제압하고자 하는 욕심에서 비롯된 무리한 공격으로부터 발생한다. 나와 남을 모르고서 벌이는 무리한 공격은 틀림없는 자멸의 길임을 알아야 할 것이다.

彼 : 저 피
戰 : 싸울 전
殆 : 위태로울 태
勝 : 이길 승
負 : 질 부

---

193. 끼리끼리

水流濕하고 火就燥하며 雲從龍하고 風從虎라.
수류습 화취조 운종룡 풍종호

물은 젖은 곳을 향해 흐르고 불은 마른 곳을 향해 타들어 가며 구름은 용을 따르고 바람은 범을 따른다.

『주역』「건괘乾卦」의 문언전文言傳에 나오는 말이다. 물은 젖은 곳으로 모여들고, 불은 마른 곳을 향해 타들어 가듯이 고기가 썩으면 벌레가 꾀게 되어 있고, 생선이 신선함을 잃으면 쉬파리가 모여들기 마련이다. 나 자신의 상태가 어떠한지에 따라 나를 향해 모여드는 사람이 다르다. 마음이 맑고 아름다운 사람에게는 맑고 아름다운 사람들이 모여들고, 마음이 추하고 악한 사람에게는 또 그런 사람들이 모여든다. 그래서 세상에는 '그 사람을 알기 위해서는 그 사람의 친구를 보라'는 말이 있다. 함부로 친구를 자랑할 일이 아니다. 속을 드러내 보이는 일이기 때문이다. 따라서 술친구가 많음도 자랑할 일이 아니다. 그것은 자신이 술꾼이라는 것을 증명하는 것 외에 별 의미가 없는 일이니 말이다. 1년 중 가장 술을 많이 마신다는 연말이면 술자리는 대부분 끼리끼리 모여서 벌이기 마련인데 내가 참가하는 술자리에 어떤 사람들이 주로 모이는지를 한번 살펴볼 일이다. 그렇게 살펴본 다음엔 한 해가 가기 전에 주변도 정리하고 나 자신도 한번쯤 정리할 필요가 있다. 물론 이 말은 나에게 현실적으로 이익을 줄 수 있는 사람만 골라 사귀라는 뜻이 아니다. 맑고 아름다운 인생을 살기 위해서 내 주변으로부터 추한 것을 멀리 떼어놓자는 뜻이다. 주변에 더러운 쉬파리가 들끓는 사람이 되어서야 되겠는가.

流 : 흐를 류	濕 : 젖을 습	就 : 나아갈 취
燥 : 마를 조	從 : 따를 종	

194. 복福과 화禍

福生有基하고 禍生有胎라.
복 생 유 기　　화 생 유 태

복은 생기는 바탕이 있고 재앙 또한 그것이 생기는 모태母胎가 있다.

한나라 사람 반고班固가 쓴 『한서漢書』의 「매승전枚乘傳」에 나오는 말이다. 세상에 괜히 생기는 일은 없다. 더러 '괜히 생긴 일'이라는 생각이 드는 일도 곰곰이 생각해 보면 다 그 원인이 있음을 발견할 수 있다. 따라서 복은 복을 부를 바탕이 있어야 찾아오고, 재앙 역시 언젠가 재앙의 씨앗을 뿌렸기 때문에 다가온다. 불교에서는 이것을 흔히 '인과응보', '업보' 혹은 '인연'이라는 말로 표현한다. 그리고 그러한 인연을 지금의 나로만 보는 게 아니라 수만 년 전의 일과 연결시켜 해석한다. 먼 옛날 전생에 내가 지은 죄나 쌓은 복을 이 시대에 다시 태어나 그대로 받는다고 보는 것이다. 그리고 유가에서는 한 걸음 더 나아가 자신이 지은 복이나 죄뿐 아니라 부모가 지은 복이나 죄 혹은 가까운 친척들이 지은 복이나 죄까지도 나에게 영향을 미친다고 생각하였다. 따라서 유가들은 나로 인해 내 자식이나 먼 후대의 후손이 잘못될까 봐 죄를 지을 생각을 하지 않았다. 그러나 지금 과학이라는 이름으로 생명의 세계까지 다 들여다 본 사람들은 눈에 보이는 현실 외에 다른 것은 믿으려 하지 않는다. 내세에 다가

올 복이나 재앙에 대해서 별로 믿음을 갖지 않는 것이다. 이 때문에 세상에는 범죄가 날로 늘어나고 있는지도 모른다. 하루 빨리 '행한 대로 받는다'는 진리에 대한 믿음을 회복해야 할 것이다.

福 : 복 복	基 : 터 기, 바탕 기
禍 : 재앙 화	胎 : 아이 밸 태

195. 소를 잃고서도 외양간은 고쳐야 한다

亡羊而補牢라도 未爲遲也라.
망 양 이 보 뢰　　미 위 지 야

양을 잃은 후에 우리를 고친다고 해도 아직 늦지 않았다.

한나라 사람 유향劉向이 쓴 『전국책戰國策』의 「초책楚策」에 나오는 말이다. 우리 속담에도 '소 잃고 외양간 고친다'는 말이 있다. 사고가 난 후에야 대책을 마련한다고 부산을 떨 때 그것을 비아냥거려 사용하는 말이다. 그렇다면 이왕에 소를 잃어버렸으니 외양간은 고치지 말고 방치해 두어야 하는가? 아니다. 비록 소를 잃어버린 후라고 할지라도 하루 빨리 외양간을 튼튼하게 잘 고쳐 놓아야 한다. 그래야만 언제라도 다시 소를 들여올 수 있다. 사실, 소 잃고 외양간 고치는 사람은 탓할 일이 아니다. 다시는 소를 잃지 않도록 외양간을 튼튼하게 잘 고치는 사람은 훌륭한 사람이다. 소를 잃어버린 후에도 외양간을 고치는 시늉만 하고 제대로 고쳐 놓지 않는 사람이 어리석은 자이다. 해마다 발생하는 물난리도 작년에 났던 그 자리에서 나는 경우가 많은 것을 보면 사람들이 사후의 대책 마련에 얼마나 소홀한지를 짐작할 수 있다. 바로 이러한 타성을 버리고 과감한 개선을 해야 인재를 막을 수 있다. 술로 인해 병이 난 사람이 한동안 술을 끊었다가도 끝내 유혹을 절제하지 못하여 다시 입에 술잔을 댔다가 영영 저 세상으로 가는 경우를 더러 본다. 소를 잃은 후 외양간을 고치지 않은 대표적인 사례이다. 소 잃고 외양간 고치는 일은 결코 부질없는 일이 아니다. 그것은 새로운 희망을 준비하는 일이다. 고치려거든 확실하게 고치도록 하자.

亡 : 잃을 망 　 羊 : 양 양 　 補 : 기울 보

牢 : 우리 뢰(뇌) 　 遲 : 늦을 지

---

196. 춥고 배고파야 시詩가 나온다는데……

詩人例窮蹇하여 秀句出寒餓라.
시 인 례 궁 건 수 구 출 한 아

시인은 대개 곤궁하고 고생스러운 삶을 살며 빼어난 시구詩句는 춥고 배가 고픈 데에서 나온다.

송나라 때의 문장가인 소동파가 쓴 「병중病中」이라는 시의 한 구절이다. 시인은 아름다운 눈으로 세상을 노래하는 사람이기도 하지만 또 한편으로는 칼처럼 예리한 눈으로 세상을 보며 부정과 불의를 바로 잡고자 노력하는 사람이기도 하다. 아름다운 눈으로 세상을 노래하는 시인은 굳이 돈이 있어야 할 이유가 없다. 눈에 비친 이 세상 모든 것이 다 그의 것이므로 다시 무엇을 가질 필요가 없는 것이다. 그래서 시인은 가난하다. 그리고 부정과 불의에 맞서 싸우는 시인은 돈이 있을 수가 없다. 그래서 시인의 생활은 곤궁할 수밖에 없다. 곤궁한 환경 속에서 때로는 가난한 맑은 마음으로, 때로는 처절한 정의감으로 시를 쓰는 게 시인이므로 빼어난 시는 춥고 배가 고픈 가운데 나온다고 한 것이다. 어디 시뿐이랴! 모든 예술이 다 그러할 것이다. 시성 두보杜甫와 시선詩仙 이백의 시는 물론, 악성樂聖 베토벤의 음악도, 천재 화가 이중섭의 그림도 모두 가난한 마음과 곤궁한 환경 속에서 나왔다. 그만한 절실함이 있어야 그만큼 절실한 예술이 나오는 것이다. 자본이 모든 것을 좌우하는 오늘날, 예술도 '기업'이 되어가면서 세상을 떠들썩하게 하는 예술가는 많아도 진한 감동을 주는 가난한 예술가는 거의 없어지고 있다. 돈 앞에 초연한 자세로 영혼을 세척해주는 맑은 물과 같은 예술을 하는 예술가가 우리에겐 필요하다.

例 : 대개 례
蹇 : 절름거릴 건, 고생할 건
餓 : 굶주릴 아
窮 : 곤궁할 궁
秀 : 빼어날 수

197. 독서에 왕도가 있을까?

讀書無他道하니 只須在行字着力이라.
독 서 무 타 도 　 지 수 재 행 자 착 력

독서에는 특별히 다른 방법이 없다. 다만 각 행의 문장과 글자 하나하나에 온 힘을 다 쏟아 부을 따름이다.

청나라 사람 안원顔元이 쓴 『안습재언행록顔習齋言行錄』 권2에 나오는 말이다. 세상에 독서만 한 재미도 없을 것이다. 여름철엔 이른 아침의 창문 앞 독서가 좋고, 겨울철엔 고요한 밤 등잔 불 아래의 독서가 좋다. 지금이야 한문책을 읽는 사람이 거의 없지만 밤늦도록 한문으로 쓰인 경서나 명문을 소리 내어 '성독聲讀'하는 재미는 경험해 본 사람만 그 진한 맛을 알 수 있을 것이다. 몸을 좌우로 흔들어 가며 소리 내어 책을 읽노라면 어느새 책은 외워져 있고 책으로부터 얻은 자양분은 온 몸에 퍼지게 된다. 그러나 이제 그런 독서 풍경은 거의 구경조차 할 수 없게 되었다. 요즈음 세상에는 정말 많은 책들이 나와 있다. 한글은 물론 외국어로 쓴 책들도 수두룩하고 전문서적, 시집, 소설로부터 잡지, 만화에 이르기까지 정말 많은 책이 있다. 이렇게 책이 많다보니 언제부터인가 우리는 책을 대강 읽는 버릇이 생기게 되었다. 읽은 책이 소화되어 우리의 영양분으로 흡수되기도 전에 눈은 벌써 다른 곳으로 옮겨가고 입은 벌써 읽은 내용을 자랑삼아 토해 내고 있다. 그러니 책의 영양분이 미치는 곳이 눈과 입 사이의 뺨밖에 없다. 여름밤은 여름밤대로 책읽기가 좋고, 겨울밤은 겨울밤대로 책읽기가 좋다. 고요한 밤에 정말 마음의 양식이 되는 책을 골라 한 권쯤은 행간 한 줄, 글자 한 글자도 놓치지 말고 마음을 다해 읽어보도록 하자.

讀 : 읽을 독	他 : 다를 타	只 : 다만 지
須 : 모름지기 수	行 : 행간 행	着 : 붙을 착

198. 소나무

嶺松古高節하고 園花時世粧이라
영송고고절　　원화시세장

方其同茂日엔 人咸惜春光이나
방기동무일　　인함석춘광

春光不可恃니 轉眄已履霜이라.
춘광불가시　　전면이리상

고개 마루 소나무는 오랜 세월 높은 절개, 뜰 안의 꽃들은 시절 따라 고운 단장. 소나무도 꽃도 다 무성한 봄날엔, 사람들은 봄이 좋다며 그 봄을 즐기지. 허나, 봄은 믿을 수 없는 것! 눈 깜짝할 사이에 어느덧 서리를 밟게 되네.

조선 말기의 유학자로서 전라북도 부안의 계화도에 은거하며 많은 제자를 길러낸 간재艮齋 전우田愚 선생이 12구句의 배율排律로 쓴 「송松(소나무)」이란 시의 처음 여섯 구句이다. 봄엔 온갖 풀과 나무가 다 푸르고 전원의 꽃들도 지천으로 피어나 향기롭고 아름다운 풍경을 연출한다. 그래서 사람들은 그 아름다운 봄이 가지 않기를 바란다. 그러나 봄이란 믿을 만한 게 못 된다. 눈 깜짝할 사이에 봄은 가버리고 서리가 내리는 가을을 지나 눈이 날리는 겨울이 되면 봄에 의지하여 피던 푸른 잎과 붉은 꽃, 그리고 그 꽃들이 내뿜던 짙은 향기는 자취도 없이 사라져 버리고 다만 고개 마루의 소나무만이 서리와 눈 속에서도 예나 지금이나 변함없이 푸른 자태를 잃지 않고 서 있다. 얼마나 믿음직스런 모습인가! 이처럼 변함없는 것이라야만 믿음을 줄 수 있다. 소나무만 그런 게 아니라 사람도 마찬가지이다. 일시의 화려함은 변함없는 '늘푸름'만 못하다. 그런데 밋밋한 늘푸름보다는 시들 때 시들더라도 우선은 화려하고 짜릿한 게 좋다는 게 요즈음 사람들의 생각인 것 같다. 그래서 지금 우리 사회에 진지한 믿음이 없다. 정치도 경제도 문화도 다 '깜짝 쇼'를 하고 있는 것 같다.

嶺 : 재 영(령)	粧 : 단장할 장	茂 : 성할 무
咸 : 다 함	惜 : 아낄 석	恃 : 믿을 시
轉 : 구를 전	眄 : 곁눈질할 면	履 : 밟을 리
霜 : 서리 상		

199. 소나무와 학

大冬雪萬壑이라도 寒松獨蒼蒼이라
대 동 설 만 학 한 송 독 창 창

所以千載鶴은 不宿春林香이라.
소 이 천 재 학 불 숙 춘 림 향

한 겨울에 눈이 온 골짜기를 덮어도 소나무는 홀로 푸르고도 푸르다. 이러한 까닭에, 천 년을 산다는 학은 향기로운 봄 수풀에 둥지를 틀지 않고 소나무에만 둥지를 트는 것이다.

이 시도 간재艮齋 전우田愚 선생이 12구句의 배율排律로 쓴 「송松(소나무)」이란 시의 끝 4구句이다. 학은 장수를 상징하는 새이다. 천 년을 사는 학으로서는 항상 변함이 없이 안정된 곳에 둥지를 틀려고 한다. 천 년을 살 학이 둥지가 불안해서야 어떻게 천 년을 살 수 있겠는가? 그래서 학은 사시사철 변함이 없는 소나무를 택해 둥지를 틀고 소나무와 더불어 산다. 이에 소나무도 장수를 상징하는 나무가 되어 버렸다. 따라서 소나무와 학을 함께 그린 그림은 무병장수를 송축하는 데 더없이 좋은 그림이다. 우리 주변에 소나무와 함께 학을 그린 그림이 많은 까닭이 여기에 있다. 소나무가 변함이 없다는 믿음을 주었기에 천 년을 사는 학이 그곳에 둥지를 틀듯이 사람도 믿음을 주는 사람에게만 믿을 만한 사람이 모여든다. 내가 믿음을 주지 못하면 상대는 당연히 가슴을 열어 놓지 않는다. 그저 진실인 척 하는 몸짓으로 내 앞에서 대강 일을 하다가 더 좋은 자리를 만나면 아무런 미련도 없이 내 곁을 떠나게 되는 것이다. 서로 믿음을 주지 못하면 사회는 속고 속이는 사회가 될 수밖에 없다. 지금 우리 사회가 그러한 사회이다. 어디에서 이 악순환의 고리를 끊어야 할까?

鶴 : 골짜기 학	獨 : 홀로 독	蒼 : 푸를 창
載 : 해(年) 재	宿 : 잠잘 숙	

200. 자 리

鱣鮪는 不居牛迹하고 大鵬은 不滯蒿林이라.
전유 불거우적 대붕 불체호림

철갑상어나 다랑어 같은 큰 물고기는 소 발자국에 물이 고인 것 같은 작은 웅덩이에서는 살지 않고 큰 붕새는 쑥대밭 같은 하찮은 숲에는 머무르지 않는다.

동진東晉시대의 갈홍葛洪이라는 사람이 쓴 『포박자抱朴子』의 「임명편任命篇」에 나오는 말이다. 큰 뜻을 지닌 사람은 머무는 곳도 격에 맞는 곳에 머물러야 한다. 웅장하고 화려한 고대광실에 살아야 한다는 뜻이 아니라 비록 누추하더라도 큰 뜻을 실천할 수 있는 곳, 맑고 깨끗한 곳, 정의가 살아 숨 쉬는 곳, 비겁하지 않은 곳에 머물러야 한다는 뜻이다. 물론 사람은 자신의 뜻에 따라 어디라도 갈 수 있다. 그러나 내 발로 다닌다고 해서 아무데나 가서는 안 된다. 깊은 생각 없이 옮긴 발걸음 하나가 평생의 운명을 좌우할 수도 있기 때문이다. 5·16, 10·26, 12·12, 5·18 등과 같은 역사적 사건을 보라. 그 사건들 앞에서 나의 발이 어디를 딛고 서 있었느냐에 따라 생사는 물론 일생에 대한 평가까지도 순간적으로 달라지지 않았던가! 자동차를 운전하다 보면 더러 유흥가 같은 이상한 길을 어쩔 수 없이 지나게 될 때가 있다. 이런 때 필자는 특히 운전을 조심하고 되도록 빨리 그 길을 지나려고 노력한다. 만약 그곳에서 접촉사고라도 발생하여 무슨 문제가 생기면 사람들은 필자에 대해 '왜 거기에 갔을까?'하는 의문을 가질 수도 있기 때문이다. 배나무 아래서는 모자를 고쳐 쓰지 말고 참외밭에서는 신발 끈을 매지 않아야 한다. 자기가 서 있는 곳이 배나무 밭인지 아닌지 참외밭인지 아닌지를 잘 분간하는 것이 근신謹愼의 시작이다. 그렇게 근신하는 마음이 없이 되는 대로 살다가는 누구라도 흙탕물 속에서 허우적대고 쑥대밭에 나뒹구는 신세를 면하지 못할 것이다.

鱣 : 철갑상어 전	鮪 : 다랑어 유	迹 : 자취 적
鵬 : 붕새 붕	滯 : 머무를 체	蒿 : 쑥 호

201. 고 생

世事는 多因忙裏錯하고 好人은 半自苦中來라.
세사 다인망리착 호인 반자고중래

세상 일은 대부분 바쁘게 서두르는 데에서 착오가 생기고 좋은 사람은 절반 이상이 고생 속에서 나온다.

청나라 말기의 학자인 증국번曾國藩의 시 「증영선인제친가贈靈仙仁弟親家」의 한 구절이다. 아무리 일을 잘하는 사람이라도 바쁘게 서두르면 실수를 하기 마련이다. 따라서 실수 없이 일을 잘 마무리하기 위해서는 바쁘게 서두르지 않아야 한다. 그런데 세상을 살다보면 본의 아니게 서둘러야 할 때가 있다. 누군가가 갑자기 나타나 급하게 일을 부탁하는 경우가 바로 그러한 경우이다. 이럴 때면 참 난감하다. 일을 급히 서둘러 하면 부실하게 될 게 뻔한데도 불구하고 부탁하는 사람과의 관계 때문에 거절하지 못하고 일을 맡게 되면 시간은 시간대로 버리고 힘은 힘대로 들고서도 만족할 만한 성과를 내기가 어렵다. 따라서 이 세상의 모든 '부실'을 근절하기 위해서는 미리 계획하는 습관을 들여야 하고 계획에 없던 돌발적인 일은 가능한 한 하지 않아야 한다. 느닷없이 생기는 일로 인하여 허둥지둥 일을 하는 고생은 결코 유익한 고생이 아니다. 훌륭한 인물은 고생 속에서 나온다는 말은 맞는 말이지만 그러한 무모한 고생은 사람을 성숙하게 하는 데에 아무런 도움을 주지 못하는 고생이다. '게으른 자는 황혼에 바쁘다'고 한다. 하루의 오후, 일주일의 주말, 한 달의 월말, 일 년의 연말이면 사람들은 특히 바쁘다. 밀린 일을 서둘러 끝내야 하기 때문이다. 그러나 그렇게 서둘러 끝내려고 하다가 무리하여 오히려 일을 망치는 일이 많다. 조심하도록 하자.

因 : 인할 인　　忙 : 바쁠 망　　裏 : 속 리
錯 : 어긋날 착　　苦 : 쓸 고

202. 직접 경험

要爲天下奇男子커든 須歷人間萬里程하라.
요 위 천 하 기 남 자 수 력 인 간 만 리 정

천하에 특별히 뛰어난 남자가 되고자 한다면 모름지기 인간 세상 만 리 길을 거치도록 하라.

명나라 때의 소설가인 풍몽룡馮夢龍이 쓴 소설 『동주열국지東周列國志』 제34회에 나오는 말이다. '기남자奇男子'란 직역하자면 '기이한 남자'라는 뜻이 되겠지만 풀어 해석하자면 '남 다른 남자, 특별한 남자, 잘난 남자'라는 뜻이다. 남다른 사람이 되기 위해서는 남보다 더 많은 경험과 능력을 갖추고 있어야 한다. 경험과 능력은 책을 통하여 간접적으로 얻기도 한지만 이보다는 역시 몸으로 직접 체험하여 생생하게 체득한 경험이라야 더 값어치가 있다. 직접 겪어 몸으로 느끼고 배운 사람 앞에서 누가 감히 큰 소리를 칠 수 있겠는가? 각종 미디어를 통해 무한에 가까운 정보를 받아볼 수 있는 이 시대에도 체험은 중요하다. 대부분의 사람들이 컴퓨터 앞에 앉아서 간접적인 경험을 얻고 가상공간에서 실지인 양 행동하고 있는 지금이야말로 몸으로 겪은 생생한 체험을 한 사람이 더욱 돋보이는 세상이다. 앞으로 컴퓨터가 더욱 발달하여 우리로 하여금 제자리에 앉아서 천 리 밖을 내다보게 하는 신통성神通性을 갖게 하면 할수록 우리의 직접 체험 능력은 퇴화하게 될 것이다. 따라서 '기남자'가 되는 것까지야 바라지 않더라도 우리 아이들에게 자연 속에서 직접 자연을 상대하며 살 수 있는 기회를 많이 주어야 한다. 과일이 열려 있어도 그게 따먹는 것인 줄을 몰라서 굶어죽는 어리석은 일이 생기지 않게 하기 위해서라도 말이다.

要 : 하고자할 요　　奇 : 기이할 기　　須 : 모름지기 수
歷 : 지날 력, 밟을 력　　程 : 헤아릴 정

203. 무슨 근심, 무슨 두려움이 있으랴

內省不疚면 夫何憂何懼리오.
내 성 불 구　　부 하 우 하 구

안으로 자신을 살펴 부끄러움이 없다면 무엇이 걱정이며 무엇이 두렵겠는가?

『논어論語』「안연편顔淵篇」에 나오는 공자의 말이다. 세상에서 가장 무섭고 두려운 것은 사람이다. 호랑이는 사납기는 하지만 나의 비리를 전혀 모른다. 따라서 나를 잡아먹을 수는 있지만 나를 비웃거나 멸시할 수는 없다. 그러나 사람은 다르다. 사람들은 언제라도

나의 잘못을 샅샅이 들춰내어 나를 비웃고 멸시할 수 있다. 그러니 어찌 사람이 무섭지 않겠는가? 그러나 누구나 다 사람을 무서워하는 것은 아니다. 안으로 자신을 살펴 부끄러움이 없는 사람은 다른 사람을 무서워해야 할 이유가 없다. 비웃음 당하고 멸시 당할 일이 없기 때문이다. 뉴스를 듣다 보면 '사실무근'이라며 손사래를 치기도 하고 '돈을 받은 적이 없다'고 큰 소리도 치지만 속으로는 애가 타는 사람들이 수두룩할 것 같다는 생각이 들 때가 있다. 지금이라도 자신의 잘못을 털어놓으면 그런 두려움과 근심에서 벗어날 수 있을 테지만 쉽게 잘못을 인정할 수 없다. 끝까지 아니라고 부정하다가 결국엔 모든 것이 다 드러나 쇠고랑을 차고 구치소로 향하는 사람들을 보면 연민을 느낄 때가 있다. 심지어는 '고백성사'를 하겠다고 떠들면서 양심적인 척하는 사람도 있었다. 그러자 가톨릭에서는 '고백성사'라는 말을 함부로 사용하지 말라고 충고한 적도 있다. 오죽 꼴이 사나웠으면 '고백성사告白聖事'나 '고해성사告解聖事'라는 말을 함부로 쓰지 말라고 했겠는가? 수백억 원을 도둑질하거나 파렴치한 일을 해 놓고서 어차피 들통이 날 것 같으니까 매우 양심적인 양 그것을 국민 앞에 밝히면서 '성스러운' 일을 하는 듯이 '聖事'라는 표현을 쓰고 있으니 이건 가당치 않은 일이다. 반성은 진정으로 해야 한다. 하는 체해서는 안 된다. 다 털어놓음으로써 안으로 스스로를 살펴도 숨기는 부끄러움이 하나도 없을 때까지 반성해야 참된 반성이다. 그런 반성을 하고 나면 마음이 편해진다. 그렇게 편해진 마음이라야 하루를 살더라도 떳떳하게 살 수 있다.

省 : 살필 성	疚 : 꺼림직할 구
夫 : 어조사 부	憂 : 근심 우
懼 : 두려울 구	

204. 무작정 비를 기다리기보다는

荷鋤候雨는 不如決渚라.
하서후우 불여결저

호미를 멘 채 비를 기다리는 것은 물길을 트는 것만 못하다.

한나라 사람 황헌黃憲이 쓴 『천록각외사天祿閣外史』 권2에 나오는 말이다. 세상에는 아무리 노력을 해도 인력으로는 어떻게 해 볼 도리가 없는 일이 있다. 자연이 주는 재앙이 바로 그것이다. 아무리 노력한다고 해도 오는 비를 어떻게 막으며 부는 바람과 내리는 눈을 어떻게 막겠는가? 그리고 비나 눈이 내리지 않는다고 한들 어떻게 사람의 힘으로 비와 눈을 내리게 할 수 있겠는가? 그렇다고 해서 사람은 아무런 일을 할 필요 없이 하늘만 바라보며 살수는 없다. 인간의 삶을 우선 편하게 하기 위해서 자연을 파괴하는 일이 있어서는 안 되겠지만 인간의 힘으로 자연 조건을 개선할 수만 있다면 최대한으로 개선하여 자연도 살고 인간도 살 수 있게 해야 한다. 비가 오지 않는다고 해서 그대로 농사를 포기하고 굶어 죽을 수는 없지 않은가? 호미를 멘 채 비를 기다리기보다는 물길을 터서 먼 데 물을 끌어오는 노력을 해야 하는 것이다. 어디 가뭄에 대한 대비만 이러하겠는가? '하늘은 스스로 돕는 자를 돕는다'고 하였다. 스스로 노력하지 않으면서 도움만 바라면 도움은 오지 않는다. '난 불행한 사람이다'라고 포기하기 전에 행복하기 위해서 얼마나 노력을 했는지를 돌아보도록 하자. 일이 잘 되기를 기다리지 말고 보다 적극적으로 나서서 일을 잘 되게 해 놓고서 홀가분한 마음으로 하루하루를 맞도록 하자.

荷 : 멜 하　　鋤 : 호미 서　　候 : 기다릴 후
決 : 물길 틀 결　　渚 : 물가(水邊) 저

205. 정상에 오르면

會當凌絶頂　一覽衆山小
회 당 릉 절 정　일 람 중 산 소

절정(정상)에 오르면 한 눈에 들어오는 뭇산들이 다 작게 보이지.

당나라 때의 시인 두보가 산동山東 지방에 있는 중국의 명산인 태산泰山에 올라 쓴 「망악望嶽」이라는 시의 마지막 구절이다. 산의 정상에 올랐을 때 모든 산들을 다 발 아래로 내려다보면서 사람이 오를 수 있는 하늘 중 가장 높은 층에서 불어오는 바람을 가슴으로 맞는 시원함은 겪어보지 않은 사람은 모를 것이다. 평소에는 올려다보기만 하던 그 많은 산들을 정상에 오르는 순간 모두 발 아래로 굽어 볼 수 있으니 그 '굽어보는' 재미가 사람으로 하여금 흥분하게 하는 것이다. 산에 올라 산을 그렇게 굽어보는 재미를 느끼는 일이사 누가 말리겠는가? 산은 아무리 그렇게 굽어보아도 통 말이 없이 '굽어보는' 그 사람의 재미를 한없이 충족시켜 준다. '그래, 나를 굽어봄으로써 네 기분이 좋을 수만 있다면 얼마든지 굽어보렴'이라고 말하면서 빙긋이 웃기라도 하는 것처럼 보이는 게 산이다. 그러나 사람은 산이 아니다. 누군가가 나를 그렇게 굽어보면서 '굽어보는' 재미를 만끽할라치면 비위가 뒤틀려 결코 굽어보게 놓아두지 않는다. 겉으로야 얼마든지 굽어보라고 하겠지만 속으로는 '두고 보자'는 생각을 하고 있는 것이다. 높은 자리에 오른 사람들은 이 점을 깨달아야 한다. 산은 높낮이가 분명하지만 사람은 근본적으로 높낮이가 없다. 부모가 자식을 그윽이 굽어보는 외에 감히 누가 누구를 굽어볼 수 있겠는가?

會 : 기회 회	凌 : 범할 릉(능)
絶 : 뛰어날 절	頂 : 정수리 정
覽 : 볼 람	衆 : 무리 중

김병기 교수의 한문 속 지혜 찾기②
찾는 이 없다고 피어나는 향기를 거두랴

초판 1쇄 발행일 2009년 4월 15일

지은이 김병기
펴낸이 박영희
편집 이선희
표지 강지영
교정·교열 이은혜
책임편집 강지영
펴낸곳 도서출판 어문학사
132-891 서울특별시 도봉구 쌍문동 525-13
전화: 02-998-0094 / 팩스: 02-998-2268
홈페이지: www.amhbook.com
e-mail: am@amhbook.com
등록: 2004년 4월 6일 제7-276호

인지는 저자와의 합의하에 생략함

ISBN 978-89-6184-074-3 94810
978-89-6184-072-9 (set)

정가 12,000원